第一章　迷い家

1

白河の冬は早い。

毎年、一一月の初旬には落葉を待つことなく初雪が降り、甲子峠から上の山々は白く染まる。

神山健介は粉雪の舞う庭で、雲間に霞む那須岳の山頂を仰いだ。薪割りの手を休め、溜息をつく。今年の冬は、例年になく長くなりそうな予感があった。

だが、この一年は仕事に追われていたために、薪の準備が追いついていない。春に割った薪はまだ乾ききっていないし、昨年の薪はもう残りが乏しくなってきている。いま割っている薪が乾燥して焚くことができるのは、早くても次の冬になるだろう。

昔、亡くなった伯父に、金を払って薪を買うような奴は男じゃないといわれたことがあった。薪は、男が自分の体で割るものだと教えられた。だがこの冬のストーブの薪のことを思うと、少し心細くなる。

神山はまたハスクバーナのアクスを握り、玉切りにしたコナラの幹に振り降ろした。鋭く研がれたアクスの刃は太い薪材に喰い込み、だがその下の節で止まった。神山は刃が喰い込んだままのアクスを、薪ごと肩に担ぎ上げた。振り上げ、そこで反転させ、刃の裏側から台座に力まかせに叩きつけた。

薪が割れ、両側に飛んだ。

神山は半分になった薪材を台座に載(の)せ、そこにさらに刃を振り降ろした。薪は四分の一に割れて飛び、那須連山の山肌に乾いた音を木霊(こだま)させた。

薪材を、もうひとつ。それを割ったところで、神山はまた手を止めた。息をつき、首に巻いたタオルで汗を拭(ぬぐ)う。薪割りは、男が体を作るための最高の労働でもある。

ふと目を上げると、広大な牧草地の中を抜ける道を一台の車が上がってくるのが見えた。時計を見ると、もう午後の三時になっていた。今日は仕事の依頼主(いらいぬし)が一人、ここに訪(たず)ねてくることになっていたのを思い出した。

神山はアクスをポーチに立て掛け、家に入った。汗に濡(ぬ)れた作業着を素早く着換え、またポーチに出た。ちょうどそこに、メルセデスのブルー・ブラックのセダンが滑(すべ)るように静かに庭に入ってきた。

S430・4マチック――。

二〇〇三年の一一月から、二〇〇五年の九月まで僅(わず)か二年弱の間しか生産されなかった名車だ。四・三リットルのV8エンジンを積み、世界最高級のセダンのクオリティーを保(たも)ちながら、コンピューター制御された完璧(かんぺき)な4WDシステムを備えている。山岳地帯での実用に耐えるセダンとしては、他に追随(ついずい)するものがない最良の選択だ。

神山は粉雪の中で鋭い光を放つ、メルセデスの巨体に見とれた。間もなく左側の運転席から初老の運転手らしき男が出てきて、後部のドアを開けた。中から和服姿の中年の女が一人、降りてきた。地味だが、いい着物だ。おそらく置賜紬の袷だろう。だが、着物以上に女の透き徹るような美しさが目を引いた。

反対側のドアからも、男がもう一人降りてきた。紺のストライプのスーツに、銀縁の眼鏡を掛けている。年齢は、まだ四〇にはなっていない。おそらくこの男が、依頼人だ。

思ったとおり、スーツの男が足早に神山の元に歩いてきた。手には高そうなグッチのブリーフケースを提げている。

「神山さんですね」

「そうだ。私だ」

「先日、電話をした野末といいます。よろしくお願いします」

男がそういって、頭を下げた。

「まだ引き受けるとはいっていない。ともかく、〝事務所〟に入ってくれ」

神山がそういって、ドアを開けた。野末がまた頭を下げ、家に入った。和服の女は雪に白く染まりはじめた足元に気を配りながら、こちらに歩いてくる。神山はそれを、ドアを支えたまま待った。

最初は落ち着いて見えたが、女は意外に若いかもしれない。まだ三十代の前半だろう

冬蛾

私立探偵 神山健介

柴田哲孝

祥伝社文庫

目次

プロローグ

夕刻から雪が降りはじめた。

雪は深々と、だが強か(したた)に降り積もる。やがて、山間(やまあい)の狭い盆地にしがみつく寒村を被(おお)い隠す。

村に人影はなかった。小さな川の両岸に建つ何軒かの古い家には明かりが灯(とも)っていたが、それもひとつ、またひとつと消えはじめた。すべてが白い闇(やみ)の中に沈んでいく。

椎葉吾助(しいばごすけ)は一人で囲炉裏端(いろりばた)に座り、香の物を肴(さかな)に酒を飲んでいた。静かな夜だった。女房のミツが夕食の食器を洗う音と、婆(ば)んばが入りの座敷（奥の間）で機(はた)を織る音。あとは時折、囲炉裏の中で薪(まき)が爆(は)ぜる音しか聞こえない。

吾助は機織りの音に耳を傾けていた。規則正しく、心地好(よ)い音色(ねいろ)だった。昔から、この音を聞いているとうつらうつらと眠くなる。

機織りの音に合わせて、婆んばの昔語りのかすかな声が流れてきた。

――あったあどな。


昔、地蔵様があったあどな。

武者（むしゃ）の峠（とうげ）に七人の地蔵様が、あったあどな。

だんだん正月になってから、爺様と婆様が布の機ば持って町へ出かげやったあど。

いい麻かってウメネイで、四年と六月（むづき）かがって布の機、やっと一反（いったん）こしらえやったあど。


機一反だらおめいなく買ってきれっから。

げんべ（雪靴）履（は）いて峠ば越えて……。


婆んばは歌うように、独（ひと）り言のように語り続ける。子供の頃から何十年も聞いているが、吾助はその意味を深く考えたことはない。ただ機織りの音と同じように無性（むしょう）に心地好く、眠くなるだけだ。まるで子守歌のように。

吾助は、ふと我に返った。何か、外で物音が聞こえたような気がした。女房のミツでも、婆んばでもない。

「誰（だれ）か来さったでねえか」

台所の女房に声を掛けた。

「そったことねえぞん。風だんべい」

「そでねえぞい」

今度は、本当に聞こえた。誰かが、戸を叩いている。こんな大雪の夜に、誰だろう。吾助は囲炉裏端を立って、土間に下りた。

戸を引いた。土間に、雪が吹き込んできた。目の前に、頭にランプを付けた同じ村の男が立っていた。頭と肩が雪で白く染まっていた。

「何だん。お前さ、こんたら雪の中さどうしただ……」

吾助はその時、男が手に持っているものを見た。男は、猟銃を握っていた。

「来客け。上がらっせ……」

女房が手を拭いながら、台所から出てきた。だが村の男が手にしている猟銃を見て、その場に立ちすくんだ。

「お前……そったらことはやめれ……」

吾助が男を制し、後ずさった。だが男は無言で土間に上がり込み、猟銃を向けた。視線が揺らぎ、双眸が虚ろに光っていた。

無言で、引き鉄を引いた。

轟音！

銃口が火を噴き、吾助の体が土間に飛んだ。

「キャー！」

逃げる女房にも、男は猟銃を向けた。

轟音！

女房の頭が、鹿猟用の九粒散弾を受けて破裂した。

男は吾助の屍体を足でころがし、死んでいることを確かめた。台所の前では頭の無くなった女房の体が、壊れたゼンマイ仕掛けの人形のように痙攣していた。家の奥からは、婆んばの昔語りと機織りの音がまだ聞こえていた。

男が土間を出た。

外には吹雪が、何かに怒りをぶつけるように吹き荒れていた。

水平二連銃のロックを解き、薬室を開けた。まだ熱を帯びた空薬莢を排莢し、二本の銃身に新しい鹿猟用一二番口径の散弾を装塡する。その銃を手に、男はまた雪の中を歩きだした。

椎葉の家から狭い農道を歩き、川沿いの道に出た。闇の中から、かすかに水の流れの音が聞こえてくる。一面の世界を被いつくす綿のように軽い雪は、すでに男の長靴の丈を越えるほどに積もっていた。

ヘッドランプの光の中に、吐く息が白い。男は黒い毛糸の帽子を下げて冷たい耳を被い、マフラーを首に巻きなおした。遠くに、他の家の明かりが見えた。

口の中で、小さな声で呟いた。

「……昔……あったあどな……。武者の峠に……七人の地蔵様が……あったあどな……」

吹雪の白い闇の中に、かすかな光が霞んでいた。男は猟銃を胸に抱き、何かに招き寄せられるように深い雪の中を歩き続けた。

「昔……あったあどな……。武者の峠に……七人の地蔵様が……」

やがて男は、一軒の家の前に立った。茅葺きの古い家は深い雪に埋もれて眠るように、暗い影を横たえていた。

新雪の上に足跡を残し、男は母屋に向かった。軒下に繋がれた雑種の茶の犬が、鎖を引きちぎらんばかりに吠えていた。男は、虚ろな視線で犬を見た。だが犬の姿は幻覚のように霞み、その声は耳に届かなかった。

戸口に立ち、表札を見た。古い木片に、「阿佐」と彫られていた。

吹きつける雪で白く染まった戸板を、男は軍手をはめた拳で叩いた。隙間から、かすかに室内の明かりが漏れている。しばらくすると戸の向こうに、人の気配がした。

「誰べな……」

家の主の阿佐勝正の声が聞こえた。戸板が音を立て、少し開いた。中から、阿佐の片目が外を覗いた。

「おめえ……」

阿佐がいった。同時に男が、猟銃を上げた。それを見て、阿佐の目が引き攣ったように丸くなった。

だが男は、無造作に引き鉄を引いた。轟音と共に、戸板と阿佐の体が砕け散った。

家の中から、女の悲鳴が聞こえた。男は、穴の空いた戸板を蹴破って中に入った。土間の血の海の中に、阿佐勝正が倒れていた。

男は家の中をゆっくりと見渡した。囲炉裏端に、阿佐の女房の菊代がいた。腰を抜かしたように、座ったまま後ずさっていく。

男は女に猟銃を向けた。躊躇なく、引き鉄を引いた。部屋の中に内臓が飛び散り、囲炉裏から灰と煙が巻き上がった。

「あったあどな……。昔……武者の峠に……七人の地蔵様が……あったあどな……」

男が、何かに憑かれたようにいった。上がり框に腰を降ろし、懐からタバコを出した。マッチで火を付ける。二人の屍体を眺めながら、ゆっくりと吸った。

襖が少し開き、誰かが覗いていた。男と、目が合った。だが男は、タバコを吸い続けた。

「ざっと昔……あったあどな……。武者の峠に……七人の地蔵様が……あったあどな……」

男はタバコの吸い差しを囲炉裏に投げ入れ、土間にゆっくりと立った。一度、体を伸ばす。上がり框に立てかけてあった猟銃を手にすると、急ぐでもない足取りで土間を横切って外に出た。

「昔……あったあどな……」

男は猟銃の薬莢を詰め替え、降りしきる雪の中を歩きだした。

犬が吠えた。

家の軒下の小さな明かりの下に、一匹の冬蛾(とうが)が羽を動かしながらしがみついていた。

か。ポーチに上がると、やはり神山に丁寧に頭を下げ、家に入った。

神山は、三人分のキリマンジャロを淹れた。運転手は車の中で待っている。ダッチウエストのストーブに薪を焼べながら、野末と名乗った男に訊いた。

「もう少し、仕事の内容を詳しく教えてもらえないか。それに、あなたがどこの誰なのかも含めてだ」

「私は、こういう者です」

神山がソファーに座ると、男がテーブルの上に名刺を置いた。神山はコーヒーカップに口を付けながら、名刺を手に取った。

弁護士・野末智也——。

事務所の住所は福島県内の会津若松市になっていた。完全に、想定の範囲内というやつだ。私立探偵の大きな仕事は、ほとんどが弁護士によって持ち込まれる。

相手が電話口で、仕事の内容を詳しく語れなかった理由も理解できた。本来の依頼主は、ここにいる和服の女だということか。弁護士にも私立探偵と同じように、依頼主の守秘義務がある。

「それで、〝仕事〟の内容を詳しく話してもらえないか」

テーブルに名刺を置き、神山がいった。

思ったとおり野末と名乗る男は和服の女の顔を見て頷き、口を開いた。

「先日、電話で申し上げましたとおりです。まず神山さんが予定を空けられるのかどうか、それを伺いませんと……」

野末の提示する条件は、でたらめだった。一二月の中旬から翌年の二月の中旬までの丸二カ月間、神山を専属で雇いたいといってきた。

「電話でもいったが、それは無理だな。なぜ専属でなくてはならないのか、その理由がわからない。私にも他に、〝仕事〟がある」

実際に、地方都市の私立探偵という職業は意外と忙しい。亭主や女房の浮気調査に結婚相手の素行調査、家出人のみならず飼い犬や猫の捜索まで引き受けている。一人の依頼人のために丸二カ月を潰すほど暇な身分ではない。

「その分の報酬は十分に用意させていただきますが」

野末が、決め台詞のようにいった。その瞬間、口元にかすかな笑いが浮かんだようにも見えた。

「申し訳ないが、金にはあまり興味ないんだ」

別に、見栄を張ったわけではない。伯父の遺産やら保険金、さらに半年前の大きな仕事の報酬などで、ここ数年は身分不相応の大金がころがり込んできている。あえて危ない橋を渡る必要はない。

「しかし……」

野末の表情に、焦りが見えはじめた。

「とにかく仕事の内容も聞かずに、引き受けるつもりはない。申し訳ないが、コーヒーを飲み終えたら帰っていただけないか」

神山がいった。野末は困惑したように、神山と和服を着た女の顔色を交互に窺った。

その時、女が初めて口を開いた。

「助けていただけませんでしょうか」

神山が女を見た。

「あなたは。私はまだ、あなたの名前も聞いていない」

「申し訳ありません」女がそういって膝の上に両手の指先を揃え、頭を下げた。「私の名は、阿佐有里子と申します。今回のお仕事をお願いいたしますのは、私どもでございます」

女は〝私〟ではなく、〝私ども〟といった。それを聞いて、野末は力が抜けたように息を吐いた。〝阿佐〟という姓も、どこかで耳にしたことがあるような気がした。

「〝私ども〟というのは？」

「本来のお仕事を依頼いたしますのは、義父の阿佐玄右衛門でございます。義父は多忙でございますので、本日は私が代理としてこちらに参らせていただきました」

女の口調は堅い。旧家の嫁というよりも、どこか作られた武家の女といった風情があった。

「事情を説明してもらえませんか。私は、何をすればいいのか。それすらも知らずに二カ月間束縛されるといわれても、承諾のしようがない」

神山がいうと阿佐有里子は野末と顔を見合わせ、眴せを送り、お互いに何かを確認し合うように頷き合った。

「私が説明いたします」女がいった。「実は私どもは、南会津郡下郷町の七ツ尾という小さな集落に住んでおります」

「ナナツオ？」

神山が訊き返した。

「はい。七つの尾と書いて、そのとおりナナツオと呼びます。地図にも載っていないような小さな集落なので、御存知ないかもしれませんが……」

阿佐有里子は静かな口調で、ひとつずつ言葉を選ぶように話しはじめた。

七ツ尾村は、下郷町の大内宿と大沼郡の昭和村の中ほどにある山間の小さな集落だった。以前は二〇戸ほどの家があったが、昭和三二年に近隣の宮山村が廃村になって孤立し、いまは四戸しか残っていない。冬は深い雪の中に閉ざされ、地図にすら記されていない。

その七ツ尾村でちょっとした〝事件〟があったのは、一年前の冬のことだった。一月のある日、村の男が一人、猟に出たまま戻らなくなった。男の名は、葛原直蔵(くずはらなおぞう)。村を挙げて捜索したが、二日後に尾根をひとつ越えた沢で遺体となって発見された。雪の中で、足を踏み外して沢に落ちたものと思われた。遺体は三日三晩かけて村に運ばれ、荼毘(だび)に付された。

「一月といえば雪の深い季節ですね。よく遺体が見つかりましたね」

神山が訊いた。

「はい……。当初は村人の誰もが、雪が消えるまで捜索は無理だろうといっていたのです。しかし葛原は、猟犬を一頭連(つ)れていました。その犬が翌日の夜に村に戻り、遺体の場所に案内したのです……」

阿佐有里子は、話を続けた。

葛原直蔵の遺体が発見された数日後、村に奇妙な噂(うわさ)が立った。直蔵は、事故で死んだのではなかったのではないか。何者かに、殺されたのではないか。誰からともなく、そのようなことをいいはじめた。

「なぜ、殺されたと」

阿佐有里子はまた、弁護士の野末の顔色を見た。

「はい……。葛原が連れていた猟犬……名はカイというのですが……その犬が怪我(けが)をしていたのです……」

カイは雪の上に点々と血の跡を残しながら、村に戻ってきた。当初は熊にでもやられたのかと思っていたが、後肢の傷をよく調べてみると猟銃による貫通銃創であることがわかった。しかも葛原が持っていた熊猟用のライフル弾のものではない。鹿猟用の散弾の銃創だった。

「警察は何といっているのですか」

「それは……」

だが阿佐有里子が何かをいおうとした時、野末が横から口を出した。

「警察は特に何も。事件性はないとの判断でした。犬の銃創は、他の猟師が野犬と間違えて撃ったのだろうということでした」

だが神山は野末を無視し、阿佐有里子にいった。

「続けてください」

「はい……」

村で散弾銃を持っている者は二人しかいなかった。葛原の弟の唐次郎と、有里子の亭主の阿佐勘司だった。その中で、当然のことのように勘司に疑いの目が向けられた。勘司は葛原直蔵が死んだ当日、やはり単独で山に鹿猟に入っていた。

「御主人は？」

「主人はその後、村を出奔いたしました。あれからすでに一年になろうとするいまも、帰ってきておりません」

「連絡は？」

「ございません……」

確かに、複雑な事情があるようだ。だが、神山に何を求めているのかがわからない。

「二カ月間、私は何をやればいいのですか」

神山が訊いた。有里子が、頷く。

「ひとつは、一年前の出来事の真相を調べていただきたいのです。もうひとつは……」

そこでまた、野末が口を挟んだ。

「それ以上は、いまの段階ではお話しできません。お引き受けいただいた後でないと……」

野末が阿佐有里子を見て、小さく頷いた。

2

一二月の中旬になって、神山健介は会津の下郷町に向かった。

正式に〝仕事〟を引き受けたわけではなかった。あと二週間もすれば、年が明ける。年内にすませておかなければならない仕事が、いくつか残っていた。とてもこの忙しい時期に、二カ月も白河の事務所を留守にするわけにはいかない。

だが、阿佐有里子の懇願するような表情を、突き放すことはできなかった。とりあえず一度、村を見てほしいという願いを受け入れることにした。それに彼女は、まだ神山にすべてを打ち明けてはいない。弁護士の野末智也が何を口止めしたのか。その真意を確かめてみたいという好奇心もあった。

朝から降りはじめた雪は、峠を越えるあたりで一段と強さを増した。

長いトンネルを抜け、神山はポルシェ・Carrera4のステアリングを握りながらゆっくりとした速度で道を下った。フロントグラスでワイパーが忙しく行き来している。完璧にコンピューター制御された4WDシステムは、新雪の圧雪路の上でもブリヂストンのスタッドレスタイヤを不安なくグリップさせていた。雲間に覗く会津の山々も、天空の世界のごとく白一色に染まっている。

しばらくして最初の信号で国道一二一号線に突き当たると、神山はそれを右折した。ここはもう幕末維新の歴史の里、会津である。かつては陸の孤島といわれた会津も、数年前に国道二八九号線の甲子トンネルが開通してからは近くなったものだ。いまは白河の市街地から南会津郡の下郷町まで、車で一時間も掛からなくなった。

だが、会津盆地は広い。おそらく周囲を山々に囲まれた〝会津〟と名の付く地域だけで、千葉県や愛知県などがすっぽりとひとつ納まるだけの広大な面積を有している。下郷町は、太平洋側の下界と天空とを結ぶ入口の町にすぎない。七ツ尾村もまた、ここからさらにいくつかの峠を越えた山奥にある。

しばらく国道を北に向かい、右手に湯野上(ゆのかみ)の温泉地が見えたところで道を逸(そ)れた。雪の中で眠るような小さな温泉街の道を奥へと進むと、間もなく単線の会津鉄道の踏切を越える。この先はもう、大川(おおかわ)の渓谷(けいこく)だ。急な岩肌に、渓谷に突き出るように古い温泉宿がしがみついている。線路に沿ってさらに行くと、左手に古い荘家(しょうけ)のような造りの湯野上温泉駅が見えてきた。

駅前のタクシー乗り場を避け、神山は線路脇(わき)の空地に車を駐(と)めた。ゴールデンフリースのN―3Bスノーケル・ジャケットを着込み、降りしきる雪の中に出た。時間は、午前一一時半。昼前に、この駅で阿佐有里子と会う約束になっていた。だが近くに、先日のメルセデスは見えない。

雪を避けて、駅舎に駆け込む。中は暗く、暖かかった。暗さに目が馴(な)れてくると、駅舎とは思えない狭い室内の風景が少しずつ浮き上がってきた。ホームに通じる左手が一段高くなり、畳敷(たたみじ)きの囲炉裏端で鉄瓶が湯気を立てていた。上がり框(かまち)に座っていた和服の女が、神山に気付いて腰を上げた。一カ月振りに会う阿佐有里子は、以前よりも少し小柄になったように見えた。

「本日は遠くまで御足労様です……」

有里子がそういって、深く頭を下げた。

「今日はお一人ですか。この前の車は見えませんが」

「使いの者は帰しました。今日は野末も参りません。私が村まで御案内させていただきます」

駅舎を出て、有里子が傘を広げた。背伸びをして、その傘を神山に差し出す。並んで立ってみると、やはり有里子は小柄だった。身長は、一五〇センチ少ししかないかもしれない。

「私は大丈夫です。車を持ってきますから、ここで待っていてください」

神山がそういって、スノーケルのフードを被って雪の中に走った。

ポルシェを駅の前に着ける。助手席を開けると、有里子が驚いたような顔をした。

「これが神山さんのお車ですか」

「そうです。何かまずいことでも？」

「いえ、そうじゃないんです。私、こんな凄い車に乗るのは初めてなので。でも、この車で村に入っていけるかしら……」

有里子が、笑った。前回も含め、有里子が笑う顔を見るのは初めてだった。

国道をさらに北に向かい、鶴沼川を橋で越えたところで村道を左に曲がった。ここからは九十九折の山道が続く。雪道をしばらく登るとまた別の村道に行き当たり、それを右に行くと大内宿の村並が見えてくる。

ここは旧会津若松城下から江戸までを結ぶ会津西街道、別名『下野(しもつけ)街道』の宿場町である。当時、若松城下から江戸までの道のりは街道沿いに約六一里（約二四四キロ）といわれた。江戸幕府への参勤交代のために、旧白河街道と共に整備されたと伝えられている。若松を出て本郷(ほんごう)、関山(せきやま)に続く大内は、下野街道の中でも会津藩内の主要な宿場町のひとつだった。街道はさらに倉谷(くらたに)、楢原(ならはら)、田島(たじま)を経(へ)て、山王(さんのう)峠を越えて関東へと至(いた)る。

「昼を過ぎましたね。食事はどうしますか」

運転をしながら、神山が訊いた。

「まだですが……」

「それなら大内宿で蕎麦(そば)でも食っていきましょう。村に入る前に、少しお訊きしておきたいこともある」

この先は、さらに山が深くなる。おそらく七ツ尾村までは、食事をできるような人里はここが最後のはずだった。

駐車場に車を駐めて、雪の中を歩く。神山は和服姿の有里子に気を遣ったが、雪下駄(げた)で歩くのにも馴れている様子だった。

大内宿には、参勤交代の頃の宿場町の風景がいまも残っている。道の両側には昔ながらの茅葺(かやぶ)き屋根の宿や土産物屋が軒を並べ、旅人を時空の彼方(かなた)へと誘(いざな)う。

大内はまた、後白河法皇の第三皇子、高倉宮以仁王の伝説の地としても知られている。治承四年（一一八〇年）、高倉宮は反平家勢力の源頼政を頼って挙兵。だが六月二四日に京都宇治川の合戦で平家に敗れ、奈良路から東海道、上州沼田を経て越後に逃れたといわれる。その折に立ち寄ったのが、当時はまだ山本と呼ばれていた大内だった。

高倉宮は二日間に亘り山本村に滞在し、村の住人戸右ェ門に御墨付を与え、「天皇の居する地」という意味の大内村と改めた。いまも大内村には、高倉宮に纏わる様々な旧跡史跡が残されている。追手の平家石川勢を火の粉が降って追い払ったとされる峠には「火玉（氷玉）峠」という名が残り、高倉宮を祀る『高倉神社』は時を超えて大内の宿場町を見下ろしている。

だが一二月のこの時期は九日の「大黒様の年取り」も終わり、一七日の「観音講」の前の平日とあって、観光客の姿も少なかった。神山は、宿場町の入口の老舗の蕎麦屋の暖簾を潜った。土間でソレルのスノーブーツを脱ぎ、上がり框に上がった。

雪に埋もれた築三〇〇年は経つ古い農家は、だが室内は汗ばむほどに暖かかった。品書きを見て有里子は茸蕎麦を、神山は会津名物の高遠蕎麦を注文した。蕎麦を待つ間に、神山が訊いた。

「七ツ尾村は、ここからどのくらいなのですか」

有里子が熱い茶を湯呑みに注ぎながら、小さく頷く。

「距離はそれほどでもないのですが、ここからは険しい山道ですから。今日は雪も深いですし、まだ一時間以上はかかると思います……」

そこで言葉を切り、静かに茶をする。会話が、繋がらない。

やがて二人分の蕎麦が運ばれてきた。会津の高遠蕎麦は、長葱一本を箸代わりに水蕎麦を食う独特の文化だ。この一杯の蕎麦にも、いろいろと謂れがあると聞いたことがある。

〝高遠〟の名が示すとおり、元は会津の文化ではなかったらしい。会津松平家の初代藩主、松平正之が元は信州の高遠の出身であったことから、後に会津にこれを持ち込み定着したともいわれている。会津にはどこにも、歴史と文化がひっそりと息衝いている。

蕎麦を食いながら、また神山が話しかけた。

「先日お会いした時、警察の話をしたことは覚えていますか」

「はい……」

「あの時、野末という弁護士が途中で話を挟みましたね。警察は、事件性はないと判断したとか聞きましたが」

「……」

有里子は、無言で頷いた。

「もう少しその辺りの事情を詳しく話していただけませんか」

有里子の箸が止まった。しばらく、何かを考えている様子だった。しばらくして、静かな口調で話しはじめた。

「実は、警察には事件のことを届けていなかったんです……」

「どういうことですか」

「七ツ尾村の近くには、警察がないんです。下郷警察署までは車で一時間以上も掛かりますし、最寄の楢原の駐在所でもその半分以上の距離がありますから……」

「人が一人、死んでいるんですよ。しかも、他殺の疑いもあった」

「はい……。しかし、私にはわかりません。村の……その……〝男の方々〟が決めることですので……」

奇妙な話だ。人が殺されても警察にすら届けずにすませてしまうとは、いくら山間の僻村とはいえ二一世紀の現代には有り得ないような感覚だ。

しばらくの間、神山は無言で蕎麦を食った。いくら伝統的な文化とはいえ、一本の長葱を箸代わりに使うのはやはり食べにくい。

「もうひとつ、訊いてもよろしいですか」

「はい、何でしょう」

「私が村で何をやるのか。その〝仕事〟の内容です」

神山が訊くと、有里子は箸を休めた。

「前に、申し上げたと思いますが、葛原直蔵が亡くなったことに関して、その真相を調べていただきたいと……」

だが、すでに事件から一年が過ぎている。いまさら小さな村の中を調べたからといって、何がわかるのか——。

「しかしあの時、あなたはもうひとつ何かをいおうとしましたね。それを、野末弁護士が止めた」

「そうだったかしら……」

有里子は何げない表情で、また箸を口に運びはじめた。

「野末弁護士がいっていましたね。それ以上は、仕事を引き受けた後でないと話せないと」

「あのことですか……。大したことではないと思います。もしかしたら、私の主人が年明けにも村に帰ってくるかもしれません。そうしましたら主人から直接、話を訊いてほしいというようなことではないかと。いずれにしても、義父が直接神山さんにお話しするのではないかと思いますが……」

とって付けたような話だった。本当に有里子の亭主——確か阿佐勘司とかいった——が村に帰ってくるのなら、わざわざ私立探偵を雇ってまで調べる必要はないはずだ。事の真相を知りたければ、村の親類縁者が直接訊き出した方が効率的だ。それに以前の有里子の話では、亭主からは何の連絡もなかったはずだが。

直感として、嘘の臭いがした。だが、それも奇妙だ。嘘をついてまで、神山に何を調べさせようというのか。

だが神山は、それ以上は訊かなかった。

3

大内宿を出ると、旧会津西街道はさらに山奥へと分け入っていく。

周囲には一面の白銀の世界が続く。風が吹き、森が揺れるように啼くと、梢からの落雪が視界を一瞬、白い闇に染めた。神山は思わず、ポルシェのアクセルを緩めた。だが有里子は帯を締めた背をシートからわずかに浮かせ、何事もなかったかのように静かに前を見据えていた。

やがて森が開けると、山間にしがみつくように民家が肩を寄せ合う中山の集落を通り過ぎる。ここには何軒かの人家と小さな商店が一軒あり、郵便局と申し訳程度の消防署もあった。だが、村に人影はない。

途中、道の右手に、天に届くほどの巨木が聳えていた。神山は車を停め、巨木を見上げた。下に、樹の謂れが書かれた札が立っていた。樹高三六メートル、胴回り一二メートル。樹齢九五〇年。下郷町指定天然記念物の八幡の大ケヤキと書かれていた。

「ここは春になると、山肌一面に咲く山桜も見事なんです……」

有里子が、ぽつりといった。

集落を過ぎると、道は一段と心許なくなった。間もなく、会津西街道の難所のひとつとして知られた中山峠を越える。ここからしばらくは下りになり、戸石川の流れを見てこれを右に登っていくと、渓間に三ツ井、新開、日影といった数戸ばかりの小さな集落が点々と続く。

「七ツ尾村は、まだ先ですか」

雪道にゆっくりと車を進めながら、神山が訊いた。

「まだ先です。しばらく行った所に戸赤という集落があります。そこが村までの最後の人里になります」

ナビの画面にも、道らしい道は映っていない。右手には高倉山、左手には見明山が雪の中に霞んでいた。

「この経路以外に、村に向かう道はないのですか」

有里子が少し間を置き、答えた。

「この先に、木地小屋という小さな集落があります。その手前に左に折れる道があり、これを行くと赤土という集落に出ます。集落を抜けて赤土峠を越えると、高野から塩江に下ることはできます。しかしいまの季節は、赤土峠は雪に閉ざされています」

「他には」

「あとはこのまま直進し、県道に出れば……。右に行けば奥会津の昭和村、左に下れば田島の方面には抜けられます。しかし、かなり遠回りになります」

正に、陸の孤島だ。

しばらく行くと道の両側に、数戸ばかりの集落が見えてきた。戸赤の集落だ。その集落を通り越した先に井戸沢という沢があり、流れに沿って右手の森に細い道が続いていた。

「その道を、右に入ってください」

有里子がいった。

「これを、ですか」

「そうです。この先、村に入る道はこれしかありません」

車で上がるにはあまりにも急で、荒れた道だった。だが神山が来ることを見越してか、路面はきれいに除雪してあった。道の入口の橋の袂に木の粗末な札が立ち、吹き付ける雪の中にかすかに『七ツ尾村』の文字が見えた。

「あなたが、この車で村に入っていけるかどうかといった意味が理解できましたよ」

だが神山はステアリングを右に切り、ポルシェを道に乗り入れた。あの大きなメルセデスが走れる道ならば、同じ４ＷＤのポルシェ・Ｃａｒｒｅｒａ４でも上がれないことはないだろう。

慎重に、登りはじめた。車高の低いポルシェは時折、雪が腹をこする。だが、やはり思ったとおり走れないほどではない。それでも神山は、見栄を張らずに軽自動車のパジェロミニで来なかったことを少し後悔していた。

道は曲がりくねりながら、延々と深い森の中に分け入っていく。その時、神山は、周囲の森の暗さに小さな違和感を覚えた。この辺りの森は、原生林ではない。すべて樹齢が数十年を超す、檜(ひのき)の植林地帯だった。

「植林ですね……」

神山が、呟(つぶや)くようにいった。

「はい。この辺りは昔、営林署が管轄(かんかつ)する国有林だったんです。先日お話しした宮山村がこの奥にありました」

「確か昭和三二年に廃村になったんでしたね」

「そうです……」

麓(ふもと)からどのくらい走ったのか、時間と距離の感覚がなくなっていた。気が付くといつしか道は暗い森を抜け、少し空が開けた場所に出た。周囲の樹木も、植林の大木から雑木の灌木(かんぼく)に変わっていた。時折、森の樹木に呑まれるように、朽(く)ちかけた人家の痕跡(こんせき)が残っていた。どこかで、誰かが見張っているような、奇妙な人の気配を感じた。

「ここが宮山村の跡地です」有里子がいった。「あの森の中に残る煉瓦(れんが)の煙突は、小学校だったと聞いています。戦後、林業が盛んな頃には、人口が五〇〇人を超す大きな村だったそうです」

だがいまは、当時の面影もない。五〇年以上もの時空の中で、人の生活の痕跡は跡形もなく森に消えようとしている。

そこからさらに、森の中を走った。やがて廃村の痕跡も消え、周囲の樹木は原生林に変わる。人の気配のするものは何もない。ただ道だけが続いている。方向もわからない。同じ場所を、幾度となく回っている錯覚があった。この奥に人里があるとは、どうしても信じられなかった。

だが、唐突に森を抜けた。周囲が明るくなり、風景が開けた。深い山々に囲まれた狭い盆地に、箱庭のような田園風景が広がった。

僅かばかりの田畑の中央に、雪原を横切るように小さな川が流れている。その両側に——雪の中で眠るように——数戸の茅葺きの家が点々と佇んでいた。

「ここが七ツ尾村でございます」

有里子が小さな声でいった。

4

神山は、村の中の道にゆっくりと車を進めた。

川に沿った、細い道だ。ステアリングを握りながら、神山は周囲の雰囲気に気を配った。村の様子を、観察する。

一見して、ごく普通の村だった。だが降りしきる雪の中で、大内宿から先のすべての集落がそうであったように、この村にも人影は見えなかった。家は川のこちら側に五戸。さらに対岸にも数戸が見えた。家と家との距離は、かなり離れている。どの家に人が住み、どの家が空き家なのかはわからない。

だが、生活の臭いはあった。村の道はきれいに除雪され、家の前には軽トラックや農機具などが置かれていた。宮山の廃村を抜けてきた時と同じように、誰かに見張られているような気配を感じた。

川には小さな橋が架(か)かっていた。古い橋だ。だが、近くに行くと奇妙なことに気が付いた。ここは除雪されていない。橋も、その先に見える神社らしき祠(ほこら)も、深い雪の中に埋もれていた。

神山は、車の速度を緩めた。欄干(らんかん)に『七ツ尾橋』と書かれていた。

「この橋は」

神山が訊いた。

「古い橋で、最近は使われていないんです」

「川の対岸に渡るには、他の橋があるんですか」

「いえ……。この橋だけです……。何年も前から、川のあちら側には誰も人が住まなくなりましたから……」

神山はまたゆっくりと車を進めた。対岸を眺める。横なぐりに降りつける雪の中に、背後の山肌に沿って数戸の家が並んでいた。だが、生活の臭いがしない。中には雪の重みに棟木が折れて、茅葺きの屋根が落ちている家もある。確かに、廃屋のようだ。

何軒かの家の前を通り過ぎた。どの家も広い庭や畑の奥に、山や川を背にして建っている。不思議な配置だ。この村には商店や郵便局などは、一軒も存在しない。

村の奥に、ひときわ大きな家があった。茅葺きだが、農家の造りではない。その家だけが周囲を低い板張りの塀で囲まれ、入口に長屋門のような門が設えてあった。塀の奥に見える家にも、どこか武家屋敷を思わせる趣があった。

「ここが阿佐の家でございます。お入りください」

神山は道を折れ、門に向かった。まるで車が着くのを待っていたかのように半纏を着た男が現れ、頭を下げた。見覚えのある顔だった。先日、白河の神山の事務所を訪れた時の運転手だった男だ。

「清次郎さんといいます。後で改めて紹介いたしますが」

男が神山の車を誘導した。門を入ってすぐに白壁の蔵があり、その奥に納屋のような建物があった。屋根の下に、先日のメルセデスと軽トラックが並べて駐めてあった。

「私の車はどこに？」

神山が訊いた。

「うちの車の横に入れてください。この降りだと、朝までに車が雪に埋まってしまいます」

「朝までにですか。今日は、夜には失礼するつもりですが」

「それは御無理かと存じます。この雪では、帰りの山道も通れなくなるでしょう。雪が止みましたら除雪させます。神山さんのお部屋は用意させますので……」

神山は、溜息をついた。携帯――新しく買ったソフトバンクのｉＰｈｏｎｅ――を出すと、やはり思ったとおり圏外になっていた。これでは仕事の連絡も取れない。だが、今夜はこの村に泊まるしかなさそうだ。

車を納屋に入れ、清次郎の案内に従って母屋に向かった。茅葺きの重そうな屋根の軒下に、つららが下がっていた。雨戸が閉まっているのでよくはわからないが、部屋の周囲から離れに向かっては回廊になっているらしい。

玄関も板戸で閉じられていた。脇の木戸から土間に入ると、薪を焚く香りと熱気が肌を包んだ。おそらく、築三〇〇年は経っているだろう。太い檜の柱や鴨居、すり減った床は、すべてが長年の煤や生活の気吹を吸って黒く沈んでいた。

「お上がりください」

有里子にいわれるがままに、神山はブーツを脱いで上がり框に上がった。

家の中は、やはり回廊になっていた。上がってすぐにまず広い囲炉裏端の二〇畳ほどの部屋があり、その周囲が襖で囲まれている。荘家とも、武家屋敷ともつかない奇妙な造りだった。有里子が最初の襖を開けると床の間が設けられた部屋があり、家と同じ古さの座卓と本郷焼の火鉢が置かれていた。

「ここでしばらくお待ちください。いま、お茶をお持ちします」

「お構いなく」

有里子が部屋を下がるのを待って、神山はあえて下座の座蒲団に座った。部屋には窓はなく、薄暗い。床の間には花鳥画の掛軸が下げられ、古刀の太刀が飾られていた。

見上げると、天井には杉板が張られていた。広い家だ。この奥にいくつもの部屋があるのだろうし、先程は離れも見えた。もしかしたら回廊の裏には階段があり、屋根裏にも隠し部屋が設けられているのかもしれない。

神山は、素朴な疑問を持った。人里離れた山奥に村があることも奇妙だが、これだけ大きな家が建っていることも不思議だった。ここは旧会津街道からもかなり外れている。歴史的に、何らかの意味を持つ土地だったとも思えない。それに、あの高価なメルセデスと弁護士だ。この村にはどれも似つかわしくない——。

どこからか、音が聞こえてくる。規則正しく、時を刻むような音だ。神山は、耳をそばだてた。遠い昔に、同じ拍子を聞いたことがある。これは、機織りの音だ。

「失礼します」

有里子の声が聞こえ、襖が静かに開いた。三つ指をついて礼をし、茶器の載った盆を持って部屋に上がる。二一世紀の今日、テレビの時代劇でもなければ見られないような光景だった。

茶器を座卓に置く有里子に、神山が訊いた。

「どこからか機を織る音が聞こえますが、どなたかが……」

「ええ、祖母が、からむしを織っております」

有里子がそういって茶碗を神山の前に差し出した。

「からむし？」

「はい、〝からむし〟です。苧麻ともいって、この近くの昭和村で作られる手作りの糸なんです。これを反物に織るのですが、私も夏にはからむしを着ます」

「ほう……」

「昔は女は皆、からむしを織ったものですが、いまはこの村では祖母だけになってしまいました。そのうち、機を織るところを御覧に入れます」

「お義父様は、確か、阿佐玄右衛門さんといいましたか」

「間もなくお目にかかると思います。もうしばらく、お待ちください」

有里子がそういって盆を手に出ていった。

神山はまた、部屋に一人で残された。黒ずんだ太い柱に、古い時計が掛かっている。時計がひとつ、二時半の時報を打った。

静かな時間が、ゆっくりと流れていく。外に降り積もる雪の音が聞こえてくるような錯覚がある。だが耳に残るのは、かすかな機織りと時計の針の音だけだ。火鉢の上では、鉄瓶が湯気を立てている。

また、人の気配がした。一人ではない。二人だ。気配は襖の外で止まった。

「失礼します」

有里子の声だ。襖が開くと、三つ指をつく有里子の脇に丹前(たんぜん)を着た大柄な男が一人、立っていた。

男が黙って部屋に入り、それが当然であるかのように上座に座った。年齢は六十代の半(なか)ばくらいだろうか。灰色の長い髪を後ろに束(たば)ね、頬(ほお)から顎(あご)にかけて長い髭(ひげ)を蓄えていた。眼光が鋭く、額(ひたい)が広い。この男が阿佐玄右衛門であろうことはすぐにわかった。

だが、意外な態度を見せた。自分の前に茶を出そうとする有里子を制し、神山に深く頭を下げた。

「今日はやくさら、よう来しゃった。わしは阿佐玄右衛門というべし。ありがでえごっで、どうもな。して、しなた、神山様というべしか」

低く、重い声だった。

「はい、神山健介といいます」

神山は玄右衛門と同じように頭を下げ、名刺を差し出した。男は有里子が置いた茶をすすり、しばらく名刺に見入っていた。

「こん〝神山〟いうは、どこの土地の名前でおざりやすか。箱根(はこね)の神山と謂(いわ)れがあんめした」

神山は、ふと有里子の方を見た。

「神山様の名前は、箱根の神山と関係があるのかと……」

玄右衛門の会津弁は、聞き取りにくい。だが、なぜ名前の謂れなど訊かれるのか。

「私は生まれは東京、少年時代は何年か福島県の白河で育ちました。神山という名字は、神奈川県の神山とはまったく関係はないと思います。元々、父方の家系は徳島県の神山町の出身だとは聞いたことはありますが……」

神山は、そこまでいって言葉を止めた。会津は、日本の歴史の中で特別な土地であることを思い出した。

「徳島とゆっけぞ、阿波の国でらったがしな。そんたら戊辰戦争の阿波沖海戦があっと。そうでらったがし……」

やはり、戊辰戦争の話が出てきた。明治維新に関わる戊辰戦争の中で、会津藩が特異な立場に追い込まれたことは歴史的な事実だ。いまも会津の人間と当時の薩長土肥との間には、心理的な遺恨が残っているといわれる。

阿波沖海戦は、一八六八年一月に現徳島県沖で起きた戦艦による日本初の近代海戦だった。確か薩摩藩の春日丸と幕府軍の開陽丸との間に砲撃戦が起こり、幕府側が勝利したはずだ。阿波は中立だが、どちらかといえば幕府側——つまり会津藩側——の人脈の方が多かったと聞いている。

「お義父様、そのお話はお止めくださいませ……」

有里子が、助け舟を出した。

「まあ、えいべした（いいだろう）……」

玄右衛門がそういって、ふと力を抜いて笑った。

「こちらからも、お訊きしたいことがあります。なぜ私がここに呼ばれたのか。その理由を説明していただけませんか」

神山がいった。

玄右衛門は一瞬の間を置き、小さく頷いた。

5

神山の部屋は、回廊を奥へと進んだ南西の角に用意されていた。

会津では〝入りの座敷〟というらしい。〝奥の部屋〟という意味だ。同じ福島県の方言でも、白河あたりと会津では言葉がまったく違う。

客間とはいえ、一二畳の広い部屋だ。今夜、神山がここに泊まることは見越してあったのだろう。部屋にはすでに蒲団が敷かれ、掘炬燵にも火が入っていた。

神山は炬燵で暖まりながら、部屋を見渡した。長い時空の流れの中に、ひっそりと眠るような家だ。天井の黒く沈んだ杉板が少しずれて、その先に深淵の闇が続いていた。この家ならば、座敷童が棲みついていてもおかしくはない。

古い家の常として、部屋に大きな窓はない。北側の壁の高い位置に、明かり取りの小窓があるだけだ。神山はしばらくして、部屋を出てみた。右手の突き当たりに湯殿と雪隠――便所――があり、左手には回廊が延々と続いている。天井に、裸電球がひとつ。だが、人の気配はない。

回廊を隔てた側は、雨戸になっていた。神山は、雨戸を少し開けてみた。すでに日が落ちていたが、雪は渾々（こんこん）と降り続いていた。

新雪が、縁側の高さまで積もっていた。正面の景色が、納屋の壁に塞（ふさ）がれている。これでは何も見えない。

誰かに見られているような気配を感じた。神山が振り向く。西側の軒下に人がしゃがんでいた。神山と目が合うと、静かに頭を下げた。

例の、運転手の清次郎という男だ。清次郎の顔が、炎で赤く染まっている。どうやら風（ふ）呂（ろ）を焚いているらしい。神山から目を逸らし、また無言で竈（かま）に薪を焼べはじめた。

まるで、見張られているようだ。考えすぎなのはわかっているが。

神山は部屋に戻り、また炬燵に入った。座椅子（いす）に体を預け、溜息をついた。天井を見上げ、ぼんやりと節穴を眺めながら考えた。

阿佐玄右衛門の話は、奇妙だった――。

一年前に、葛原直蔵という村の男が狩猟（しゅりょう）中の事故で死んだ。だが、連れていたカイという犬が銃創を負（お）っていたことから、単なる事故ではないのではないかという噂が立った。そのあたりの話は、有里子から聞いていたことと変わらない。

問題は、その後だ。〝犯人〟として疑われ、事件後に村を出た有里子の夫――玄右衛門の長男――の阿佐勘司が、この冬に村に戻ってくる。おそらく、年末から一月、遅くとも二月の半ばまでの雪の深い頃に。勘司が村に戻ったら本人から事の次第（しだい）を訊き出し、真相を確かめてもらいたい――。

神山は、玄右衛門にいくつかの疑問を質した。阿佐勘司は村を出てから、一度も連絡はないと有里子から聞いている。それなのになぜ、勘司が村に帰ってくるとわかるのか――。

玄右衛門の顔色に、戸惑いの色が浮かんだ。だが、村に噂がある。遅くとも二月一三日と一四日の、大内宿の雪祭の頃までには戻るはずだという――。

もうひとつ、神山は訊いた。なぜ父親である玄右衛門が、勘司と直接話をしないのか。なぜ神山が間に入らなければならないのか。そのために、なぜ自分が二カ月もこの山奥の村に逗留しなくてはならないのか――。

やはり玄右衛門は言葉を濁した。勘司に、会ってみればわかるという。そしてその前後に、村に何かが起こるかもしれぬとも――。

何が起こるのかを訊いても、玄右衛門は答えなかった。それでなくとも玄右衛門の会津訛は聞き取りにくく、いちいち有里子の通訳が入るのでそのニュアンスが正確に伝わってこない。

だが、ひとつだけ確かなことがある。彼らは、何かを隠している。すべてを正直には話していない。そこまでして、なぜ神山を村に引き留めようとするのか。神山に何かを調べさせたいのではなく、神山がこの村にいること自体に意味があるのではないのか――。

神山は、ぼんやりと天井を眺めた。視線を、天井から鴨居に移す。松の枝を図案にした山水の彫刻が配され、その要に蝶紋の家紋が彫られていた。

廊下で、人の気配がした。古い床板のきしむかすかな足音が、部屋の外で止まった。

「失礼します」有里子の声だった。「お風呂が沸きました。よろしければお入りくださいませ」

「いや、お構いなく。着換えも持ってきませんでしたから」

「押入れの中に、浴衣とタオルが用意してございます。それをお使いください」

神山は、溜息を洩らした。他人の家で、風呂を借りる習慣はない。だが、断わるわけにもいかないようだ。

炬燵を出て、押入れを開けた。中に朱塗りの木箱があり、浴衣と丹前をはじめ湯具一式が揃っていた。木箱にも、金箔の蝶紋が入っていた。

浴衣に着換え、部屋を出た。有里子が廊下で待っていた。奥の湯殿に案内される。戸を開けると、つんと柚子の香が鼻を突いた。

檜の湯船を置いただけの、昔ながらの湯殿だった。湯船の上には格子の小さな窓があり、そこから雪と、ほのかな煙が流れ込む。おそらく窓の下では、先程の清次郎という男がいまも薪を焼べているのだろう。

湯殿の蓋を開けながら、有里子がいった。

「お背中をお流しいたしましょうか」

湯気が上り、視界が白く曇った。

「いや、そこまでは……」

神山が断わると、有里子がくすくすと笑った。

「わかりました。では、ごゆっくり」

有里子が去るのを待って、神山は浴衣を脱いだ。高い湯船を跨ぎ、柚子の浮く湯にゆっくりと体を沈める。冷えた体に湯の熱が染み渡り、その心地好さに思わず息が洩れた。

神山は、目の前に浮かぶ柚子を見つめた。柚子湯などは、何年振りだろう。まだ母親が生きていた頃、いまの白河の家で入ったことがあったような気がする。そういえば、あと五日もすれば冬至だ。

窓の格子から、雪が舞い込む。その雪が湯船に落ち、溶けて消えた。

清次郎が薪を焼べる音が聞こえてきた。

なぜか唐突に、自分が囚われているような錯覚を覚えた。

6

風呂から上がると、食事が用意されていた。

これも、予想外の展開だった。最初は一人で食べるものだと思っていたのだが、囲炉裏端の奥の広間まで襖が開け放たれ、そこに一〇人分以上の食膳がコの字形に並べられていた。

神山が浴衣に丹前姿で気軽に入っていくと、そこにいた全員の目が集まった。正面の上座に阿佐玄右衛門が座り、その周囲の席も村の男たち——おそらくそうだ——で半分程が埋まっている。

玄右衛門に招かれ、神山もその横に座らされた。全員が静かに、頭を下げた。奇妙な空気だった。

しばらく待つと、一人、また一人と家を訪ねる者がある。酒を手にして上がってくる者もいたし、料理を盛った大きな皿を持っている者もいた。残った席も、次第に埋まっていく。全員、男だった。女たちはまだ席には着かず、台所から料理を運んだり囲炉裏端で岩魚を焼いたりの世話に回る。

有里子が、酒を運んできた。神山の脇に膝を突き、徳利を差し出す。

「どうぞ」

まだ誰も、料理に箸もつけていない。

「皆様方にお先に……」

横から、玄右衛門が口を出した。

「でんまいしるなや。あがっしゃえ」

神山は、有里子に助けを求めた。

「何と？」

「遠慮せずにお召し上がりくださいと」

「わかりました……」

食膳の上の猪口を返す。有里子がそこに、熱燗の酒を注ぐ。風呂上がりにはまず冷たいビールを一杯やる主義なのだが、どうやらそのような雰囲気でもないらしい。

他の客にも、酒が回った。全員が猪口を目の高さに掲げ、静かな酒宴が幕を開けた。

食膳の上には、山菜や茸の器と共に、見たこともないような料理も並んでいた。有里子が察したように説明する。

「その椀は〝小づゆ〟と申します。おめでたい時や、大切なお客様をお迎えする時に出すこの辺りの伝統的な料理です」

小さく角切りにしたシイタケ、ニンジン、大根などの野菜と豆腐、シラタキ、ナルトなどを薄味の汁で炊き上げた簡素な料理だった。口に含むと、優しく、どこか懐かしい味がした。

次々と料理が運ばれてきた。囲炉裏で二時間は焼き込んだ岩魚。会津地鶏の煮物。大皿に盛られた脂身の多い奇妙な生肉は、ツキノワグマの刺身だった。そのひとつひとつを、有里子が小声で説明する。

女たちが下座に着くのを待って、玄右衛門が手を打った。

「じねんとしぃ（静かにしろ）」その一言で、場が静まった。「こん方さ、神山つぁまで」

玄右衛門は、神山のことをその場にいる者に紹介した。例のごとく、玄右衛門の言葉は聞き取りにくい。だが、神山が県内では有名な私立探偵で、この村の様々な問題を解決するために力になってくれる。だから皆も神山に協力してほしい、といっているらしいことは何となくわかった。別に神山は有名ではないし、まだ依頼を引き受けるといった覚えもないのだが。

全員、黙って玄右衛門の説明を聞いている。男たちは、神山と玄右衛門を除くと計六名。女は有里子を除くと四名。その中で知っている顔は、運転手の清次郎だけだ。清次郎は、女たちよりも下座に座っている。

玄右衛門は、次に神山に村の男たちを紹介した。まず玄右衛門の右前に座る男が、阿佐久喜雄（くきお）。年齢は玄右衛門に近く、顔や体格もよく似ている。やはり、思ったとおり玄右衛門の弟だった。

久喜雄は玄右衛門に紹介されると、黙って頭を下げた。同敷地内の、離れに住んでいるという。

向かい――神山の左前――に座るのは、葛原唐次郎。年齢は神山よりも少し上といったところか。例の、一年前に猟に出て死亡した葛原直蔵の弟だ。小柄で細いが、目つきの鋭い男だった。

唐次郎は神山を一瞥(いちべつ)し、やはり無言で頭を下げた。先程の久喜雄もそうだが、どこか神山に対する敵意のようなものを感じた。気のせいかもしれないが。

その下座にいるのが、椎葉浩政(ひろまさ)。年齢は唐次郎と似たりよったりだ。だが、この男だけは、神山に照れたような笑いを浮かべて頭を下げた。この中では、最も話がわかりそうな柔軟な印象があった。

右手の阿佐久喜雄の隣が、小松吉郎(こまつよしろう)。年齢は、玄右衛門よりも上だ。もう、七〇を過ぎているだろう。紹介されても神山を見ず、頭も下げずに、ただ黙々と酒を口に運んでいる。

もう一人、その下に若い男がいた。いや、少年といってもいい。まだ二十歳(はたち)にはなっていないように見えた。

名前は、阿佐信人(のぶと)。阿佐久喜雄の〝かかりご〟だと教えられた。

「〝かかりご〟とは?」

隣で酌(しゃく)をする有里子に、小声で訊いた。

「後継者とか、長男という意味です……」

なるほど。久喜雄の息子か。どうやらこの村には、若い男は信人しかいないらしい。だが、奇妙だ。なぜ信人は、父親の下に座っていないのか。それに父親には、あまり似ていない……。

最後に、清次郎の名が呼ばれた。相変わらず、愛想がない。他の四人の女たちは、それぞれが誰かの妻なのだろう。だが、紹介もされなかった。

「七ツ尾村の村人は、これですべてなのですか」

横の有里子に訊いた。

「ほとんど全員、顔を揃えています……」

「先程、機織りの音が聞こえたお祖母様は」

「祖母は老齢ですので、ここにはおりません。もう食事をすませて、今日は先に休ませていただきました……」

ということは、男が七人に女が六人。計一三人ということか。だが有里子は、〝ほとんど〟といった。他にも人間がいるということなのだろうか。

女たちは交互に席を立ち、料理や酒を運んでくる。神山は注がれるがままに酒を空けながら、場の様子に気を配った。だが、不自然なほどに静かだった。それぞれが会津の言葉で小声で話し合うだけで、誰も神山には声を掛けてこない。何を話しているのかすら、まったくわからない。

まるで異邦人になったように落ち着かなかった。少なくとも神山は、あまり歓迎はされていないようだ。

「飲んみやれや。でんまいしるなや」

時折、神山に声を掛けるのは玄右衛門だけだ。

その時、一人の男が玄右衛門に声を掛けた。葛原唐次郎だった。

「親がっつぁま。神山さんは、阿波の人でらったがしね」

そのひと言で、場が一瞬、静まり返った。全員の目が、神山と玄右衛門の顔を交互に見つめた。

神山は、有里子の顔を見た。表情が、かすかに強張(こわば)っている。

神山の郷里の話が出るのは、これが二度目だ。阿波——徳島県——という土地に、もしくは〝神山〟という名前に何か意味でもあるのか。

「そうだないし。したがら、何んだん」

玄右衛門が、静かにいった。

しばらくの間があった。唐次郎の顔から、ふと力が抜けたように見えた。

「本当げぇ……」唐次郎が手元の徳利を手にし、神山に向けた。「こん山奥の村ば、よう来しゃった」

神山は猪口を差し出し、目礼でそれを受けた。村人が見守る中で、猪口を空けた。まるで、何かの儀式のようだった。だが、その直後から、場の雰囲気が奇妙なほどに和（なご）みだした。

有里子を見た。空いた徳利を手に立つ有里子の口元に、小さな笑みが浮かんだように見えた。

周囲を山々に囲まれた寒村の常なのか、酒宴が引けるのは早かった。八時にはもう人が帰りはじめ、九時前にはお開きとなった。

部屋に戻っても、何もやることがない。もしこうなるとわかっていたら、ジャック・ロンドンの文庫本でも持ってきたのだが。外は、雪が降り積もる音が聞こえてくるほどに静かだった。もう一度ｉＰｈｏｎｅを確かめてみたが、やはり圏外になっていた。

スノーケル・ジャケットのポケットを探り、ラッキーストライクの箱を出した。タバコは止めようと思っているのだが、持ち歩いていないと不安になる。残りは、三本。その一本を出して、火を付けた。

煙を吸い込んだところで、廊下に人の気配を感じた。すでに聞き馴れた足音だ。

「失礼します……」

やはり、有里子の声だ。

「どうぞ」

しばらく間を置いて、襖が開いた。

「アンカを持ってまいりました。夜は冷えますので……」

昔ながらの、豆炭を入れるタイプのアンカだった。懐かしい。子供の頃、母と一緒に白河に移り住んできたばかりの冬に使っていたことがある。有里子はそのアンカを絣(かすり)の小さな袋に入れ、蒲団の足元に納めた。

「お食事はいかがでしたか」

火鉢に炭をたしながら、有里子が独り言のようにいった。

「料理はなかなかでした。あの熊の刺身は美味(おい)しかった。この辺りはツキノワグマが多いそうですね」

「ええ……。冬の猟期になると、男の方々は皆さん熊猟に出ます。何でも熊胆(くまのい)が良いお金になるとかで……」

有里子はそういいながら、火鉢の鉄瓶から湯を取って茶を淹れ、神山の前に置いた。

「すみません」茶を飲みながら、神山が訊く。「すると亡くなられた葛原直蔵さんも、熊猟に行かれた先で事故に遭(あ)われたわけですか」

「そうだと思います。でもそのことは、先程お会いになった弟の唐次郎さんの方がお詳しいかと……。では、私はこれで……」

部屋を出ていこうとする有里子を、神山は呼び止めた。

「もうひとつだけ」

有里子が足を止め、振り返った。

「何でしょう」

「先程、唐次郎さんが、私が徳島県の阿波の血縁かどうかというようなことを訊かれましたね。その前には、玄右衛門さんも私の出身について気にしておられた。何か意味があるのでしょうか」

「そうでしたでしょうか……」

意外な反応だった。有里子が、忘れているわけがないのだが。

「まあ、いいでしょう。それで気になっていたのですが。今回のこと、私に仕事の依頼がきたのは、何か出身地や血縁関係に理由があるのではないかと思いましてね」

「さあ、どうでございますか。私は、よく知りません。神山様は、弁護士の野末先生の御推薦だと伺っておりますけども……」

有里子が、目を逸らした。どこか、いい淀んでいる。

「そうですか。私の気の回しすぎかな」

「それでは、これで……」

有里子が部屋を出ていった。気配が回廊を遠ざかり、またすべての音が消えた。

時計を見た。まだ一〇時にもなっていない。だが、起きているのが苦痛だった。この部屋には——もしかしたらこの家の中に——テレビも置いていない。

仕方なく神山は明かりを消し、蒲団に入った。アンカの穏やかな熱が、足元に心地好い。

蒲団の上から、深く重い闇がのしかかってくる。火鉢の周囲の壁だけが、赤くぼんやりと浮かび上がっていた。

神山は、目を閉じた。

体が闇の中に沈みはじめた。

7

確かに眠っていたはずなのに、頭の芯(しん)は燠火(おきび)のように燻(くすぶ)り続けていた。

神山は、現実と夢の間(はざま)を行き来した。だが、廊下の足音を聞いた瞬間に、意識が完全に戻った。

磨き込まれた床板の上を足袋(たび)が滑るようなかすかな音は、もう聞き馴れた有里子のものだ。だが、もう一人の気配がある。重く床板をきしませる、男の足音だ。

神山は闇の中で息を殺し、気配を探った。足音が、近付いてくる。衣擦(きぬず)れの音。同時に、小さく咳(しわぶ)くような声が聞こえた。その声の低さが、研ぎ澄(す)まされた神山の意識の中で玄右衛門の姿と重なった。

二人の足音は神山の部屋の前を通り過ぎ、回廊の奥へと向かった。神山は、考えた。こんな時間に、どこに行くのだろう。この先、回廊の行き止まりにあるのは、便所と湯殿だけだ。

足音が止まった。二人が何か小声で話すような、かすかな気配。言葉の内容までは、聞き取れない。続いて、戸を開ける音。やはり、風呂らしい。

しばらくして、湯を流す音が聞こえてきた。どちらかが、廊下を戻ってくる気配はない。なぜ、二人で風呂に入るのだろう。嫁が義父や客の背中を流すのは、この村の風習なのか。

笑い声。そしてまたかすかな話し声が聞こえてきた。その様子からは、義父と嫁の姿は想像できなかった。

神山は闇に目をこらし、天井を見上げた。それまでは気が付かなかったのだが、外にも気配がある。こんな雪の降る夜に、誰だろう。あの清次郎という男が、風呂釜に薪を焼べているのかもしれない。

二人の声が止んだ。桶(おけ)や簀(すのこ)の物音と、湯の音しか聞こえない。だがしばらく耳を欹(そばだ)てていると、有里子の声だけが闇の中に流れてきた。

話し声ではない。笑い声でもない。動物のような、女の嗚咽(おえつ)だ……。

そういうことか。二人で風呂に入った理由が理解できた。たとえ義理の関係とはいえ、親子でなぜ……。

だが、神山には関係のないことだ。亭主が一年も姿を消していれば、普通の女ならば体が淋しくなるのも当然だ。

小一時間も過ぎた頃に、誰かが風呂から上がってきた。足音は、一人しか聞こえない。男――おそらく玄右衛門――の足音だ。有里子は一人で、風呂に残っている。

神山は目を閉じた。有里子が風呂を上がるのも知らぬ間に、また浅い眠りに落ちた。

次に目を覚ましたのは、夜明け前だった。どこからか、心地好い拍節の音が聞こえてきた。何か、音楽に身を委ねているような錯覚があった。夢とも現実ともつかない曖昧な意識の中で、音の周囲の風景が少しずつ像を結びはじめた。老婆が、機を織っている。機織りの音だ。

前日の午後、この家に着いたばかりの時にもこの音を耳にした。確か有里子は、祖母が〝からむし〟を織っているといっていた。いったい、どのような布なのか……。

神山は、腕のGショックの文字盤のライトを点け、時間を確かめた。まだ、朝の五時を過ぎたばかりだ。

吐く息が白い。蒲団の中はアンカの残り火で温まっているが、部屋の中はかなり気温が下がっている。

機織りの音に耳を傾けながら、考えた。あの音は、どこから聞こえてくるのだろう。家の奥――広間の反対側――から聞こえてくるようにも思えるし、離れの方角からのような気もする。

神山は、機を織る老婆の姿を想像した。もし玄右衛門の母親だとしたら、九〇に近い歳だろう。だが、その顔を思い描くことはできない。神山は、母以外の肉親をほとんど知らずに育ってきた。どこかにいたはずの自分の祖母にも、一度も会ったことはない。

軽やかな音色に身を委ねる。また、うとうとと眠くなりはじめた。だがその時、機織りの他にも何かが聞こえることに気が付いた。

〝音〟ではない。人間の〝声〟だ。機を織りながら、老婆が何かを話している。独り言か。いや、何かを歌っているようにも聞こえる。

神山は意を決し、蒲団を出た。丹前を羽織り、襖を静かに開けた。回廊の床を踏むと、板が軋むように鳴った。

機織りの音と老婆の声が、少し大きくなったような気がした。やはり、歌のようだ。意味はよくわからないが、部分的には聞き取ることができる。

……あったあどな……。

昔……〇〇様があったあどな……。

〇〇の峠に七人の〇〇様が、あったあどな……。

だんだん正月になってから……爺様と婆様が○○ば持って町へ出かげやったあど……。

いったい、何をいっているのだろう。どうやら、この辺りの土地の昔話のようなものを口遊(くちずさ)んでいるらしい。

その時、足音が聞こえた。誰かが来る。神山は部屋に戻り、襖を閉めた。

部屋の外を、足音が通り過ぎていった。誰だかわからない。しばらくすると厠(かわや)を使う音が聞こえ、足音はまた部屋の前を通って戻っていった。

蒲団に入ると、老婆の声が耳の中から遠ざかっていった。伝わってくるのは、心地好い機織りの拍節だけだ。神山はその音を聞きながら、微睡(まどろ)みはじめた。

いつの間にか、浅い夢を見ていた。自分が生きていたはずもない、古い時代の夢だ。

どこかの山中に、武士がさ迷っている。落武者(おちむしゃ)だ。兜(かぶと)を脱ぎ捨て、血を流し、甲冑(かっちゅう)には矢が刺さっている。槍(やり)や刀の鞘(さや)で体を支えて歩くその武士の中に、なぜか神山の姿もあった。

辺りには、雪が降っていた。生温かく、血の色をした雪だ。

そのうちに、体が重くなった。誰かに、押さえつけられている。体の自由が利かない。手足を動かすこともできない。

神山はいつの間にか、雪の山中から元の自分の部屋に戻ってきていた。自分が蒲団の中で寝ていることは、意識の中で理解していた。目を開ければ、闇にかすかに浮かび上がる室内の風景が見えた。だがその風景と自分の存在が、夢なのか現実なのか区別がつかなかった。

ふと、何かの気配に気付いた。部屋の中に、誰かがいる……。

神山は踠きながら首だけを動かし、周囲を見渡した。視線を上に向けると、闇の中に何かが見えた。

甲冑を着た鎧武者が、枕元に立っていた。腰には、長い太刀を携えている。兜の下に面を着けているために、顔は見えない。だが爛々と光り輝く双眸が、神山を見下ろしていた。

神山は、声を上げた。いや、叫ぼうと思った。だが、声が出ない。

その時、体が動いた。息を吸い込み、手足をばたつかせた。同時に、闇の中に立っていた鎧武者の姿が、すっ……と消えた。

荒い息を繰り返した。夢だ。夢だったのだ。遠くから、機を織る音が聞こえてきた。

安心すると同時に、また眠りに落ちていった。

どのくらい眠ったのだろう。神山は、鶏の鳴き声と雨戸の節穴からの陽射しで目を覚ました。雪は、止んだようだ。

蒲団の中で、体を伸ばした。奇妙な夢を見た割には体が軽かった。台所から、誰かが煮炊きをする音が聞こえてきた。

部屋を出て、廊下の板戸を開けた。外は、一面の雪に埋もれていた。納屋の屋根に積もった綿帽子が、朝日に輝いている。庭には点々と狐の足跡が残っていた。

機織りの音が聞こえていた。やはり、家の裏の方からだ。神山は板戸を閉め、部屋に戻った。

その時、奇妙なものに気が付いた。襖を開けた所に、何かが落ちていた。拾い上げる。神社の、御守りだった。

昨夜は、なかったはずだが……。

そこに、有里子が歩いてきた。一瞬、違う女だと思った。前日とは違いジーンズにセーターという軽装で、長い髪も肩に降ろしていた。

「お早うございます。よく眠れましたか」

有里子が訊いた。

「ええ、お陰様で」

だがその時、有里子が神山の手にしている物に目を留めた。

「それ……」

「ああ、この御守りですか。今朝、起きてみたら、ここに落ちていたんです」

神山がいった。だが一瞬、有里子の顔が強張ったように見えた。

「私のです……」

有里子が取り繕（つくろ）うようにいった。

「あなたのですか。しかし、なぜ……」

「ええ……。今朝方、火鉢に炭をたしにきたんです。神山さんは、よく寝ていらっしゃいました。たぶん、その時に……」

火鉢には、確かに炭が入っていた。だが、なぜか有里子は目を逸らした。

「そうでしたか……」

神山は、御守りを有里子に手渡した。その時、文字を見た。「筒井（つつい）神社御守」と書いてあった。この辺りでは、聞かない神社だ。

「もう、朝御飯ができてます。顔を洗ったら、すぐに」

「わかりました。よろしければ……」

神山がいうと、有里子が一礼して戻っていった。和服ではなくても、身ごなしにどことなく色気がある。昨夜の風呂場からの声が脳裏に蘇ってきた。

8

昨夜は暗さばかりが印象に残った古い家は、だが、今朝は明るい陽光に満ちていた。

神山は、服に着換えて囲炉裏のある広間に向かった。小さな座卓の上に、一人前の朝食が用意されていた。

「家の者はもうすませましたので……」

有里子がそういいながら、この辺りでよく見かける会津本郷焼の茶碗に飯を盛った。煮物に新香、あとは汁物に山菜の小鉢が付いただけの素朴な食卓だった。

「これは？」

竹籠の中に盛られた卵を指して、神山が訊いた。

「うちで取れた会津地鶏の卵です。生ですが、よろしければ……」

空の器の中に、ひとつ割った。黄身の色が、赤に近い。箸でつまみ上げられるほどの、弾力のある卵だった。そういえば朝方、鶏の鳴き声で目を覚ましたことを思い出した。

「食事を終えたら、白河に戻ります」

生卵を掻きまぜ、それを熱い飯に掛けた。頬張る。濃厚な味と香りが、口の中に広がった。旨い。

「それが、しばらくは無理だと思います……」

神山は、箸を止めた。

「なぜです」

「昨夜の雪が、ひどかったものですから。宮山村を抜ける峠が、完全に埋まってしまってます。いま村の者が重機で除雪に当たっていますが、戸赤の集落まで車で降りられるようになるのは、午後の遅い時間になると思います……」

呆れてものがいえない。神山はまた、黙って飯を食いはじめた。

二カ月間、この村に住み込んでくれといわれた理由のひとつが、わかったような気がした。この村は、冬場には下界との行き来が自由にできないのだ。豪雪地帯の会津の山間部にあって、その雪のために、日常的に孤立してしまう。

神山に気遣うように、有里子がいった。

「もしよろしければ、村の中を御案内します。今日は雪も上がって、天気がよろしいので……」

「そうですね。暇潰しになるかもしれない」

神山はそういって、味噌汁をすすった。陸奥の味噌汁にしては、薄口の上品な味がした。

外に出ると茅葺きの軒下につららが下がり、凍み大根が干してあった。

神山は目映いほどの陽光に目を細めた。キャップを被り、レイバンのサングラスを掛けて周囲を見渡す。山間の小さな村は、輝くように白く厚い雪の中に埋もれていた。

「お待たせしました」

後から、有里子が出てきた。赤いダウンパーカに、藁の雪靴という奇妙な出立ちだった。

「その靴、懐かしいですね。私も子供の頃に、何度か見たことがある」

「ええ……この靴ですか」有里子が歩きながら、足元を見た。「この辺りでは〝おそぼ〟といいます。いまも現役ですよ」

「寒くないんですか」

「いいえ。このような新雪の時には、ゴム長靴よりも温かくて滑らないんです。雪解けの季節には水が染みてきてだめですけれど……」

庭も、門の外の村道もすでに雪が掻かれていた。神山は、家を振り返った。離れがあり、反対側の奥にも建物が続いている。東北地方に多い、曲屋だ。この家でも昔は、馬を飼っていたのだろう。

除雪された道を歩くと、ソレルのブーツの下で雪が鳴いた。気温が低い。吐く息は凍りそうに白く、顔に当たる風は刺すように冷たかった。神山はスノーケル・ジャケットの前を閉じ、キャップの上からフードを被った。

前日の風景とは、違う場所のように見えた。山々に囲まれた村は透き徹るほどに明るく、見上げれば広い空が抜けるように青い。北に聳える山々は、まだ朝日を浴びて薄らと赤く染まっていた。

「右手に見えるのが、高倉山です。正面が、横山。その右奥にある大きな山が、神籠ケ岳です。左手の立岩山を越えると、その先が会津美里町になります」

だが、いくら有里子の説明を聞いても、この深山の彼方に人の住む町があるという実感が湧かなかった。

村の中の道を歩きながら、神山が訊いた。

「この村は、四世帯が残っているといっていましたね。昨日の人たちは、どの家に住んでいるのですか」

「阿佐の弟……久喜雄は同じ敷地内の離れです」

「それは、昨夜聞きました」

「あとは、この先の右にある家が小松吉郎さん。もう少し行くと左に見えるのが椎葉さん。二軒置いて村の入口にあるのが……」

「昨日、最初に見た家ですね」

「そうです。そこが葛原さんです。他はすべて、空き家です」

「清次郎さんは？」

「あの方は、うちの使用人です。阿佐の家の中に住んでおります」

村には、十数軒の家が残っていた。どの家も阿佐の屋敷ほど立派ではないが、すべて茅葺きの入母屋造りだった。白い綿帽子を被る静かな家々の風景は、まるで箱庭のようだ。

どの家に人が住み、どの家が廃屋かは一見してわからない。だがよく見ると、人の住む家からは煙が立ち昇り、軒には凍み大根が干してある。

有里子のいうとおりならば、村は確かに四世帯だ。だが阿佐の弟と清次郎を別世帯と数えるならば、計六世帯。村人はせいぜい十数人ということになる。

椎葉の家の前を通りかかった時に、庭先に女が一人、立っていた。名前はわからないが、昨夜の宴席で見かけた四人の女の内の一人だった。

「椎葉浩政さんの奥様の里子（さとこ）さんです」

有里子が、紹介した。

神山と有里子に気が付くと、女は凍み大根を干す手を休めて頭を下げた。素朴な笑顔。亭主の浩政に似て、人の好い女らしい。

また、道を歩く。

左手に川が流れ、空には鳶（とんび）が舞う。何の変哲もない、平穏な村だ。

しばらく行くと、小さな橋のある場所に出た。村に入ってくる時に見かけた「七ツ尾橋」だ。神山は橋の前で足を止めた。昨日と同じように、古い橋の上には除雪された雪が積まれていた。

神山は、橋の前に立って川の対岸を眺めた。遠くの山沿いに、何軒かの家が並んでいる。晴れた日に改めて見ても、確かに人の住む気配はない。

だが、どこか不自然だ。この村は、昭和三十年代の初頭から人口が減りはじめたと聞いていた。対岸の家々は確かに廃屋らしいが、それほど長年にわたり放置されていたようにも見えない。

「どうかしましたか」

有里子が訊いた。

「いや、別に……」

家だけではない。この村の鎮守を祀る神社も、対岸で雪に埋もれている。それなのになぜ、村に唯一のこの橋は使われていないのか……。

神山はその時、奇妙な物に気が付いた。橋の上に積まれた雪の上に、小さな立て札が立っていた。

〈危険――立ち入り禁止！〉

立て札には、そう書かれていた。おかしい。昨日は、気付かなかった。よく見ると、まだ真新しい。しかも、不自然だ。僅か十数人の村人のために、このような札を立てる理由がない。つまり、神山を対岸に行かせないように立てたというわけか。

神山は、立て札を引き抜いた。やはり、雪の上に刺してあるだけだった。

「この立て札は、いつから立ってました」

「さあ……」

神山は、立て札を雪の上に投げ捨てた。

「ちょっと、橋を渡って向こう岸に行ってみます」

「駄目です。橋が落ちたら大変です。やめてください」

「だいじょうぶですよ。これだけ雪を積み上げても平気なのに、人間があと一人乗ったくらいで落ちるわけがない」

神山は、橋の上の雪の山に登った。今朝、新しく積まれた表面は軟(やわ)らかかったが、その下は根雪のように硬く凍っていた。ソレルのブーツで踏みしめ、体重を掛けても崩れない。

だが、橋の中央まできたところで、背後から有里子の声が引き止めた。

「おやめください！」

強い口調だった。神山が、振り返る。有里子は険しい表情で、神山を睨(にら)みつけた。だが、同時に、背後も気にしている。

やはり、そうか。この橋が危険なわけではないのだ。どうやらこの村には、神山を川の向こうに行かせたくない理由があるらしい。

有里子以外にも、誰かが、どこからか見ているような気がした。

「わかりました。戻りましょう」

神山が橋の上の雪山から降りると、有里子が安堵(あんど)したように表情を和(やわ)らげた。

元の道を、村の奥へと戻る。神山は歩きながら、対岸の冷たい風景を眺めた。あの何軒かの廃屋には、何があるのか――。

空は明るい。だが、少しずつ、村の風景から光が失われていくような気がした。しばらくは、無言で歩いた。他に、人の気配はない。ふとした瞬間に、周囲の村の全景そのものが幻であるかのように感じる。

重い沈黙を破るように、神山が話し掛けた。

「亡くなった葛原直蔵さんは、どの辺りの渓で発見されたのですか」

「私は、よくわかりません。山にはあまり入りませんので。あの横山と立岩山の尾根を越えた辺りだとは聞いていますが……」

「誰か、場所を知っている人は」

「男の方々でしたら。葛原さんの弟さんか久喜雄さん、うちの清次郎さんに訊いてもわかると思います」

話しながら歩く神山の後ろを、有里子がついてくる。

「しかし、この村の人に訊こうにも、言葉がよくわからない。昨夜、誰かが玄右衛門さんのことを〝親がっつぁま〟とか呼んでいましたね。どんな意味なんですか」

有里子は少し考え、答えた。

「おそらく、親方様という言葉が訛ったのではないかと思います。昔でいう、庄屋(しょうや)様というような意味ではないでしょうか。私も嫁にきた当時は、言葉がわからなくて苦労したことがありました」

「そういえば有里子さんは、この土地の訛がありませんね。会津の人ではないんですか」

しばらく、有里子は無言だった。やがて、小さな声でいった。

「関西の方から嫁にきたんです……」

関西、か……。

いわれてみれば有里子の言葉には、関西人のような発音がまざることがある。だが、意外だった。このような陸奥の僻村の男と関西の女の間に、いかなる由縁があったのか……。

「まだ夜明け前でしたか、誰かが歌っているような声を聞きましたよ。誰かが話していたんですか」

「祖母だと思います。機織りをしながら、いつも独り言のように歌うんです。会津のこの辺りで〝ざっと昔〟と呼ばれる昔語りの一種です」

「あれも聞き取れなかったな。何とかの峠に七人の何とか様が、あったあどな……とか。どんな意味なんですか」

「私にもわかりません。余所(よそ)の土地の者には聞き取れないんです……」

周囲の山々の景色は、刻一刻と明るさを増していく。陽の当たる斜面や日影の淡い色彩が抜けて、目映いような白一色の世界へと移り変わっていく。

神山は、正面の山の尾根を見上げた。視線を移し、村全体を見渡す。その時、奇妙なものが目に入った。田畑の先の山裾の森の中に、小さな小屋のようなものが建っていた。いや、人の住む〝家〟だ。屋根の上の煙突から、煙が立ち昇っているのが見える。

「この七ツ尾村には、四世帯しか残っていないといっていましたね」

「はい……」

「昨夜、あの席に、村人はほとんど集まっていた」

「そうです」

神山は、彼方に見える家を指さした。

「あの家は、何なのですか。誰かが住んでいますね」

有里子が少し考え、いった。

「あの家に住んでいる人は、この村の者ではないんです……」

「この村の者ではない。それは、どういうことですか」

「蛭谷さんという方で、木地師なんです……」

「キジシ？　それは、何です？」

「豊かな森を求めて全国を渡り歩く、木地挽きを仕事にしている人たちのことです。蛭谷さんも、二〇〇年以上も前にこの地に住みついた木地師の子孫なんです……」

だが、二〇〇年以上も同じ村に住んでいながら、村人ではないという感覚も奇妙だ。

「体が冷えますね」有里子が、神山の次の言葉を牽制するようにいった。「そろそろ、家に戻りませんか」

有里子が、家に向かって歩きだした。神山はしばらく小屋を眺めていたが、やがて踵を返しその後を追った。

9

家に戻ると、庭の雪掻きをしながら清次郎が二人を待ち構えていた。有里子を呼び、小声で話し込んでいる。何か、問題が起きたらしい。話が終わると、有里子が神山の元に戻ってきた。

「少し、問題が起きました……」

やはり、そうか。

「またですか。今度は、何です」

「中で、ゆっくりと。いま、お茶を淹れますから……」

囲炉裏端には、誰もいなかった。ただ、薪が赤々と火を放っている。当主の阿佐玄右衛門の姿も見えない。

火に当たりながら、神山はしばらく待った。芯まで冷えきった体が、少しずつ熱にほぐれていく。

しばらく待つと、有里子が茶と茶請けの漬物を運んできた。

「何が起きたんですか」

神山は茶を淹れる有里子に、もう一度訊いた。

「申し訳ありません……。神山さんには、お詫（わ）び申し上げないと……」

有里子が神山の前に、湯呑みを置いた。

「どういうことです」

「実は、除雪に向かった者から連絡があったそうなんです。途中で雪崩（なだれ）が起きていて、復旧にかなり時間が掛かりそうなんです……」

「と、いうと」

神山が、湯呑みを手にし茶をすすった。

「つまり……今日じゅうには無理かもしれません。御不便を掛けて申し訳ありませんが、この家にもう一泊していただくことになるかと存じます……」

なるほど、そうきたか。

「しかし、まだ一二月ですよ。雪崩の季節には早すぎる」

神山がいうと、有里子が困惑したような表情を見せた。

「この村にくる途中、険しい絶壁の道があったのを覚えていますか。おそらく、あの辺りだと思うのですが……」

神山は、黙って茶をすすった。iPhoneをポケットから出し、スイッチを入れる。やはり、電波は入っていない。この山奥の村ではソフトバンクに限らず、携帯はすべて圏外のはずだ。有里子を含め、村の人間が携帯を持っているのを見たことがない。

それならば、除雪に行った人間が雪崩の現場からどのようにして連絡を入れてきたのか。車で戻ってきたとも考えられない。現場からこの村までは、一本道だ。朝から歩いていても、一台も走っている車は見掛けていない。

「どうかしましたか」

有里子が探るように訊いた。

「いや、別に」

茶請けの大根の漬物を口に放り込む。歯ごたえが良く、なかなか旨い。

「何もない村ですから、退屈でしょう」

「いや、別に。たまには、のんびりしますよ。後で何か、本でも貸してください」

こうなれば、じたばたしても仕方がない。この村の人間が、何を考えているのかはわからない。だが、もし神山に対して何らかの作為(さくい)があるのなら、相手の術中にはまってみるのもひとつの手だ。

「お昼の後、またどこかに出掛けてみますか」

有里子が、意外なことをいった。

「しかし、道が通れないのでしょう。出掛けるといっても……」

「歩いて行ける所です。もしあれば、御案内しますけれど」

神山は、考えた。有里子は、どこかに自分を連れていきたいのかもしれない。

「例えば、どこへですか。もし葛原直蔵さんが発見された沢に案内していただけるなら、行ってみたい気もしますが」

「あそこは、難しいです。先程申しましたとおり私は場所を知りませんし、この雪の中では装備も大変だと思います。もしどうしてもとおっしゃるのであれば、清次郎さんか誰かに案内を頼みますが……」

また、清次郎か。どうもあの男は、信用できないような気がする。別に、理由はないのだが。

「他には。どこか、行ってみるような場所がありますか」

「そうですね……」有里子が、神山の湯呑みに茶を淹れなおした。「先程の、蛭谷さんのお宅はどうでしょう。会津の木地師の面白いお話が聞けるかもしれません」

「この村の方ではないんでしょう」

「ええ……。でも、お付き合いはありますから……」

「行ってもかまわないんですか」

「どういうことでしょう」

有里子が、怪訝そうな視線を向けた。

つい三〇分ほど前には、神山をあの家に行かせたくないような様子があったのだが。その間に誰かと話し、事情が変わったということか……。

「いや、別に。しかし、木地師の話を聞いても仕方がないな。他に今回の〝仕事〟に関連するようなことでもあれば別ですが……」

「ひとつ、あります。神山さんが興味があるかどうかはわかりませんが……」

「何でしょう」

「犬、です」

「犬？」

「はい……。葛原さんが、亡くなった時に連れていた犬がいるんです」

「あの猟銃で撃たれて怪我をしていたという犬ですか」

「そうです。カイという名前の会津犬の雑種なのですが、葛原さんが亡くなってから蛭谷さんの家に預けられているんです」

「会津犬といいましたね」

「はい……。それが何か……」

「会津犬という犬種は、すでに絶滅していると聞いていますが……」

神山はある程度、犬についての知識を持っている。私立探偵稼業で逃げた犬を捜してくれという依頼が多いことから、インターネットなどで調べはじめたことが切っ掛けだった。洋犬だけでなく、日本犬も見ただけで種類を判別できなければ商売にならない。福島県内で日本犬を語る時、必ず引合いに出されるのが絶滅したとされる伝説の名犬、会津犬である。

「そうなんですか。この辺りでは、普通に会津犬といって飼っておりますけども……」

有里子は、さして関心もないようだった。

「わかりました。午後になったら、行ってみましょう。場所はわかりますから、案内はいりませんよ」

「いえ、ちゃんと御紹介しませんと。私も同行いたします」

まあ、いいだろう。何かが、少しは動きだすような予感があった。

10

温かい蕎麦に大根卸(おろ)しだけの健康的な昼食を終えて、神山は蛭谷という木地師の家に向かった。

有里子の説明によると、木地師とは元々、近江国愛知郡――現滋賀県神崎郡――に端を発する流浪の民であるという。漆器などの原木の木地挽きを生業とし、豊かな森を求めて全国を渡り歩き、山間の各地に小屋掛けをして散住した。昔は一里四方の森を伐り尽くしてしまうと、また他の地に木を求めて転々と移住したという。

森林の豊かな会津の山には、二一世紀となったいまも多くの木地師の末裔が残っている。独特の系図を記した戸籍と姓を持ち、〝蛭谷〟もその姓のひとつである。

「本来は〝ヒルヤ〟ではなく、〝ヒルガダニ〟と読むそうです」

有里子が雪道を歩きながらいった。

「どういう意味なんですか」

神山が訊いた。

「元々、木地師には大きく分けて二つの系統があるらしいんです。小椋庄の蛭ケ谷村に発祥する系図と、君ケ畑村に発祥する系図です。蛭谷さんは、おそらく蛭ケ谷の方の系図の子孫なのだと思います」

「詳しいんですね」

だが、神山のその言葉に、有里子は何も答えなかった。

村道から道を逸れて、雪原に続く畦道を歩いた。誰が除雪をしたのか、軽トラックがやっと通れるほどの圧雪路が彼方まで続いている。その先に、木地小屋が見える。

神山は、記憶を辿(たど)った。朝、村の中を歩きながら見た時には、小屋まで続く畦道は雪に埋もれていたはずだ。少しずつ、この村の神山に対するルールがわかってきたような気がした。つまり、雪が掻かれている場所には行っていいが、それ以外の場所には「行くな」ということか。

抜けるような青空の下に、風が吹いた。風は地表の雪を舞い上げ、陽光の中でガラスの粉のようにきらきらと輝いた。スノーケル・ジャケットのフードの中の顔が、針で刺されたように冷たく、痛い。

「蛭谷さんの家は、何人の家族なんですか」

神山が訊いた。

「御主人の茂吉(もきち)さんと、奥さん。他に、娘さんが一人いたはずです……」

有里子の声が、風の中に消えていくような気がした。

小屋は、周囲の畑から少し登った山の東側の斜面に建っていた。周囲には森を切り開いた狭い敷地があり、他に作業場のようなバラックと車庫があった。車庫の屋根の下には古い軽のバンが駐まっていた。

神山が緩やかな坂を登っていくと、犬の吠える声が聞こえた。家の軒下に犬小屋があり、そこに白い日本犬が一頭、繋がれていた。例の会津犬の雑種だ。

大きさと見た目は、柴犬(しばいぬ)とあまり変わらない。交通網の発達により他地域の犬種と交雑し、純血種は絶滅したとされているが、山陰柴の元になったとする説もある。現在も会津犬は赤べこと共に会津の郷土玩具のモチーフにされる。だが目の前にいる犬は、玩具の道化の姿を想像できぬほど精悍だった。

「あれが、カイですか」

「そうです……」

犬はもう、吠えなかった。ただ太い四肢で雪を踏みしめ、神山を睨んでいた。咽から、低い唸り声が聞こえてくる。

「いい犬だ」

神山が、犬に向かった。だが有里子が、それを止めた。

「やめてください。その犬は……」

「だいじょうぶだ。犬には馴れている」

そのまま足を止めずに、犬に歩み寄った。犬はただ唸るだけで、吠え掛かってくる気配はない。神山は立ち止まり、無造作に腰を降ろした。目の前に、犬の黒い鼻先があった。

「やあ、カイ。元気か」

唸ってはいるが、目の光に敵意は感じなかった。かすかに、尾が動いている。手を伸ばすと、カイは大人しく頭を撫でさせた。有里子が離れたところから、驚いたような顔で見ている。さらに顔を近付けると、カイが神山の鼻を舐めた。

「そん犬えっこがこじんねえとは、珍らしかね」

男の声に、神山が顔を上げた。目の前に老人が一人、立っていた。逆光で、顔は見えない。小柄だが、がっしりとした体軀（たいく）をした老人だった。

「大人しい犬だね」

「なんも。道心坊な犬えっこだで」

「どうしんぼう？」

神山は、有里子に視線を向けた。

「剛情っぱり……という意味です」

確かに、そうらしい。人を嫌いではなさそうだが、どこか心を開ききらないような頑（かたく）なさを感じた。一度、銃で撃たれているからだろうか。

　神山はカイの首から肩、腹へと手を回した。大人しく、触れさせている。

体はまだ若い。三歳か、四歳くらいの牡（おす）だ。熊猟犬として使えるほどの、強靭（きょうじん）な筋肉を感じた。だが左の後肢に触れた瞬間に、初めてそれを拒（こば）むような仕種（しぐさ）を見せた。どうやら猟銃の弾が当たったのは、ここらしい。

「しなた、犬えっこのあやすのじょーんだ（上手だ）べさな」

「子供の頃から、犬が好きでね」

神山が立った。老人の背は、肩までしかない。

「上がっせえ」

老人がいった。この村に来て初めて見る、作為のない笑顔だった。

小屋の中は狭く、だが温かかった。土間から上がると八畳間ほどの囲炉裏端があり、他にも鋳鉄(ちゅうてつ)製の達磨(だるま)ストーブが赤々と炎を燃やしていた。ストーブの上では薬缶(やかん)が湯気を立て、囲炉裏には網が載っていた。

「上がらはんねえか。でんまいしるなや」

台所から出てきた蛭谷の老妻が囲炉裏端に豆の煮物と漬物の皿を並べ、薬缶の湯で茶を淹れた。〝でんまいしるな〟という言葉が「遠慮するな」という意味であることは、神山にもやっとわかってきた。部屋のあちらこちらに、蛭谷が轆轤(ろくろ)で木地挽きをした漆器の素地(きじ)の皿や椀が並んでいた。

有里子がいっていた娘の姿は見えなかった。台所の奥にも、いくつかの部屋——会津流にいう〝入りの座敷〟——があるようだ。娘は、そちらの方にいるのかもしれない。

例のごとく有里子を通訳がわりにして、世間話が始まった。だが、神山が会津弁に慣れていないことがわかると、蛭谷茂吉は普通の福島弁に切り換えた。それならば、白河に住んでいる神山も理解できる。

木地師は基本的に、流浪の民だ。家を持ち、定住はしても、作りためた素地を定期的に各地の漆(うるし)職人の元に売り歩く。会津弁だけしか話せないのでは、生きてはいけない。

「昔は水車で轆轤を回したもんだったんだ。いまそれをやってるのは、下の木地村に一軒残るだけさ。ここも何ちゅうごったが裏の沢が涸れて、一〇年前から電気で木地さ挽いてっぺ。便利な世の中になったもんだっぱい」

茂吉は、饒舌だった。この村で会った他の人間とは違い、神山のことを警戒する様子はない。話の内容は何の変哲もない昔話や木地師の四方山話だが、傾ける耳に心地好く響く。

やはり茂吉の祖先は四〇〇年以上も前——一六世紀の終わり頃——に近江の小椋庄からいまの奥会津の昭和村あたりに流れてきたらしい。茂吉の家系が七ツ尾村に住むようになったのは二〇〇年程前で、近隣の宮山村が廃村になる昭和三二年頃までは、まだこの辺りに蛭谷を名乗る木地師の家が何軒かは残っていたそうだ。だが時代と共に町に移り住んだり、家が絶えたりして、いまはもう茂吉以外にこの山に住む木地師はいなくなったという。

有里子が、蛭谷の家族を七ツ尾村の村人として数えなかった理由が理解できたような気がした。以前は蛭谷とその親類縁者、もしくは木地師の仲間だけで、村とは別の集落を形成していたらしい。

「ところであのカイという犬、会津犬の血統が入っていると聞きましたが本当ですか」

神山が、犬の話題に振った。

「なじょったい（どうだかね）。この辺りの犬えっこは、みんな会津犬の血さまざっちょるべが、もう純血のはいねえ。見ば（見た目は）他の犬えっこと変わんねえ」

「亡くなった、葛原直蔵さんが飼っていた犬だそうですね」

「んだよ」

「なぜ蛭谷さんが飼うことになったんですか」

「村じゃ誰っちえもいらんというし、したら殺せという者もおるし。そんだらワシが飼っちいおくぞといっただよ……」

茂吉は、ちょっと話しにくそうだった。確かにいくら主人が死んだとはいえ、犬を〝殺せ〟というのは普通ではない。

神山は、有里子を見た。有里子は湯呑みから茶をすすりながら、俯いたまま黙っている。茂吉は訥々と、だが有里子の手前を気にするでもなく事情を話しはじめた。

葛原直蔵が行方不明になったのは、一年前の冬だった。そこまでは神山も有里子や阿佐玄右衛門から聞いて知っている。葛原が熊猟に出たのは松の内が明けた一月の一〇日頃で、翌日になっても戻らなかった。茂吉にも声が掛かり、村の男たちが総出で山を捜した。だが、葛原はまったく見つからなかった。二日後、捜索隊が山で猟犬のカイと出会い、葛原が遭難した沢に案内されて崖から転落した遺体を発見した。

「そうしょうねえ（利口な）犬えっこだ。何しななんねえか、ちゃんとわかってたっぺな」

「捜索隊は、山の中でカイに出会ったんですか」

「そだないし」

「おかしいな……」神山はそういって有里子を見た。「カイは葛原さんが行方不明になった翌日の夜に、後ろ脚に怪我をして村に戻ったと聞いていましたが……」

茂吉はしばらく、腕を組んで考えていた。そして、いった。

「いや、おんじねえよ。カイは山の中で小松の吉郎さんと清次郎に出くわしたんだ。おらあ他にいて知らねども、村さ戻ってそう聞いただ。だけんどカイはそのまいねぐなって、翌日の夜に村さ帰ってきたんでながったかな。そん時にゃあ鉄砲でぶたれてよ……」

奇妙な話だ。単なる記憶の誤差かもしれないが、これまで聞いた話とは微妙に事実関係が異なっている。だが有里子は、何もいわずに黙っている。

「先程、あの犬を殺せという話があったと言われましたね。誰が、なぜそんなことをいったんです」

神山が訊くと、茂吉はまたしばらく考えていた。

「訳は知んね。くだんねえことだったたっぺ。いったのは確か……小松でなかったか……それとも、他の者だったか……」

神山は、昨夜会った小松吉郎の顔を思い浮かべた。玄右衛門が紹介してもひと言も話さず、ただ酒だけを飲んでいた。頑な老人、という印象しか残っていない。

「それでカイを引き取って飼っているわけですね」

「そだないし。だけんど、おら……」

茂吉がそこまでいった時、有里子が初めて口を挟んだ。

「私が蛭谷さんにお願いしたんです。あのカイという犬があまりにも可哀想なので、助けてあげてほしいと……」

それを聞き、茂吉が頷いた。

「んだよ。おら、犬えっこの世話は慣れてっから」

すっかり、話し込んだ。茂吉の老妻の淹れるお茶を何杯も飲み、茶請けの漬物と煮物をつまんでいるうちに午後も遅い時間になっていた。

外に出ると、カイが足元に近寄ってきて尾を振った。本当に、利口な犬だ。もう神山の顔を覚えている。神山はカイの首に腕を回し、頭を撫でた。いかなる理由があれ、この犬を〝殺す〟という感覚が理解できなかった。

その時、茂吉が呟くようにいった。

「もひとつ、おかしなことさあったっぽい……」

「何がですか」

神山が訊くと、茂吉が自分に問うように頷いた。

「いや、なして葛原が一人で山に入っだのか、それがわがんねえ」

「葛原さんは熊猟に出て行って亡くなったんですよね。熊猟は、一人ではやらないということですか」

「そだないし。イタジ（ツキノワグマ）ぶつ時は、普通は巻き狩りだべ。その方が、わけねえっぺ。それに、鉄砲がよ……」

茂吉がいうには、普通、熊猟の時には絶対に単独で山には入らない。この辺りに棲むツキノワグマは危険な動物だ。当事者の猟師だけでなく、もし撃ち損じて手負いにしてしまえば近隣の住民にも被害を及ぼす可能性がある。

そこで通常は、熊猟の場合には〝巻き狩り〟という手法が取られる。数人で山に入り、〝勢子〟の役の者が鳴り物を手に熊を追う。それを〝待ち〟と呼ばれる鉄砲隊が尾根筋の何カ所かで待ち伏せて、確実に仕留める。だが当日は、葛原は一人で山に入った。しかも持っていたはずの猟銃が、まだ発見されていない。

「すると、葛原さんは熊猟のために山に入ったのではないということになりますね」

「わがんねえな……」

神山は、カイの頭を撫でた。無垢な瞳が静かに神山を見つめている。

この瞳は、見ていたのだ。一年前に、主人の葛原直蔵が殺された場面を……。

「葛原さんの遺体が発見された渓は、ここから遠いのですか」

「んだ。立岩山の裏あたりだべ。雪もあっし行ってで一日は掛かんべよ」

「一度、その渓に案内してもらえませんか」

「かまわねえよ」だがそういって、茂吉はちらりと有里子を見た。「阿佐の親がっつぁまさええがんべといえば……」

また〝親がっつぁま〟か。

間もなく冬至を迎えるこの時期は、山に日が落ちるのが早い。すでに陽光は西の山陰に閉ざされ、周囲の風景から色彩を奪いはじめていた。

神山は有里子と共に、村に向かう畦道を歩いた。足元の雪はすでに凍りはじめ、一歩ごとにガラスを踏むような音が鳴った。

ふと気配を感じ、神山は背後を振り返った。蛭谷茂吉の家の煙突から、煙が昇っている。その前に女が一人、立っているのが見えた。

あれが茂吉の娘だろうか。だが、髪を染めてジーンズを穿いたその姿は、遠目にも若い女であることがわかる。まだ、十代かもしれない。いずれにしても、あの老夫婦の娘には見えなかった。

「どうかしましたか」

立ち止まる神山に、有里子がいった。

「別に、何でもない」

また、村に向かって歩きだした。

風景を青い影が包みはじめた。

11

山間(やまあい)の村の夜は早い。

家に戻ると、もう台所で賄(まかな)いの支度(したく)がはじまっていた。部屋でゆっくりと休む間もなく、夕食に呼ばれそうだった。

神山はソレルのブーツを手に持ち、家に上がった。

「靴をお部屋に持っていくのですか」

有里子が怪訝そうな表情で訊いた。

「ええ、少し雪で濡れましたからね、オイルを塗って手入れをしておかないと」

適当に話を躱(かわ)した。この気温ならば雪で靴が濡れたりはしないし、ミンク・オイルも持ってきてはいない。だが有里子は、神山の言葉を素直に信用したようだった。

部屋の炬燵と火鉢には、すでに火が入っていた。まったく、至れり尽くせりだ。

神山のスノーケル・ジャケットを受け取り、ハンガーに掛けながら、有里子が訊いた。

「お風呂はどうなさいますか。もうすぐ、夕食ですが……」

「今日は、風呂は結構です。この寒さでは、汗もかきませんから」

「他に何か、御入り用のものがあれば」

「もしできれば、ビールかウイスキーがありませんか。日本酒も嫌いではないんですが……」

「わかりました。探してみます」

有里子が部屋を出ていくのを待って、神山は炬燵に入った。冷え切った足の先が温まり、心地好い。

時間は、四時三〇分を過ぎたばかりだ。だが、外はもう暗い。前日と同じように、神山は天井を見上げて溜息をついた。それにしても、わからないことばかりだ……。

神山は、蛭谷茂吉の話を思い出していた。少なくともあの老人は——多少は有里子を気遣っていたかもしれないが——他の村人たちと違い本音で話していたように感じた。

茂吉はいっていた。死んだ葛原直蔵は、熊猟に行ったのではなかったかもしれない、と。それならば何のために、あの豪雪の時季に一人で山に入るという危険を冒したのか……。

葛原の銃が見つかっていないことも不思議だ。当日、銃を持って出たことは妻が確認しているという。だが、遺体の発見現場に銃はなかった。どこかに置き忘れたのか。もしくは、誰かが持ち去ったのか……。

葛原の猟銃は、サコーの三〇口径のライフルだったという。だが猟犬のカイが撃たれていたのは、一二番口径の散弾銃のバック・ショットだった。葛原のものとは、銃種も口径も違う。

カイが傷を負って村に戻ったのは、葛原が行方不明になった翌日ではなかった。正確には葛原の遺体が発見された翌日、行方不明から三日後の夜ということになる。

これも、奇妙だ。カイは行方不明の翌々日に山で捜索中の小松吉郎と清次郎の二人に出会い、葛原の遺体の場所を教え、また姿を消した。そしてその翌日に、村に戻ってきた。しかもその小松、もしくは他の誰かがカイを殺せといっていた……。

何かがおかしい。小松と清次郎しか、事実関係を証明できない。いい換えれば、その二人が何かを隠しているとも受け取れる。

だが、これだけは事実だ。葛原が死んだ日からカイが戻る三日後にかけて、事件の背後に少なくとも第三者と他の銃が一丁、存在していた……。

問題は、村人の神山に対する態度が一貫していないことだ。今回の〝仕事〟を神山に依頼したのは、村人から〝親がっつぁま〟と呼ばれる阿佐玄右衛門だ。少なくとも玄右衛門は、葛原直蔵の死――もしくは他の問題――を神山の手によって真相を明らかにしたいと考えている。そしておそらく、有里子もだ。

だが玄右衛門の意志が、必ずしも村全体の意志とは一致していない。まったく、統一されていない。中には、神山の存在を疎ましく思っている者もいるはずだ。だが、玄右衛門の手前、表立って神山に敵意を示すわけにもいかない。

　もちろん玄右衛門も、それを理解している。わかっているからこそ、神山に自由に行動させられないジレンマがあるのかもしれない。

　誰が味方で、誰が敵なのか。少なくとも今日会った蛭谷茂吉は敵ではないという印象がある。だが、それ以外はまったくわからない。そして出奔したという有里子の亭主の阿佐勘司は、どちら側の人間なのか。そしていま、勘司はどこにいるのか。本当に、この村に帰ってくるのか……。

　馬鹿ばかしい。神山は頭の後ろで手を組み、ごろりと横になった。自分は、まだこの仕事を引き受けたわけではない。

　明日、道が開通すれば、自分は白河に帰る。そして二度と、この村に戻ってくることはない……。

　だが、と思う。神山は部屋の隅に置いたソレルのブーツを何気なく見つめた。自分の性格は、自分が一番よく理解している。このまま大人しく、引き下がるつもりなのか――。

　外からは昨日と同じように、何者かの気配が伝わってくる。またあの清次郎が、風呂に薪を焼べながら神山を見張っているのだろう。家の裏手の方角からは、機織りの軽やかな拍節が聞こえてきた。

　六時近くになって、有里子が夕食に呼びにきた。今夜は村人の来客はないらしい。囲炉裏端に行くと、朝と同じ座卓の上に三人分の食事が用意されていた。神山と玄右衛門、そして有里子の分らしい。

玄右衛門はすでに、上座に座っていた。神山を見て、無言で頭を下げた。料理を運んでいるのは、村の椎葉浩政の女房だった。

「里子さんに賄いをお願いしているんです。ビールも、椎葉さんにお借りしてきました」

有里子がそういって、ビールの大瓶の栓を抜いた。グラスで、受ける。それならば食事の前に風呂に入っておくのだったと、少し後悔した。玄右衛門は昨夜と同じように、熱燗の徳利を傾けている。

だが、機を織る老婆の姿は見えない。歳（とし）老いているために本当に人前に出たくないのか。もしくは、神山には会わせたくない何らかの理由があるのか。

食卓は、昨夜とあまり代わり映えしなかった。ただ野菜の煮物が棒鱈（ぼうだら）の煮物に変わり、囲炉裏の自在鉤（じざいかぎ）に鍋（なべ）が掛かっているくらいだ。

神山は料理に箸を付けながら、さりげなく訊いた。

「今日も、お婆様の姿が見えませんね」

有里子が、視線を逸らした。

「ええ。祖母は先に夕食をすませて、もう部屋に戻りました。朝が早いものですから……」

神山は、黙ってそれを聞き流した。だが、それはおかしい。つい先程まで、神山の部屋には機織りの音が聞こえていた。いったい有里子の祖母は、いつ夕食をすませたのか。

椎葉の女房が囲炉裏の鍋物を椀によそい、神山の前に置いた。湯気と共に、食欲をそそる匂(にお)いが鼻をくすぐる。会津地鶏に高遠大根の卸しを加えた鍋だった。これは掛値なしに旨そうだ。

「つかぬことを伺いますが……」一度は確かめておく必要がある。「有里子さんのお義母さま、つまり御当主の奥様はどうなされたのですか。もし、お差し支(つか)えなければ……」

ビールを飲み、鍋をつつきながら世間話のように訊いた。

だが、有里子は無言で玄右衛門の顔色を見る。玄右衛門は頷き、猪口の酒を空けると、徐(おもむろ)に口を開いた。

「おっ母はあんべえ悪ぐて、もう目えおどすましたべ。もごっせいに……」

神山は、有里子の顔を見た。言葉がまったく通じない。

「義母(はは)は、もう亡くなったんです。義父は、それを可哀想だと……」

有里子の説明で、やっと事情が呑み込めた。玄右衛門の妻のヨシエは、五年前に病死していた。まだ五十代半ばの若さだった。ヨシエは若い頃から血圧が高く、ある寒い日の朝に蜘蛛(くも)膜下出血を起こしての突然死だったという。

どうも、話が乗らない。ここでは世間話ひとつするのにも気を遣う。玄右衛門も自分の言葉が神山にうまく伝わらないのがわかっているらしく、口数が少なかった。

「今日は、神山さんを蛭谷さんのお宅にお連れしたんですよ」

有里子がそう言って場をつくろう。だが玄右衛門は強張るように笑いながら、黙って頷いただけだった。その後もただ黙々と酒を飲み、飯を食うと、先に休んでしまった。時計は、まだ七時を回ったばかりだ。

「もうビールがありませんわね。日本酒でよろしいかしら。今夜は私も、少し飲みたい気分……」

有里子は玄右衛門がいなくなると、急に肩の力を抜いたようだった。鳩徳利に酒を入れ、囲炉裏で燗をつけた。神山はそれを、グラスで受けた。徳利を受け取り、有里子の猪口に差し返す。賄いの里子も、もう家に引き上げている。

最初の一杯をひと息に空け、有里子はまた猪口を差し出した。どうやら、なかなかいける口らしい。二杯目を空けるとやっと息をつき、ふと自嘲するような笑いを洩らした。

「どうかしましたか」

神山が訊いた。

「疲れるんです……」

有里子が溜息をつき、手酌で猪口を満たした。

「何がですか」

「わかりますでしょう。義父ですよ。何か、いつも見張られているようで……」

この村に来て初めて、有里子が素顔を見せたような気がした。

「確かに、玄右衛門さんは変わったところがありますね。私は言葉もよく通じないからあまりわかりませんが、悪い人ではないように思いますが」

差障りなく、受け流した。

「玄右衛門だけではないんです。この村の何もかもが、すべて嫌になることがあるんです……」

「確かに、閉鎖的ではありますね。私もここまで呼ばれたのはいいが、戸惑っていますよ」

ある意味で、神山の本音でもあった。

「ねえ、神山さん。ひとつ、お願いがあるんですけど……」

有里子は猪口を空けると、今度はグラスに持ち替えてそれに酒を満たした。

「何でしょう」

有里子が神山の目を覗き込み、口元に笑いを浮かべた。

「お互いによそよそしい話し方するの、やめませんか。せめて二人でいる時だけでも……」

ある程度は、予想していた提案だった。人間は、あまり長い間、自分を隠し続けることはできない。だが、神山はいった。

「なぜですか」

「わかってるでしょう。私は元々、素人の女じゃないんです」

有里子がそういって、グラスの酒を呷った。それならば、話は早い。神山も猪口を空け、グラスに持ち替えた。

「関西だといっていたね。しかしイントネーションからすると、大阪ではないな」

「当たり。さすがは探偵さんね。関西のどこだかわかります?」

「京都か」

「そう。それも当たり。私、京都の祇園にいたんです……」

祇園の女。つまり、花街の女であることを意味する。これで昨夜の行動――有里子と玄右衛門との関係――にも納得がいった。

神山は頷き、グラスの日本酒に口を付けた。だが今夜は、あまり深酒をするわけにはいかない。

「なぜ、そんな話を私に?」

「さあ、なぜかしら……」有里子が足を崩し、座卓に肘を突いた。「淋しかったのかも……」

「玄右衛門がいるだろう」

「あら、知ってましたの」

「当然だろう。おれにわざわざ聞こえるように声を出したんじゃないのか」

「でも義父はもう歳だから、週に一ぺんもしないもの……」

有里子が誘うような微笑みを浮かべ、上目遣いに神山を見つめた。

12

長い夕食を終えて部屋に戻っても、まだ時計は九時を回ったばかりだった。

機を織る音は、もう聞こえなかった。神山は明かりを消して蒲団に潜り込み、息を潜めた。

しばらくすると、廊下に足音が聞こえた。有里子だ。足音は神山の部屋の前を通り過ぎ、あまり間を置かず風呂から湯浴みをする気配が伝わってきた。だが、今日は有里子一人だ。玄右衛門の気配はない。

それほど待つこともなく、有里子が風呂を上がった。また、廊下を歩いてくる。そして足音が、神山の部屋の前で止まった。

彼女の息遣いが聞こえてくるようだった。だが神山は、そのまま待った。

やがて襖が、音もなく開いた。薄く目を開くと、廊下の淡い電球の光の中に浴衣姿の有里子の影が立っていた。

部屋に入り、また襖を閉じた。闇の中に、衣擦れのかすかな音。有里子が浴衣を足元に落としたのがわかった。

何もいわずに、有里子が蒲団に体を滑り込ませた。何も、身につけていない。神山の浴衣の前をはだけ、固い胸の痼を肌に合わせた。濡れ髪がほどけ、神山の上に落ちた。

闇の中で、有里子が神山を見つめていた。

「楽しませてあげるわ……」

かすかに酒の匂いのする息を、有里子は神山の唇に絡ませた。その口を、少しずつ神山の体へと下ろしていった。

お互いに声を殺しながら、熱く、だがどこか後ろめたい時が過ぎていった。神山は、冷静だった。枕元に昨夜と同じように誰かが立ち、二人の行為を見つめているような感覚があったが、それが錯覚であることはわかっていた。

やがて、有里子の体が神山の上に崩れ落ちた。耳元に、荒い吐息が聞こえる。だが神山はその息が整うのを待たずに腕を外し、寝返りを打つと、有里子の体に背を向けた。

有里子が神山に腕を回した。だが神山は、動かなかった。しばらくすると、規則正しい寝息を立てはじめた。

闇の中で、有里子が神山の背を見つめていた。神山は、眠ってしまったわけではなかった。むしろ神経を張りつめ、常に有里子の様子を窺っていた。

やがて、有里子が静かに蒲団を出た。浴衣を身につける気配。襖が開き、そして閉じるかすかな音。有里子の足音が、廊下を遠ざかっていった。

周囲から、すべての気配が消えた。だが神山は、しばらくそうしていた。三〇分、いやそれ以上もの時間を、本当に自分が眠っているのではないかと思えるほどに、まったく動かなかった。

右手が、かすかに動いた。左腕のGショックのリュウズを押し、時間を確かめる。もう一一時を過ぎていた。

神山は、体を起こした。闇の中で、手探りで服を身につける。下着、ジーンズ、フリース、スノーケル・ジャケットを羽織って前を閉じ、ニットの黒い帽子を被った。バッグの中からLEDライトを出し、それをポケットに入れる。最後にソレルのブーツを手にし、部屋を出た。

だいじょうぶだ。誰もいない。

忍び足で廊下を横切り、音を立てずに雨戸を開けた。冷気が、体を包む。縁側に座ってブーツを履き、深い雪の上に降りた。前日に降り積もった雪は表面が薄く凍り、踏むと鳴くような小さな音を立てた。

風呂の焚き場にも、清次郎の姿はない。神山は、膝のあたりまである深い雪の上を歩いた。雪の上に足跡が残ってしまうのは仕方がない。明日になれば、神山の行動はすべて村人に知られているだろう。だが、それでいい。

裏庭を家の影に沿って進み、門に向かった。軒下に電球がひとつ灯（とも）っている。その光の中で冬蛾が一匹、弱々しく羽を動かしていた。

影を伝いながら、木戸を開けた。しばらく待ち、道に出た。

空には青い月が輝き、雪に被われた大地はダイヤモンドをちりばめたように光っていた。吐く息が白い。道の両側に並ぶ家々が、暗く長い影を投げかけている。どの家窓にも、明かりは灯っていない。村は、深々と寝静まっていた。誰にも見られていない。

神山は、凍りついた道を急いだ。月が出ていることが、むしろありがたかった。これだけの明るさがあれば、ＬＥＤライトで足元を照らさずにすむ。村の中でライトを点ければ、誰かに見られる恐れがある。

右手に小松吉郎の家を見て、左手の椎葉の家も通り過ぎた。しばらく進み、葛原の家の手前で立ち止まった。

「七ツ尾橋」――。

小さな流れの対岸に、何軒かの家の影が見える。神山は渡り口に立てられた〈危険――立ち入り禁止！〉と書かれた立て札を抜き捨て、橋の上に除雪車が積み上げた雪の山に登った。思ったとおり、橋は安定していた。橋の下から、水の流れの音が聞こえてくる。

頂上から雪山を下り、対岸に降りる。そこで一度、体を低くし、影の中に潜む。辺りの様子を探った。誰もいない。

神山は、また歩きはじめた。川沿いに道――おそらく道だ――が続いていた。しばらく、人の歩いた気配はない。道は完全に、雪に埋もれていた。

どのくらいの積雪があるのかは、わからない。だが下は根雪になり、硬く凍りついている。足は膝までは沈むが、歩けないことはなかった。

神山は雪を分けながら前へと進んだ。右手に古い鳥居があり、その先に小さな建物が雪に埋もれていた。これも、対岸の村から見えた。神社の祠だ。

あの小さな橋に関して、最初に疑問を持った理由がこの神社だった。村の対岸の集落に、人が住まなくなったのはわかる。だが村がある以上、その鎮守の神に参拝するための唯一の橋を捨てたりはしない。

神山は鳥居を潜り、祠に向かった。一辺が約三間の正方形の小さな建物は、雪と朱塗りの板で閉ざされていた。正面の戸板には、古い南京錠（なんきんじょう）が掛かっていた。

ポケットからウェンガーのアーミーナイフを出し、釣り用の工具を起こして鍵（かぎ）を開けた。昔、東京の探偵社に初めて就職した時に、まず最初に仕込まれた職業上の技術のひとつだった。

戸を開いた。神山はここで初めて、ＬＥＤライトのスイッチを入れた。光の中に、祠の内部が浮かび上がった。だが、何もない。祠の中は、蛻（もぬけ）の殻だった。

おかしい。鎮守をどこかに移したとしても、何かしらの痕跡くらいは残るはずだ。だがここには札ひとつ、文字のひとつさえも残されていない……。

神山は南京錠を元のように掛け、外に出た。祠の外側にも、やはり何も書いてない。いつ、誰が貼（は）ったのか、寄席（よせ）文字の札が何枚か残っているだけだ。だが、それほど古いものではない。

鳥居を潜り、神山は背後を見上げた。ここにも、何もない……。

神山はライトを消し、月明かりを頼りに集落の奥へと向かった。地形を見て、雪に埋もれた畦道を探しながら進む。奥の山の斜面に沿って、朽ちかけた廃屋の影が点々と並んでいる。最初の廃屋までは、もうそれほど遠くはない。

一軒目の家の前に立ち、神山は聳える影を見上げた。村の他の家と同じように、古く、大きな曲屋だった。だが、やはりおかしい。本来は茅葺きだったはずの屋根は赤いトタンに葺き替えられ、それほど傷（いた）んではいない。

有里子がいっていたことが確かならば、七ツ尾村の川のこちら側は、昭和三十年代の初頭から誰も住まなくなっていたはずだ。確かに、家は荒れている。だが、五〇年以上も使われていなかったようには見えない。

神山は、この村に来る手前で見た宮山村の風景を思い出した。昭和三二年に廃村になったあの村は、すべてが森に呑み込まれていた。人家らしきものは、朽ちた痕跡しか残っていなかった。人が住まなくなって半世紀も経てば、普通はあのようになる。

この廃屋には、まだ人の生活の気配が残っている。あまりにも、新しすぎる。感覚の中で時間の空白が、埋まらない……。

入口の柱に、表札らしきものが埋め込まれていた。神山は板に凍りついた雪を、手で払いのけた。下から、「椎葉」の文字が現れた。昨夜の椎葉浩政と同じ名字だ。

入口の戸は壊れ、外れていた。神山は敷居を跨ぎ、家に入った。広い土間にまで、雪が吹き込んでいた。

神山はまた、ＬＥＤライトのスイッチを入れた。光を、周囲に向ける。室内は、思ったほど荒れてはいなかった。ガラスも、残っている。割れているのは囲炉裏端のある部屋と奥の台所との仕切りにある、ガラス戸だけだ。

ブーツを履いたまま、神山は上がり框を踏んだ。足元を、照らす。やはり、思ったとおりだ。座敷には、畳も残っている。箪笥や仏壇などの家具も揃っていた。この家には、数年前までは人が住んでいたはずだ。

甘く、嫌な臭いを感じた。記憶が、フラッシュバックを繰り返す。どこかで嗅いだことのある臭いだ。

神山は、白い土壁にライトの光を向けた。丸い光の輪の中に、奇妙な光景が浮かび上がった。

これは、何だ……。

壁に、丸く小さな穴が空いていた。猟銃──鹿猟用の散弾──の跡だ。そしてその周囲に、黒い大量の液体が飛散した染みが残っていた。

臭いの正体が、わかった。この染みは、血だ。人間の、血飛沫(ちしぶき)だ……。

鉛のように重い唾液(だえき)が、咽をゆっくりと下りていった。

おそらく、数年前だ。

過去に、この家で、いったい何が起きたのか……。

13

神山は、家を出た。

全身を、凍り付くような冷気が包み込む。

LEDライトを消し、青い月明かりを頼りにさらに集落の奥に向かって歩いた。その先にも、何軒かの廃屋の影が見えた。

風が吹き、足元に薄い地吹雪が流れていった。

二軒目の廃屋──。

戸口の表札に「阿佐」と彫られていた。阿佐玄右衛門の親族の家だったのだろうか。先程の家と、造りはあまり変わらない。全体の傷み方も、似たりよったりだった。ただ屋根が茅葺きのために、一部が落ちてしまっている。

だが、これもおかしい。茅葺きの屋根は囲炉裏に火を入れなくなると、虫が喰って傷むのが早い。人が住まなくなれば、どんなに持っても数年。昭和三十年代の家が、現在まで形を保っているわけがないのだ。

軒下には半分雪で埋もれた犬小屋があり、入口の戸には板が打ちつけられていた。神山は、板を蹴破った。埃と共に、黴臭い何年間分かの空気が流れ出した。

だが、同じだ。黴臭さの中に、前の家と同じ甘い——奥歯で鉛を嚙んだような——血の臭いがまざっていた。

神山は息を整え、ライトのスイッチを入れた。光で、照らす。手前に広い土間があり、その中央に鉄の錆びた達磨ストーブが置かれ、奥が囲炉裏端になっていた。

最初は、異変に気が付かなかった。だが少しずつ目が馴れてくると、何か違和感を覚えた。なぜなのか、神山はそこに立ったまま考えた。少しずつ、理由がわかってきた。

前の家もそうだった。どちらの家にも、人の生活感が残っているのだ。囲炉裏端に座卓が置かれ、その上には皿や茶碗、徳利や酒の瓶まで載っている。すべては長年の埃を被り、いまにも風化しようとしていた。だが、その光景をぼんやりと眺めていると、つい数時間前まで人がそこにいて食事をしていたかのようだ。誰かの話し声が聞こえてくるような、そんな錯覚があった。

神山は囲炉裏端に上がり、座卓の上を確かめた。器の数を、数える。食事をしていた人数は、おそらく三人。徳利や酒瓶が残っていることから、夕食時であったことがわかる。そして、甘い血の臭い。この臭いは、数年では消えない。

神山は上がり框に上がり、スノーケル・ジャケットのポケットの中を探った。ラッキーストライクの箱を開ける。止めようとは思っているのだが、どうしても完全に断ち切ることができない。物事を考えたり、何らかの事情で精神を落ちつかせようと思う場合にはどうしてもタバコが必要になる。

残りは、あと二本。この村から出られるまで、これで足りるだろうか。だが神山はその内の一本を口に銜え、ジッポーのライターで火を付けた。

煙を吸い込み、吐き出す。久し振りのタバコに、頭の芯が痺れた。闇の中に立ち昇る煙を見つめながら、頭の中を整理した。

この家の壁にも、銃痕が残っていた。そして襖には、やはり大量の血飛沫。これだけの情況が語る事実は明白だ。

何年か前の夕食時に、何かが起きた。誰かがこの家で銃を放ち、誰かが死んだ。前の家も同じだ。いったい誰が——何人——殺されたのか……。

神山は吸い終えたタバコを囲炉裏の中に投げ捨て、上がり框から立った。囲炉裏端を横切り、血飛沫の飛んだ襖を開ける。大きな仏壇に、古い桐箪笥がひとつ。広い部屋に、それ以外は何もない。

囲炉裏端に戻り、反対側の襖を開けた。この部屋は屋根が落ち、半分が崩れた天井板や茅、折れた垂木で潰れていた。だがその下に、勉強机のようなものが埋まっているのが見えた。さらに本棚が倒れ、その周囲には参考書などの本が散乱していた。もしかしたらこの家には、子供がいたのかもしれない。

神山は腕のGショックを見た。時間はすでに午前一時を回っていた。

阿佐の家は、人が起きるのが早い。一番鶏が鳴くまでには、家に戻らなくてはならない。川のこちら側には、まだ何軒かの家が残っている。あまり、ゆっくりもしてはいられない。

ライトを消して家を出ると、神山はまた雪原を歩いた。家から家までは、どこもかなりの距離がある。おそらく気温は零下一〇度近い。体も冷えきっている。馴れない者が雪の降る夜に歩けば、遭難してしまいそうだ。

三軒目の家は、完全な廃屋だった。屋根は落ち、原形を留めないくらいに荒れ果てていた。昭和三十年代というほどではないにしても、人が住まなくなって二〇年は経っているだろう。神山はその家の前を通り過ぎ、次の廃屋へと向かった。

対岸に、村の家々が見える。何軒かの家に小さな明かりが灯っているが、人が起きている気配はない。静かだった。

四軒目。右前方に山を背にして、大きな家が建っていた。茅葺きの典型的な入母屋造りの家だ。屋根も落ちていない。

これが最後だ。そう思った時に、神山は異変に気付いた。何か、焦げ臭い……。

薪を焚く臭いだ。神山は、風向きを探った。だが、村の方からは風が吹いていない。臭いは、目の前の廃屋からだ。よく見ると、月光の中に、妻壁の棟木の下あたりからかすかに煙が立ち昇っていた。

誰か、いる……。

神山は物陰に隠れながら、家に近付いた。だが、室内に明かりは見えない。

入口に忍び寄る。家は入母屋造りだが、玄関は新しいドアに付け替えられていた。ドアノブを握り、回す。簡単に、開いた。

体を滑り込ませる。家の中は、真暗だった。だが、暖かい。やはり、火が焚かれていたのだ。

神山はしばらく、その場所を動かなかった。暗さに目が馴れるのを待ちながら、周囲の気配に神経を集中した。だが、聞こえるのは自分の心臓の音だけだ。他には、誰もいない。

少しずつ、室内の様子が見えるようになってきた。この辺りの家には、申し合わせたように囲炉裏がある。その囲炉裏の上が、ぼんやりと赤くなっていた。まだ、火が残っている。

もう一度、確認した。やはり、誰もいない。神山はライトを点けて立った。

囲炉裏の上では薬缶が湯気を立てていた。周囲には、様々なものが残されていた。小さな座卓が置かれ、その上にインスタント麺のカップや食べかけの煎餅、ビールの空缶などが並んでいる。だが、どれも埃を被ってはいない。座卓の脇にはひと組の蒲団が敷かれ、その周囲には週刊誌やティッシュの箱、灯油の入ったランタンなどが散乱していた。

神山は、蒲団の中に手を入れてみた。かすかに、温もりが残っていた。

いままで、誰かがこの家にいたのだ。囲炉裏の火で暖を取り、湯を沸かして食事をし、ランタンの明かりで週刊誌を読みながら寝ようとしていた……。

LEDライトの光を動かす。蒲団の枕元に、何か小さなものが反射した。神山は、それを指先で拾い上げた。なぜ、こんなものがここにあるのだろう。そう思いながら、それをポケットに入れた。

その時、ふと奇妙なことに気が付いた。神山は、記憶の糸を辿った。おそらく一時間前、いや、三〇分前まではここに誰かがいたはずだ。だが、この家に向かう途中にも、入口の辺りにも、雪の上には誰の足跡も残ってはいなかった……。

なぜだ？

理由は、簡単だ。この家には、裏口があるのだ。

神山はライトの光を頼りに、家の中を探った。廃屋ではあるが、他の二軒ほどは荒れていない。この家には銃痕もないし、血飛沫の跡も残ってはいなかった。

正面の襖を開けた。廊下になっていた。いくつかの、襖や扉が並んでいる。ひとつ目は、部屋だった。次が、風呂場。並んで、厠。どの襖や戸を開けても、誰もいない。だが廊下は、さらに奥へと続いている。突き当たり、右に折れた。その先を一段降りると土間になっていて、小さな木戸があった。

木戸は、少し開いていた。神山は土間に降りて、木戸を押した。LEDライトの光を、外に向ける。雪の上に、点々と足跡が続いていた。

足跡は、ひとつではなかった。何度も、行き来したのか。それとも、複数の人間が出入りしたのか。いくつかの足跡が雪を踏み、重なり合って、一本の道のように裏山に沿って続いていた。

もう一度、神山は足跡を確認した。大きなゴム長靴のものがひとつ。これは、男のものだ。だがその足跡に被るように、もうひとつ小さな長靴の跡がある。これは、女だ……。

神山は、考えた。追うか。それとも、戻るか。

武器らしきものは、ウェンガーのアーミーナイフだけしか持っていない。もし待ち伏せをされれば、ひとたまりもない。だが頭の中で本能が〝行け〟と命じた。後戻りは、主義に反する。

神山はライトを消し、月明かりを頼りに足跡を追った。足跡は畦道の上に続いている。途中で二つに分かれ、またしばらくしてひとつになった。

森を迂回（うかい）するように、北に向かっていた。対岸の、村の風景が近い。やがて川沿いの畦道に出ると、そのまま森に分け入るように川の上流に登っていく。

奇妙だ。いったい、どこに行くのか。この川の上流に、人家はないはずだ……。

神山は、息を潜めて足跡を追い続けた。やがて、疑問が解けた。川幅が急に細くなり、そこに人がやっと渡れるほどの古く小さな橋が架かっていた。足跡は、そこを渡っていた。

橋は、ひとつではなかった。

対岸に渡ると、今度は下流へと向かいはじめた。村の方向に戻っている。

神山は、怒りを覚えた。すべて、嘘だ。

村人は、全員で神山を騙（だま）している。玄右衛門も、有里子もだ。いったい奴らは、何を考えているのか――。

足跡を追い、林道を下る。だが、雪を積んだ山を越えると、除雪された村道に出た。そこで足跡は消えていた。

神山は、溜息を洩らした。道の両側に、村の影が眠っていた。空を見上げると、雲間に先程と同じように青い月が輝いていた。

時計を見た。午前二時。今日は、ここまでだ。

神山はダイヤモンドをちりばめたように光る道を、村に向かって歩きはじめた。

14

体が疲れていたせいか、よく眠ったらしい。

目が覚めると東側の襖から強い陽光が差し込み、鶏の鳴き声も止んでいた。

神山は蒲団の中で体を起こし、あくびをした。今日は、機織りの音も聞こえなかった。

時計を見ると、もう九時半を回っていた。

朝食はどうしたのだろう……。

そんなことを考えながら服を着換え、囲炉裏端へ向かった。

襖を開けて大部屋に入っていくと、阿佐玄右衛門を中心にして村の男たちが車座に囲炉裏を囲んでいた。一斉に、視線が神山に集まった。一昨日の夜の酒宴にいた村の男たちが
——清次郎と玄右衛門の甥（おい）の信人の二人を除いて——ほぼ全員が顔を揃えていた。

神山はその情況を見て、村に何が起きたのかを察した。むしろ当然だろう。この家の裏

庭と川の対岸に残る足跡を見れば、神山が深夜に部屋を抜け出して何をしたのかは誰の目にも一目瞭然だ。だが、それもすべて神山の想定の内だ。

玄右衛門が、神山を目で招いた。歩み寄ると、人の輪が割れて正面の席が空いた。有里子は玄右衛門の脇で目を赤く腫らし、項垂れていた。その理由が昨夜の密会を知られてのことなのか、もしくは神山の見張り役としての失態を責められてのことなのかはわからなかった。だが、いずれにしても要因が神山にあることは明らかだ。

神山は周囲を見渡し、差し出された縄座蒲団の上に座った。玄右衛門が、それを待っていたように口を開いた。

「神山様。しなた昨日の晩、どこさいんしゃった」

予想したとおりの質問だった。名前の下に〝様〟が付いていただけ、思っていたよりもましだった。だが、尋問される覚えはない。

「昨夜は食事の後、早く部屋に戻ってすぐに寝ましたよ。そのままつい今しがたまで眠っていた。蒲団があまりにも寝心地好くてね」

「あばけるなや」

神山の左手に座る葛原唐次郎が怒気を込めた声を出した。

「どういう意味だ」

「したがら、ほだこっぺいこくな」

別に怒らせるつもりはないが、本当に意味がわからない。有里子は、俯いたままだ。だが、どうやら神山に嘘をつくなといっているらしいことは何となくわかる。

他の男たちは何もいわないが、やはり神山を睨みつけている。

「いわなくてもわかるだろう」神山がいった。「おれの部屋の前の軒下から、裏庭を横切って足跡が付いていたはずだ。足跡は、村から橋を渡って川の対岸に続いていた。そうだろう。それを見れば、おれがどこに行ったのかを説明する必要はない」

全員が、しばらく黙っていた。だが、玄右衛門の弟の阿佐久喜雄がいった。

「しなた、川さこいで何じょな見たすべ」

どうやら、川の向こうで何を見たのかと訊いているらしい。別に、いまさら隠すつもりはない。

「あんたらの方がよく知っているはずだがね」

神山は、昨夜から今日の未明にかけて見たものを説明した。壊れかけた、何軒かの廃屋。だがあの家々は、昭和三十年代の初頭に捨てられたものではない。つい最近まで――おそらく数年前まで――人が住んでいたはずだ。そしてその内の二軒の廃屋の室内の惨状。柱や襖に残る散弾銃の弾痕。白い土壁を赤黒く染める血飛沫と、甘く鉛を嚙んだような臭い。つい今しがたまで誰かが食事をしていたような、そして人が忽然と消えてしまったかに見える生活の痕跡。その上で、神山は訊いた。

「いったいあの川の対岸の村で、いつ、何があったんだ」

神山は、ゆっくりと男たちを見渡した。玄右衛門は、目を閉じて腕を組んでいる。誰も、ひと言もいわない。椎葉浩政だけは視線を落とし、何かに怯えたようにかすかに震えていた。

神山が続けた。

「二軒の廃屋には、表札が残っていた。一軒には阿佐。もう一軒には椎葉と書いてあった。玄右衛門さん。阿佐というのは、あなたの親族ですね」

だが、玄右衛門は黙っていた。次に神山は、椎葉を見た。

「橋を渡ってすぐの廃屋は、あなたの親族の家だったんだろう」

だが椎葉浩政も何もいわず、ただ震えているだけだ。

「皆さん、なぜ黙ってるんですか。あの二軒の家で、少なくとも数人が殺されている。いったい、何を隠してるんだ」

村人たちは、膝の上で拳を握り締めていた。お互いに、お互いの顔色を窺う。その時、玄右衛門がゆっくりと目を開けた。

「神山様……」

「何ですか」

神山が、玄右衛門を見据えた。

「しなた、小松吉郎を知らねが。朝から居しゃらんねがよ。何しなさった」

一瞬、神山は玄右衛門が何をいっているのかわからなかった。言葉の意味ではない。何をいわんとしているのかが理解できなかったのだ。

神山が、有里子を見た。

「何があったんだ」

有里子が俯いたまま答えた。

「今朝から……いえ、昨夜から小松吉郎さんがいなくなったんです。この雪の中を、どこに行ったのか。義父は、神山さんが行方を知っているのではないかと……」

神山は、小松吉郎の顔を思い出した。村の男たちの中では、長老だ。一昨日の夜、神山に目を向けず黙々と酒を口に運んでいたのを思い出す。頑、という印象があった。囲炉裏端に集まる男たちの顔をもう一度、確認する。いわれてみれば確かに、小松の顔が見えない。

その時、外が急に騒がしくなりはじめた。

最初に、庭に車が入ってくる音が聞こえた。エンジン音からすると、軽トラックか何かだろう。ドアを開閉する音がして、誰かが家に上がってきた。男だ。出迎えた女と、興奮した様子で言葉を交わしている。

足音が向かってきた。どうやら男は、二人らしい。その場にいた全員の視線が、騒ぎの方向に集まった。

　襖が、勢いよく開いた。清次郎と、その後ろに蛭谷茂吉が立っていた。

　目礼し、清次郎一人が部屋に入ってきた。囲炉裏端に向かう。玄右衛門の元に歩み寄り、脇に膝を突くと、耳元で何かを囁(ささや)いた。

　最初、玄右衛門は黙って清次郎の報告に耳を傾けていた。だが、やがて顔色に変化があった。双眸を、大きく見開く。横にいた有里子が顔を上げ、驚いたように手を口に当てた。

　玄右衛門が、何かを訊き返した。清次郎が頷く。全員が、固唾(かたず)を呑んで二人の様子を見守った。

　清次郎が一礼して下がるのを待ち、玄右衛門が口を開いた。

「小松の吉郎が、居しゃった」

　一瞬、場が静まり返った。襖の向こうから、蛭谷や他の女たちが様子を見守っている。

　葛原唐次郎が、訊いた。

「どこさ居たがん」

　玄右衛門が、頷く。

「古い鎮守様の中だっぱい」そういって、神山を睨んだ。「仏様になっちゃあだど。死んでるみでだどよ」

死んでいるみたいだ……。

最後の言葉だけは、神山にも理解できた。

どこからか、女のすすり泣く声が聞こえてきた。

15

案内に清次郎が先頭に立ち、阿佐の家を出た。

村人は連なり、列を成して村道を歩いた。その光景はすでに、ひとつの葬列の様相を呈していた。

神山は蛭谷と並び、村人の列の最後方からついていった。男も女も背を丸め、肩を落とし、項垂れながら歩き続ける。何かを小声で話す者はいたが、その声は山から吹き降ろす風の音の中に消えた。

目の前で七〇歳ほどの小柄な女が、有里子に肩を抱かれて嗚咽を洩らしていた。一昨日の夜、阿佐の家で賄いに立っていた女の一人だった。おそらくこの女が、小松吉郎の女房なのだろう。

神山は、空を見上げた。つい先程まで晴れていた空はどんよりとした雲に覆われ、周囲の山々の風景から光を奪いはじめた。気が付くと、風に粉雪が舞っていた。この分だと夜までには、また本格的な降りになるかもしれない。

葬列は村の道を静々と進み、やがて橋に差し掛かった。例の「七ツ尾橋」だ。〈危険――立ち入り禁止！〉と書かれた立て札が立てられていた、あの橋だ。昨日の深夜までは除雪した雪が積まれて塞がれていたはずなのに、今日はすべて取り除かれていた。

村人は、それがいとも当然のように橋を渡っていく。その厚顔な態度に、神山は腹が立った。有里子も、何もいわない。改めて、村人たちの本性を見たような気がした。

橋を渡り、先頭の清次郎は古い神社の前で足を止めた。鳥居の周囲に、村人が集まる。橋から祠に通じる道と石段も、いまは雪が掻かれていた。神山が横に視線を向けると、蛭谷がかすかに頷いたように見えた。

神山は、前夜の記憶を辿った。この神社は、深い雪に埋もれていた。誰の足跡も付いていなかったし、古く小さな祠の中にも何もなかったはずだ……。

全員が清次郎に従い、緩やかな石段を登った。神山の脇から蛭谷が進み出る。二人が祠の前に立ち、振り返る。全員が息を呑み、次に何が起きるのかを見守った。

玄右衛門が一歩、進み出た。小松吉郎の女房を手招く。清次郎が錠を外した。蛭谷の手を借り、祠の戸をゆっくりと開いた。

何も起こらなかった。薄暗い、祠の中を見つめた。次第に、何もないはずの空間にぼんやりと影のようなものが像を結びはじめた。

突然、女の悲鳴が上がった。同時に小松の女房がその場に平伏し、狂ったように泣きはじめた。

神山は、人の輪を分けて前に出た。祠の中の光景に、焦点を合わせた。

重い物が、咽を落ちていく。逆に肌がざわつくような、寒気にも似た不快な感覚が背中を這い登ってきた。

滑稽で、それでいて醜怪な、奇妙な光景だった。確かに悲劇であるはずなのに、ある意味では場違いの冗談のような、そんな喜劇の舞台にも似た確かな狂気に満ちていた。

神山は、目の前の光景を見つめた。

前日の深夜には蛻の殻だったはずの祠の奥に、板壁に倚り懸るようにして人が座っていた。最初はその男が、一昨日の夜に会った小松吉郎だとはわからなかった。

小松は両足を開いて前に投げ出し、股の間に腕をだらりと下げていた。何かを考えるように、首を傾けている。まだ乾きはじめたばかりの血が顔を赤黒く染め、口からは脳漿を含む泡のようなものが噴き出していた。何を見ようとしているのか、飛び出るほどに見開かれた白い双眸だけが鈍く光っていた。

頭頂部からは、まるで武士の髷を思わせるような角度で木の棒のようなものが突き出ていた。それが手斧の柄で、大きな刃の部分が頭に埋没しているとわかるまでに時間はかからなかった。その情況だけを見ても、小松吉郎がすでに生きてはいないこと、そしてその死因も明白だった。

「小松も、えんがみたわい。恐っかねごっだ……」

誰かがいった。その声に、玄右衛門が振り返った。

「この、おんづくなしが。くだんねえこといってねえで、誰か戸板もってこう。仏様、直っきに運んじゃれ」

玄右衛門がいうと、男たちが次々と祠に足を踏み入れた。どうやら、小松の遺体をここから運び出そうとしているらしい。神山が一歩、前に出た。

「やめろ。全員、祠から出るんだ。小松さんの遺体は、そのままにしておくんだ」

村人が、神山を振り返った。冷たい視線だった。

「しなた何をいうか」

玄右衛門の声には、怒気が含まれていた。

だが、神山がいった。

「遺体に触れてはいけない。現場をこのままにして、警察を呼ぶんだ」

「じぐねるなや。いいから直っきに運び出すべ」

葛原唐次郎がいった。神山が、祠に上がった。

「とにかく、ここから出るんだ。いまなら指紋もある。足跡も残っているかもしれない。警察にまかせるんだ」

神山が、男たちを見渡した。全員が無言で、神山を見つめていた。だが、そのうち一人、また一人と祠から降りはじめた。

清次郎も、神山に背を向けた。だがその瞬間、ふと、その口元に笑いが浮かんだように見えた。

16

警察は午後になって村に入ってきた。

通報からすでに、三時間以上が経っていた。

所轄の南会津警察署の捜査課と鑑識に加え、楢原の駐在所員を含む計一六名の大所帯だった。ランドクルーザーやジムニーなど五台の警察車輌(しゃりょう)が、戦時下の敵国の進駐部隊のように村の一本道を行進してきた。村人たちは物陰に隠れながら、その仰々(ぎょうぎょう)しい光景を恐ろしいものでも迎えるように見守っていた。

だが、警察を呼んだことは、七ツ尾村にとって二つの意味で良い傾向であることは確かだ。ひとつは人が殺されたのなら、一般市民として警察に通報するのが当然だということだ。神山という外部の目撃者がいる以上、これまでのように村人の間だけで片付けてしまうわけにはいかない。もしすべてを闇に葬(ほうむ)るならば、その前に神山の口を封じなくてはならない。いくら閉鎖的な村人たちでも、そこまではやらないだろう。

第二に、村に通じる唯一の道が、現段階で通行が可能だということだ。これで神山も、やっと白河に戻ることができる。

今夜から、また雪が降りはじめるだろう。その前に、何としてもこの村を出なくてはならない。

神山はラッキーストライクの最後の一本に火を付け、空箱を潰した。人里に降りれば、タバコはいつでも買うことができる。

最初に小松吉郎の検屍と現場検証が始まり、それと並行して村人が個別に呼ばれての事情聴取が行なわれた。待っている者は、阿佐の家の広い囲炉裏端の部屋に集められた。この場にいないのは蛭谷の一家と、機を織る玄右衛門の母親という老婆くらいだろう。他に、楢原の駐在の警官が一人、聴取を待つ間に口裏を合わせられないための、見張り役といったところだろうか。

神山は、村の男たちがひととおり終わった最後に呼ばれた。聴取を担当したのは、おそらくこの捜査の主任らしき佐々木という刑事だった。神山を別室に呼び、穏やかな口調でいった。

「あんたが、神山さんかね。白河の人だってな」

「そうだ」

神山はそういって、思わず笑ってしまった。

「どうしたんだね」

佐々木が怪訝そうな顔をしている。

「いや、日本語の通じる相手と話すのが久し振りでね」

確かに、そうだ。この三日間、神山は有里子以外の人間とまともに話をしたことがほとんどなかった。佐々木の言葉にも多少の会津訛はあるが、ちゃんと話は通じる。その当り前のことに、妙に安堵した。

「この村には、何できなさったのかね。旅行かね」

佐々木が訊いた。

「もう知ってるんだろう。私立探偵だよ。ここの村人に雇われて、一年前に起きた〝事故〟のことを調べにきた」

神山がいうと、佐々木が穏やかに笑った。刑事というよりも、村役場の助役くらいにしか見えない人の好さそうな笑顔だった。

「ところで、村人の何人かがおかしなことをいってるんだがね」

「何といっているんだ」

「あの被害者……」佐々木がそういって眼鏡をずらし、手帳のメモを見た。「小松吉郎だったか。あの男を殺ったのは、もしかしたら神山さんじゃないかというんだがね」

まるで、世間話のような口調だった。

「ほう……。しかし、なぜ、おれが犯人だと思うんだろうな」

逆に、訊き返した。

「まあ、村の部外者は神山さんだけだべし。誰っちえもそう思うべな。それに神山さんは、昨日の夜は外に出てた。そうでらったがし」

「そうだ。月も出ていたし、寝付けないので、少し散歩でもしようかと思ってね」

「散歩ね。まあ、えいべした。ところが小松の女房は、亭主は神山さんが外を歩いてるのを見て出てったっちゅうでね。それで朝になっても、帰らんかったと」

「ほう……」

「その辺りのこと、説明してもらえんかね」

穏やかだが、刑事特有の有無をいわせない口調だった。このような場合、二とおりの対応の仕方がある。完全に黙秘を決め込むか。もしくは模範的な小市民として全面的に協力するかだ。だがいまは、この場で国家権力を敵に回す積極的な理由が何も思い浮かばなかった。

「実は、深夜にどうしても調べてみたいことがあってね……」

神山はそういって、前夜の自分の行動を説明した。

佐々木という刑事は、黙って神山の話に耳を傾けていた。説明しながら、神山はひとつひとつ細かい情況を思い起こしていた。村の中の道を歩き、橋に向かった。当然、小松吉郎の家の前も通っている。その時に姿を見られたというのならば、そうなのかもしれない。

だが七ツ尾橋を渡り、対岸の神社を調べていた時には誰の気配も感じなかった。もちろん神社の周囲には、神山以外の足跡も残っていなかった。もし小松が神山を尾けてきたとしても、かなりの距離と時間差を保っていたことになる。

そこまで話しながら、神山は奇妙なことが心に引っ掛かった。つい、先程の光景だ。村人が全員で小松の遺体発見現場に向かった時、すでに橋や神社の登り口には雪が残っていなかった。つまり清次郎と蛭谷の二人は、小松の遺体を発見し、わざわざ雪掻きを終えてから村人に知らせにきたということか。

なぜ、そんな手の込んだことをしたのか。普通は、まず最初に知らせに走るものだ。雪があれば、その上に神山や小松、そしておそらく犯人の足跡も残っていた。それをあえて除雪を先にしたのは、足跡を含む証拠隠滅が目的だったということか。

やはり清次郎、か……。

「どうしたんだね」

話の途中で黙り込んでしまった神山に、佐々木が訊いた。

「いや……。何でもない……」

神山は笑顔を取り繕い、頭を掻いた。

「ところで神山さん。昨夜はどこに行こうと思ったがに」

「散歩ですよ。月も出ていたし」

「したがら、何で散歩に出たのがに。この辺りには、何もないべし」

まあ、隠しても始まらない。すでに、鑑識が川の対岸を調べている。いずれはわかることだ。

「実は、対岸に何軒かの廃屋があるだろう。あれを調べてみようと思ってね……」

神山は、事情を説明した。

村長の阿佐玄右衛門の依頼で、ある〝事故〟の調査――それ以上は依頼人に対する守秘義務のためにいえない――でこの村に呼ばれたこと。だが村人は、神山を川の対岸には近付けないようにしていたこと――。

「それで、深夜に探ってみたというわけかね」

「そうだ」

「そんじゃらば、何かあったんかね」

神山は、考えた。もうこの一件からは、手を引くつもりだった。それならば、すべてを警察にまかせてしまった方がいい。

「橋を渡って最初の廃屋と、その奥の二軒目の家だ。表札に椎葉と、阿佐と書かれている」

「その家が、どうかしたのけ」

「その前に、タバコを一本くれないか」

「ああ、これでいいかね」

佐々木がマイルドセブンの箱を差し出した。神山はその中から一本取り、火を付けた。煙を吸い込むと、頭の中の霧が少し晴れたような気がした。

「あの二軒の家でここ数年以内に、猟銃を使った大量殺人があったらしい」

「大量殺人……」

佐々木は呆然(ぼうぜん)とした表情で、神山を見た。やはり警察は、何も知らされていなかったらしい。

「いま鑑識が対岸を調べているんだろう。もうすぐわかるさ。しかし、その前に案内するよ」

神山はタバコを火鉢で消し、座蒲団から立った。

佐々木ともう一人の若い刑事を連れて、神山は対岸の二軒の家に向かった。

思っていたとおり、昨夜、神山が付けたソレルのブーツの跡は他の足跡に踏み荒らされていた。

表札に椎葉と書かれた家に着くと、すでに鑑識の人間が何人か室内に入っていた。佐々木は囲炉裏端の壁の前に立ち、血飛沫と弾痕を呆然と見つめた。説明は不要だった。この光景を見れば、ここで何が起きたのかは誰の目にも明らかだ。

「もう一軒の家は？」

佐々木が訊いた。

「同じようなものだ。見るかい」

「そうだね……」

家を出て、また歩く。神山と佐々木の後ろに、青ざめた顔の若い刑事が付いてくる。

佐々木が難しい顔をして、独り言のようにいった。

「まったくこの村の奴らは、何を考えてんだべか……」

今度は、神山が訊いた。

「ところでこの七ツ尾村というのは、地図にも載っていない。地番はどうなってるんだい」

「地番？　そんなものはねえぞな。昔の昭和の頃のままさ。うちの署は、通報さあるまでここに人が住んでることさえ知んねかったんだよ」

警察にはやはり、素直に応じるべきだ。そうすれば相手も、様々な情報を与えてくれる。

「よくこの場所がわかったな」

「造作ねえよ。そんな時は、電話か電気会社に問い合わせるんだべ。そうすりゃ人が住んでる場所はすべてわかっから」

なるほど。そういうことか。

それにしても、東北は不思議だ。これだけ人口密度の高い先進国の日本にありながら、二一世紀の現在も俗世間を離れた仙境のような村が存在する。白河あたりでもその手の噂はよく耳にするが、実際に自分の目で確かめてみるまでは実感が湧かない。

二軒目の家でも、佐々木の様子は同じだった。壁や襖を見つめ、ほとんど何も話さず、何かを考えながら外に出た。

腕を組んで元の橋の方に歩きながら、粉雪の舞う空を見上げた。

「本格的な降りになる前に一度、署に戻らんと……」

独り言のように呟いた。誰もが、考えることは同じだった。この村に、長居をしたいとは思わない。

午後五時――。

日没からしばらくして、警察が現場検証の撤収を始めた。天候を見て、捜査は翌日以降に持ち越されることになった。村には刑事が二人泊まり、その代わりに玄右衛門と有里子、そして運転手の清次郎が引き続き聴取のために南会津署まで出向くことになった。署ではすでに、弁護士の野末智也が待っているという。

警察車輛は一台が村に残り、残る四台が玄右衛門の一行の乗るメルセデスを前後から挟みながら雪道を走りだした。神山も、ポルシェ・Carrera4でその後に続いた。村を出るといっても、もう誰も神山を止めなかった。

バックミラーに、暗い村の影が映っていた。その風景を眺めながら、思う。もう自分が、この村に来ることはない。

やがて細く急な道は、深い森の中へと下っていく。前を走る車のテールランプを反射して、凍りついた路面が赤く光っていた。

雪が次第に、強くなりはじめた。

第二章　白い幻影

1

白河に帰ると、また日常が戻ってきた。

留守にしていた三日間の間に雪が降り、市街地は白く染まっていた。だがこの町には、いまの神山の生活のすべてと温もりがある。

伯父が残してくれた居心地のいい家に、疲れを癒してくれる温かいベッド。使い馴れた革のソファーに体を沈ませながら、お気に入りの音楽を聴く時間。好みの銘柄のウイスキーのグラスを傾けながら、ゆっくりと食事を味わう楽しみ。ここではまだ夜が明ける前から、鶏の声に起こされることもない。

西郷の家に戻って数日が過ぎると、七ツ尾村で過ごした三日間の出来事の印象がすべて曖昧に薄れてきた。

長い夢を見ていたにすぎないのか。それとも、現実だったのか——。

阿佐玄右衛門や有里子は実在の人物だったのか。もしくは、人の姿をした幻影だったのか——。

白壁の血飛沫と小松老人の遺体は、本当に存在したのか——。

ともすれば、またいつの日か同じ場所を訪ねたとしても、山間に入母屋が並ぶあの村の風景そのものが消え失せてしまっているような錯覚に陥る。

だが、夢や幻ではない。すべては現実なのだ。

七ツ尾村を出て下郷町まで降りた夜、神山のiPhoneが多数のメールや着信履歴を受信した。ほとんどが仕事関係の問い合わせや依頼、もしくは地元の仲間からの酒の誘いなどだった。神山はそれを見て、自分が七ツ尾村で過ごした三日間がけっして空白の時間ではなかったことを実感した。

そしていまも神山の手の中で光る、小さなもの——。

シルバーとフェイクのルビーでできた、安物のピアスだった。神山が村の川の対岸に行った夜、最後の家の囲炉裏端で拾ったものだ。あの家の中に、神山が行く直前まで誰かがいた。おそらくその誰かが、これを落としていった。

誰だったのか。神山は、有里子の顔を想い描く。だが有里子は、耳にピアスの穴を空けていない。

白河に戻ってから二日後、南会津署の佐々木が神山の元を訪ねてきた。若い刑事が一緒だった。あの日、壁に残る血飛沫の痕を青ざめた表情で見つめていた刑事だ。

用件は、事情聴取の続きだった。神山はストーブに薪を焼べ、ドリップで三人分のキリマンジャロを淹れた。二人の刑事は、おそらくこれほど上等のコーヒーを味わうのは人生で初めての経験だろう。いずれにしても体と心が温まれば、会話もスムーズに運ぶ。

簡単な事実確認の後で、神山は世間話のように訊いた。

「小松を殺した犯人の目星はついたのか」

佐々木は溜息をつき、顔を顰めた。

「それが、むじれとってね。村の人間であることは間違いないんだべが……」

確かに佐々木のいうとおり、あの閉ざされた空間で小松を殺すことができるとすれば村の人間だろう。しかも、おそらくは男だ。だが阿佐玄右衛門や甥の信人、村の外れに住む蛭谷を入れても、男は七人しかいない。いやもう一人、有里子の亭主の阿佐勘司の可能性もあるが。奇妙なのは佐々木が、最初から神山をその中から除外していることだった。

「なぜ、おれを疑わないんだ。村人は、おれが犯人だといっているんだろう」

神山がいうと、佐々木は笑いを浮かべた。

「まさか。しなたは、朝一〇時頃まで寝坊してたべな。人を殺して、そんなによく寝るはったぎはいねえべ。まず、逃げるっぺよ」

確かに、そうだ。さすがによく見ている。

佐々木によると、小松の死因は頭部外傷による脳挫傷と失血性ショック死。頭頂部に刺さっていた手斧は、死んだ小松自身の持ち物だったことがわかった。

「なぜ小松は、手斧なんかを持って家を出たのかな……」

神山が、考える。

「わからんな。もしかしたら神山さん、しなたをはっつけるつもりだったんじゃねえべか」

「まさか……」

「わかんねえよ。何か思い当たることはねえかね」

佐々木のいうことには、確かに一理ある。もしそうでなければ、神山の姿を見て斧を手に後を追ったりはしない。村の人間——小松を含む一部の者は——それほどまでして川の対岸の秘密を外部の者に知られたくなかったということか。

だがその小松は、何者かに手斧を奪われ、自分が殺されることになった……。

誰が小松を殺したのか。それがわからない。佐々木によると、現場はすでに村人によって踏み荒らされ、犯人の特定に結びつくような有効な足跡や指紋などの物証は残っていなかったという。

奇妙なのは殺害に小松の手斧が使われているにもかかわらず、それを奪い合ったような形跡も外傷も残っていなかったことだ。小松は何の疑いもなく、相手に斧を手渡した可能性もある。しかも斧の刃は、ほぼ真正面から頭頂部に入っていた。

おそらく小松は、まったく予期せぬ出来事に驚いたのではなかろうか。目を見開いたまま死んでいた表情が、それを物語っている。もしかしたら相手は、村人の中でも、小松が最も信頼する人間であったのかもしれない。

もうひとつの謎は、川の対岸の二軒の家に残っていた猟銃の弾痕と血飛沫だ。これについても佐々木は、村人から興味深い話を訊き出していた。

「誰も殺されちゃいねえというんだよ……」

「どういう意味だ」

「したがら、ちょっとした事故だとよ……」

佐々木が村人から耳にした話をまとめると、だいたい次のようなことになる。

昔から南会津の山間部は、ツキノワグマの好猟場として知られていた。一五年程前までは冬の猟期になると、福島県内だけでなく他県からも小屋掛けの流しのマタギが熊猟に訪れた。七ツ尾村でも栃木県や新潟県からの猟隊に対し、川の対岸の廃屋を猟期の間だけ貸していたことがあった。

「一五年前の話だといったね」

神山が確認した。

「そうだ」

「それほど古いものには見えなかったけどな。一五年も経てば、家だって腐り落ちる。せいぜい五年か六年といったところだろう」

「まあ、そうは思うんだけんどね……」

佐々木の話は、そこからまた一段と作り話然としてくる。

最初に事故が起きたのは一六年前のことだった。栃木県から入ってきたマタギの猟隊に、阿佐が古い家を貸した。ところがある夜、酒を飲んで銃を手入れしていた時に、マタギの一人が不注意で暴発させてしまった。その時に仲間の一人が、腕に大怪我を負った。

翌年にも、椎葉が家を貸していた新潟の猟隊が同じような事故を起こした。この時も一人が大怪我をしたが、幸い命に別状はなかったらしい。

佐々木が話している横で若い刑事はただ黙ってコーヒーを飲み、時折、相槌を打つように頷く。神山は佐々木の言葉が途切れるのを待ち、訊いた。

「あんた、その村人の話を真に受けているのか」

「どうだべかな……」佐々木がそういって苦笑いを浮かべた。「真に受けるわけじゃねえべが、嘘だともいえんべしゃ」

「その怪我人というのはどうしたんだ。銃で怪我をしたなら警察に届け出てるはずだし、病院か何かに治療した記録が残っているだろう」

「警察にも病院にも、それらしい記録は何も残ってねえ。村の阿佐玄右衛門という男がいうには……怪我をした男はマタギ仲間が手当てをしたっちゅうで、猟期が明けっとみんないねぐなって、それっきりだど……」

佐々木は、本当に世間話のように饒舌に話す。だが一方で、話しながら神山の様子を探っているような気配もある。一見して人好きのする実直そうな男だが、どこまでが本音なのかはわからない。

「本当にあの血飛沫が、余所(よそ)の土地のマタギのものだと思うのか」

「どうだか……」

佐々木が、首を傾げる。

「だいたい熊撃ちのマタギならば、ライフルを使うはずだろう。しかしあの壁の弾痕は、鹿用の散弾のものだぜ」

「したがら、変だとは思うけんども……」

「あの血痕を、DNA解析してみたらどうだ。本当に、各家で一人ずつのものなのか。それとも、二人以上なのか。もしくは、余所のマタギのものなのか。おれは、あの血痕は七ツ尾村の村人と血縁者のものだと思うけどね」

「まあ、解析はしななんねえとは思うけんども。最近は司法解剖の予算にもうるさくてな。一五年といえば、人が死んでも時効だべし……」

何とものんびりとした感覚だ。

「村の男たちも、猟銃くらいは持っているんだろう」

「そうだない。散弾銃は、葛原唐次郎が持ってたっぱい」

最初に葛原直蔵の事故の件で依頼を受けた時に、有里子から聞いた情報と一致する。だがもう一人、散弾銃を持っていたはずの有里子の亭主——一年前に七ツ尾村を出奔した阿佐勘司——の名は佐々木の口からは出なかった。

神山はその時、奇妙なことに気が付いた。

「前に、あの村は住所と地番がはっきりしないといったな」

「そうだげんじょも」

「それならなぜあの村人たちは、猟銃を所持できるんだ。銃の所持には、警察への届け出が必要なはずだ」

「もちろん、そうだべし……」

神山は、そこから佐々木が話したことに耳を疑った。村人たちの全員が、七ツ尾村に住所も本籍も登録していないというのだ。それぞれが、別の場所に住民票を持っていた。阿佐の一族は近隣の田島に、葛原と椎葉の一族はそれぞれ昭和村と湯野上に、死んだ小松の夫婦は会津美里町に住所を置いていた。昭和三二年に宮山村が廃村になった時に、七ツ尾村も全員が住民票を移したらしい。現実にあの村に住んでいるのは、木地師の蛭谷茂吉だけだった。

「つまり、二重生活ということか……」

「まあ、そうじゃけんども……。しかしそれぞれの住所にはちゃんと縁者も住んどるし、家もあっぺからな。七ツ尾の家が〝別荘〟だっつうことになれば、そんつらこと駄目だぞいともいえんがね」

確かに、そうだ。それにしても、とんでもない別荘があったものだ。しかし別の場所に、それも生活に不便のない町中に一応の家があるのなら、なぜ七ツ尾の村人はあのような山の中で暮らしているのか。

考えてみれば、阿佐玄右衛門の車も不思議だ。メルセデス・ベンツのＳ４３０・４マチック――。

新車で買えば、一〇〇〇万円以上もする車だ。いくら庄屋とはいえ、山間の僻村に住む者が乗る車ではない。しかもあの、野末という弁護士だ。あれだけの高級車を買い、顧問弁護士を持つだけの財力があれば、町中に家を建てて移り住むこともできる。好きこのんで不便な山の中で暮らす者などいない……。

「どうしたんだべし」

考え込む神山に、佐々木が訊いた。

「いや、何でもない」

神山の顔色を探るように、佐々木が覗(のぞ)き込む。やはり刑事だけあって、この男も油断のならない目をしている。

佐々木は途中の峠道が凍りはじめる時間を気にしながら、まだ明るいうちに帰っていった。

神山は、一人になって考えた。なぜ阿佐玄右衛門の一族と村人たちは、あの七ツ尾村で暮らしているのか。ただ単にあの村で生まれ、家があるからだけではない。おそらく何か他に、特別な理由があるのだ。その理由が、今回の小松の死を含め、ここ数年に七ツ尾村で起きたすべての事件に関連しているような気がしてならない。

村人たちは、その理由——つまり〝秘密〟——を外部の人間には知られたくなかったはずだ。それなのに阿佐玄右衛門は、なぜ私立探偵の神山に助けを求めてきたのか——。

いや、自分には関係はない。神山にとっては、すべて終わったことだ。あとはあの佐々木という刑事にまかせておけばいい。

神山はポケットから、あの廃屋で拾った安物のピアスを出した。しばらく、それを見つめていた。頭の中にからむしの機を織る音と、まだ顔を見ぬ老婆の昔話の幻聴が聞こえてきた。

……あったあどな……。

昔……〇〇様があったあどな……。

……〇〇の峠に……七人の〇〇様が……あったあどな……。

だが神山は、すべての思いと共にそれを打ち消した。

アンティークのデスクの抽出し（ひきだ）を開け、ピアスを落とす。

抽出しを閉じ、鍵を掛けた。

2

街を歩くと、「ジングルベル」や「ホワイトクリスマス」などのクリスマスソングが聞こえてくる。

今年の冬は、例年になく雪が早い。白河の市街地はどこも白一色に染まっている。夕刻になるとメガステージのショッピングセンター街はクリスマスの飾り付けに光り輝き、年末商戦目当ての人出で賑わう。

師走の喧噪の中で、神山も忙しい日々を過ごしていた。ただでさえ仕事や雑用に追われるこの時期に、予定外に三日間も事務所を空けてしまったのだからそれも当然だった。七ツ尾村から戻ってからの数日間で家出した女子高生を東京の興信所に照会して保護し、不動産詐欺の男を仙台にまで追って捕まえ、三件の浮気調査をこなし、逃げた牡のゴールデンレトリバーを一頭捜し出した。

二四日の木曜日には、行きつけの居酒屋『日ノ本』で忘年会を兼ねた恒例のクリスマスパーティーがあった。

「神山さん、久し振りだね。どこか行ってたのけ」

僅か一週間ほど店に顔を出さなかっただけなのに、主人の久田一治と女将の久恵にそう訊かれた。

「ちょっと会津の山奥に行ってたんだ」

「仕事でけ」

「そうだ。仕事だよ」

そんな何気ない会話が、自分が本当に白河の人間になったことを実感させる。座敷に上がると大工の広瀬や同じ同級生の角田と福富、常連客の三谷や新井、白河西警察の奥野などが早くも顔を揃えていた。薫もいた。神山は誘われるままに、薫の横の空いている座蒲団に座った。

薫が神山のグラスにビールを注ぐ。おそらくこの日、何度目かの乾杯の声が掛かる。奥野と三谷はすでにかなり飲んでいるらしく、時間も早いのに三角のラメの帽子を頭に載せて騒いでいた。

「久し振りだな。今日は店は休みなのか」

ビールで喉を潤し、薫に訊いた。薫も地元の同級生だが、いまは新白河の駅の近くで『花かんざし』というスナックの雇われママを務めている。

「まさか。今日はクリスマスイヴだよ。あと三〇分もしたら、店に出なくちゃ……」

「そうか。頑張れよ」

「ここが終わったら、店に寄ってよ」

「疲れてるんだ。今日は、早目に引き上げる」

「もう……冷たいんだから……。ちょっと話があるのよ……」

「また、陽斗のことか」

「そう……」

薫はいわゆるバツイチで、高校生の息子がいる。最近は話といえば、その息子のことが多い。以前もバイクのことで相談を受け、地元の暴走族を抜けさせるのにひと役買ったばかりだった。

「何かまた問題でも起こしたのか」

「別に、問題という訳でもないんだけど……」

「わかった。後で店に寄るよ」

結局、『日ノ本』の忘年会の後は二次会のカラオケボックスに付き合わされて、『花かんざし』に入るころには時計も零時を回っていた。ここ数年は飲酒取り締まりが厳しくなったこともあって、白河の水商売も客の引けるのが早い。この日も客はひと組、ホステスも薫の他に若い女の子が一人残っているだけだった。

客と女の子がタクシーで帰ってしまうと、店の中にいるのは神山と薫の二人だけになった。薫はドアに鍵を掛けると、棚からいつものボウモアのボトルを出してきた。

「ロック？　それとも、ソーダで割る？」

　薫が訊いた。

「ソーダで割ってくれ。今日は少し、飲みすぎている」

　薫が二人分のソーダ割りを作り、グラスを合わせた。音楽はカラオケを有線の洋楽のチャンネルに切り換えた。ジョン・レノンの「ハッピークリスマス（戦争は終わった）」が流れていた。

「話って、何だよ」

　ボウモアを口に含み、訊いた。

「それがさあ……」

　薫の顔が、急に〝女〟に見えた。

「当ててやろうか。陽斗に彼女ができたんだろう」

「ピンポン！　よくわかったね」

「当たり前だ。おれは私立探偵だぜ。母親の顔を見ればそのくらいはわかるさ」

「あの子はまだ高校生だよ」

「いい、もう一七だぜ」

　神山はそういいながら、昔のことを考えた。自分が一七の時は、何をしていただろう。地元の他の仲間と一緒に原付自転車の免許を取ったばかりで、ポンコツのスーパーカブの修理に夢中になっていた。

恋人などはいなかった。一級先輩の女の子を好きになり、学校の中や、通学途中に姿を見かけては胸をときめかせていた。だが、相手に好きだと告白することもできず、初恋は呆気(あっけ)なく消えた。

若かったのだ。いまとは、時代も違う。

「ねえ、どうしたらいいと思う？」

薫が神山を見つめながら訊いた。

「どうするって、何をだ」

「陽斗のことよ。神山君、聞いてるの」

「ああ……聞いてる。本人同士が好きなら、どうしようもないだろう」

「もう、やってるみたいだし……」

「どうして」

「母親だもん、わかるよ……」

薫の表情を見ていたら、急におかしくなった。自分も母親に、同じような心配をさせたことがあるのだろうか。だが、人間はすべて同じような経験をして成長していく。親を心配させるのも、成長の証(あかし)だ。

「わかった。近々、陽斗に会ってみるよ」

「お願い。あの子、私には隠すけど、神山君には何でも話すからさ……」

店の中は、静かだった。薫が一度、席を立ち、クリスマスケーキを持って戻ってきた。

「食べる?」

薫が訊いた。

「いや、遠慮しておく……」

男にとって女は、永遠の謎だ。男は、アイラのシングルモルトを飲みながら、安物のクリスマスケーキを食べる感性は絶対に理解できない。

薫は物憂(ものう)げに溜息をつき、黙々とケーキを口に運ぶ。そしてウイスキーを口に含み、呟いた。

「そういえば私たちもそうだったよね。誰と誰が付き合ってるとか。できちゃったとか。一七の時には、私だってもう〝女〟だったし……」

自分がスーパーカブに夢中になっている時に、薫はもう〝女〟だった……。

神山はその言葉を嚙み締め、なぜか嫉妬(しっと)にも似た感情を覚えた。だがその時、もうひとつ、心に引っ掛かっていた些細(ささい)なことを思い出した。

有里子が野末という弁護士を伴い、初めて神山の事務所を訪れたあの日だ。〝阿佐〟という姓を聞いて、どこかで耳にしたことがあると思った。

「なあ、薫。おれたちが高校のころ、子供ができて学校を退学した子がいたよな」

「うん……」薫がケーキを食べ終えて頷いた。「いたよ。何人か。私たちのクラスにもいたし、他のクラスにも……」

「その中に、〝阿佐〟という名字の子がいなかったっけ」

神山が訊くと、薫が少し考えた。

「うん、覚えてる。阿佐菊子(きくこ)でしょう。隣のB組の……」

「そうだ。背が高くて、色白だった」

「確かうちのクラスの木戸(きど)君と付き合ってたんだよね。それで妊娠しちゃってさ」

「そう、それだ。その阿佐菊子、いまはどうしているか知らないか」

「どうだろう。元々、お父さんの仕事の関係で他から転校してきた子だったし。確か子供を産んじゃって、退学してすぐにまたどこかに引っ越しちゃったんだよね……」

そうだった。そんな噂を聞いたこともあった。

「誰か、阿佐菊子の引っ越し先を知っている奴はいないかな」

「どうだろう。元B組だった子に訊いてみようか。もしかしたら、クラス会の名簿とかに載ってるかもしれないし……」

〝阿佐〟という姓は、この辺りでは珍らしい。七ツ尾村の阿佐一族と関係があるとも思えないが、何かがわかるかもしれない。

「ところで阿佐菊子……だっけ。彼女は、会津の方から転校してきたんじゃなかったか」

「どうして」

薫が、不思議そうに神山の顔を見た。

「この前、仕事で会津の山奥まで行ってきたんだ。その依頼主が、阿佐という名字だったんだよ」

「何だ、そんなことか……」薫がちょっと、がっかりしたような顔をした。「それなら、違うと思うよ」

「どうして」

「あの子、阿佐菊子は確か関西の子だったと思う」

「関西？　なぜ？」

「だって転校してきた時から、関西弁で話してたじゃない。それでB組で関西弁が流行（はや）っちゃってさ」

「京都か。大阪か」

「そこまでは覚えてないよ。でも、関西だったことは間違いないと思うよ」

関西……。

そのひと言を聞いて、神山の頭の中で大きな氷が溶けはじめた。

有里子も、関西の出身だった。木地師の蛭谷の家系も、元はといえば関西から会津に移り住んだのだ。そして玄右衛門と葛原唐次郎は、神山が阿波の出身かどうかを気にしていた。

あの村には、やはり、何かがある。

3

慌しい中で、年が明けようとしていた。

白河の新年は、陸奥の小都市にならどこにでもあるような、ごく普通の正月だ。年末が近くなると帰省者が戻りはじめ、町は普段あまり見かけない顔で賑わう。何かと理由を付けては人が集まって、酒を飲む。年が明ければまた酒を飲み、雑煮を食う。気が向けば家族や仲間と連れ立って、近くの神社に初詣でに出かけることもある。それだけだ。特に過ぎ去る年を惜しむこともないし、来る年に何を望むこともない。ただ一年の節目として、小さな時間の空白で息をつくにすぎない。

神山は、師走の町を歩いた。だが大晦日も日が落ちる頃になると、潮が引くように町から人が消えはじめた。新年の瞬間だけは誰もが家に戻り、家族と共にその時を迎える。正月とは、そういうものだ。

新白河のメガステージのショッピングモールで、見せかけだけの御節料理とワインを何本か買った。少しは正月気分を味わおうとしている自分に気付き、それがおかしかった。

一〇年以上も前に母の智子が亡くなってから、神山は正確な意味での正月を一度も過ごしたことがない。

パジェロミニに乗り、また当てもなく町を走った。特に理由もなくいつもの『日ノ本』に寄ってみたが、看板の灯は消えていた。入口に「三日から営業します」と書かれた紙が貼ってあった。いつもこの店に集まり、御託を並べながら飲んでいる男たちも、いまはそれぞれが自分の巣に帰っている。

ふと思い出して、薫に電話を入れてみた。

——どうしたん、こんな日に——。

携帯から、薫のおっとりとした声が聞こえてきた。

「今日は店、やってるのか」

神山は、わかりきっていることを訊いた。

——やってるわけないでしょ。大晦日だよ——。

「だよな」

——なぜよ。どこも行くとこないの——。

「いや、別に……」

——よかったら、家に来なよ。お父ちゃんとお母ちゃんもいるけど、健ちゃんのこと知ってるし——。

神山は、薫の母親の顔を思い出した。家は確か市役所に近い宰領町で、ごく普通の公務員の家庭だった。高校時代に何度か遊びに行ったが、部屋でタバコを吸ったところを母親に見つかり、叱られた覚えがある。

「いや、やめておくよ。お父さんとお母さんによろしく。良い年を……」

——健ちゃんもね——。

電話を切って、車を走らせた。

北中川原の『みどり書房』は、大晦日なのに店を開けていた。ここで、注文しておいた何冊かの本を受け取った。すべて会津に関する郷土資料——特に戊辰戦争や昔語りの伝説、木地師に関するもの——の類だ。この手の地元の出版社による小さな出版物は、やはり地域の大型書店に注文しなければ手に入らない。

「また何か調べ物ですか」

本を包みながら、いつもの店長らしき男がいった。神山が私立探偵であることは知られている。白河に戻ってから二年半、すっかりこの『みどり書房』とも顔馴染みになってしまった。

「いや、調べ物というほどのものでもないんだ。ちょっと気になることがあったもんでね……」

そうだ。少しばかり、気になるだけだ。また、七ツ尾村の問題に首を突っ込むつもりはない。あの村に戻る気もない。ただ、自分が何に巻き込まれようとしていたのか。その本当の理由を知っておきたいと思っただけだ。

「良いお年を」

「あなたもね」

本を受け取って、店を出た。

真芝の家に戻ると、ストーブの火は消えていた。夜空の下で屋根は雪に白く被われ、部屋の中は氷室のように冷えきっていた。

神山はダッチウエストのストーブに火を入れ、薪を焼べた。耐熱ガラスの中で、炎が赤々と燃え上がる。ほのかな温もり。だがストーブ全体に火が回り、部屋の中が暖まるまでにはだいぶ時間が掛かる。

お気に入りのソファーと小さなコーヒーテーブルをストーブの前に運び、その上に買ってきた御節料理のセットとローマイヤのハムを切って並べた。飲み物は何にしようかと少し迷い、二〇〇三年のブルゴーニュの赤を開けることにした。「火のヴィンテージ」で知られるフランスが酷暑だった年のワインだ。どの銘柄にも味に厚みと深みがあり、酸味はなく、果皮の焼けた香りとタンニンを多く含むことで知られている。

この季節のワインは、常温でも適度に冷えている。神山はソムリエナイフで鉛の封を切り、コルクの栓を抜いた。思ったとおり——いや、期待以上の——香りが鼻をくすぐる。

これは神山の独断と偏見の持論だが、ワインでもなぜか良い年のブルゴーニュの赤だけは和食に合うと思っている。プラスチックのトレイの中に、五品の蠟細工のような食べ物が並んでいる御節料理が本当に〝和食〟なのかは別の次元の話だが。

いくら大晦日だとはいっても、満足に歌えもしない子供のタレントに占拠された某国営放送の歌合戦などをテレビで見る気にはなれなかった。そういえばあの退屈な番組も、母が亡くなってからは一度も見ていない。

神山はその代わりにジャクソン・ブラウンのアルバム『ザ・プリテンダー』をCDデッキに入れ、静かな音で流した。ハムを口の中に放り込み——やはり蠟のような御節料理には箸を付ける気にならなかった——ゆっくりとブルゴーニュの奇跡を味わった。そして買ってきた本を一冊、開いた。

最初は郡山市在住の歴史家が書いた戊辰戦争に関する著作だった。

戊辰戦争とは明治元年から明治二年（一八六八〜六九年）、日本を旧幕府勢力と明治新政府軍に二分して戦われた内戦である。薩摩藩、長州藩らの西南諸藩（薩長土肥）が王政復古（天皇による政治の復活）を掲げて明治天皇を擁立し、会津庄内の会庄同盟、奥羽越列藩同盟などが江戸幕府側に付いた。結果、明治政府側がこれに勝利し、新政府が国際的に認知、容認されるきっかけとなった。戦争が勃発した明治元年の干支が戊辰であったことから、〝戊辰戦争〟と呼ばれる。

だが本来の戊辰戦争は、歴史上の通説で割り切れるほど単純明快なものではなかった。その裏にある真相は、歴史の謎と呼ばれるほど複雑な様相を呈している。朝敵とされた江戸幕府軍の徳川慶喜は、すでに前年の一八六七年一一月に日本国政府の諸権利をすべて朝廷に返上する大政奉還を行なっていた。つまり、明治新政府への忠誠と尊皇を意思表示していたことになる。

だが、問題は新政府で誰が――どの藩が――首班となるかだった。形式上の江戸幕府はすでに消滅したが、政府としての機能を持つ組織は他に存在しない。当然、旧幕府と徳川慶喜が新政府において首班の役を果たすことは自明の理となる。

これに待ったをかけたのが、かねてから旧幕府に怨みを持っていた薩長諸藩である。明治維新を倒幕の好機と受け止めた薩長派は朝廷に巧みに取り入り、王政復古の大号令を行なった。さらに薩長は明治天皇の意志として尊皇攘夷を主張。旧幕府に官位とすべての領地の返納を迫り、新政府からの完全な排斥を策謀した。

こうした政治的背景の中で起きたのが、戊辰戦争だった。つまり明治政府対旧幕府という表面上の図式が示すように、必ずしも両者が敵対していたわけではない。むしろ旧幕府の側にしても、尊皇と共に明治新政府に寄与するという大義があったことになる。いい換えればこの戦争は「旧幕府派対薩長派の戦い」であり、「薩長派が朝廷を利用して私怨による勢力争いを正当化した」とも受け取れる。

一連の戊辰戦争の中でも、特異な立場に立たされたのが旧幕府派の主力として戦った会津藩であった。藩主の松平容保は旧幕府側の主謀者として追討令を受け、否応なしに戦乱の渦に巻き込まれることを余儀なくされた。特に福島県内で起きた白河口の戦い、二本松の戦い、会津若松城下への侵攻など会津藩と政府軍との戦いは、〝会津戦争〟と呼ばれて区別されることもある。

よく知られるのは、戸ノ口原の戦いに散った白虎隊や、二本松の戦いでほぼ全滅した二本松少年隊の悲劇である。この時、会津白虎隊は一六から一七歳。二本松少年隊は一三から一六歳の少年兵だった。

会津藩は、戊辰戦争において三千六十余名もの犠牲者を出した。敗戦と共に藩主の松平容保は捕われ、永禁錮の刑（五年後に釈放されて日光東照宮宮司）となる。これだけの犠牲を払ってなお、会津藩は朝廷に刃を向けた逆従の汚名を着せられ、それを拭うことはできなかった。

神山はグラスにワインを注ぎ、ストーブに薪を焼べた。大晦日の夜を、一人でワインを飲みながら読書をして過ごすのも悪いものではない。

本を読み進む。七ツ尾村との直接的な関係は別として、戊辰戦争の歴史は興味深かった。特に会津戦争においては、白河口や二本松、母成峠など聞き馴れた地名がよく登場する。神山も福島県下——特に白河——に住む者の一人として、会津戦争に関する知識の稚拙さに改めて反省すると同時に、少なからず思い入れを新たにした。

その中に、特に興味深い一文があった。戊辰戦争の初期の戦闘のひとつ、阿佐玄右衛門がいっていた「阿波沖海戦」に関する記述である。

鳥羽・伏見の戦いで戊辰戦争の火蓋が切って落とされた翌日の慶応四年一月四日（一八六八年一月二八日）、瀬戸内海の明石海峡において薩長新政府軍と江戸幕府軍との間に日本初の近代軍艦による海戦が勃発した。早朝、薩摩藩の軍艦「春日丸」と輸送船「翔鳳丸」、「平運丸」が兵庫港より鹿児島に向けて出港。これを幕府海軍の軍艦「開陽丸」が発見、停船命令として空砲を発砲した。だが薩摩軍側はこれを無視したため、開陽丸は攻撃を開始し春日丸と翔鳳丸の二艦を追撃した。この時、薩摩軍側の春日丸には、日露戦争（一九〇四〜〇五年）でバルチック艦隊を破った連合艦隊司令長官東郷平八郎が乗り組んでいたことが知られている。

海戦は開陽丸が計二五発、春日丸が計一八発の砲撃を放つ激戦となった。だが双方に決定的な被害はなく、速度に勝る春日丸は無事に鹿児島まで逃げのびた。この海戦は数ある戊辰戦争の戦いの中で、幕府軍が勝利した数少ない戦闘として知られている。

神山の注意を引いたのは、逃げたもう一隻の輸送船、翔鳳丸の結末だ。翔鳳丸は機関故障により徳島の由岐浦に乗り上げ、自爆の末に船員は陸路土佐へと逃走した。

問題は、自爆した理由だ。当時、徳島藩は旧幕府側を支持する者が多かった。薩摩軍は敗走する自分たちへ温情をかけてくれた由岐の人々への迷惑を考え、自ら艦に火を放ったといわれている。

徳島藩、つまり〝阿波〟か……。

神山は七ツ尾村での出来事を思い起こした。阿佐玄右衛門や他の村人は、神山の家系の出身地――特に「阿波の人間かどうか」――をしきりに気に掛けていた。あの時は理解できなかったが、その理由はこの「阿波沖海戦」にあったのだろうか。

薩長派と旧会津藩の末裔との遺恨は、戊辰戦争から一世紀半にもなろうとする現在も続いている。特に、薩長側の謀略により朝敵という汚名を着せられたと信じる会津側にその傾向が強い。昭和六一年には旧長州藩の城下町である萩市が会津戦争の和解を申し入れ、「もう一二〇年も経ったのだから」と会津若松市側に友好都市条約締結を打診した。だが会津若松市側は「まだ一二〇年しか経っていない」としてこれを拒否した。その他にも福島県人はいまも山口県人や鹿児島県人との結婚を許さなかったり、時には宿に泊めないということまである。

神山家のルーツは、阿波――徳島県――にある。戊辰戦争当時、徳島藩は中立ではあるが、どちらかといえば会津藩の荷担する旧幕府側を支持していた。あの七ツ尾村の酒宴の席で、神山の家系が徳島の出身であるとわかった時、葛原唐次郎が「よう来しゃった」といいながら徳利を差し向けたことを思い出す。

しかも神山は、現在、会津戦争の激戦のひとつである白河口の戦いのあった白河に住んでいる。偶然ではない。おそらく、必然なのだ。こうした過去の事実をすべて事前に調べ、考慮した上で、阿佐玄右衛門は神山に仕事を依頼したような気がしてならない。

だが、奇妙だった。阿佐や葛原、椎葉という名字は、どこか象徴的だ。もし彼らが会津藩の伝統を重んじる旧家であるとするならば、戊辰戦争や会津藩の歴史のどこかに祖先の誰かが名を連ねているはずなのだ。だがいくら頁を捲っても、それらしき人名はまったく出てこない。

七ツ尾村とは、いったい何だったのか。まともな地番さえ存在しない隠れ里だった。村も、そこに住む人々すら、歴史という時空の中に何の痕跡も残していない。あの世間から隔絶された空間そのものが、幻であったような気すらしてくる。

いつの間にか、ワインが空いた。神山は新しいグラスにボウモアのソーダ割りを作り、それを手にソファーに戻ると、ダッチウエストの薪ストーブのローディングゲートを開けて薪を焼べた。

ふと外を見ると、デッキの明かりの中に雪が舞いはじめていた。遠くから、年の瀬の鐘の音が聞こえてくる。このあたりに寺などあっただろうかと思いながらグラスを傾け、また本を開く。

やがて静かに、年が明けた。

4

新しい年になっても、何も変わらなかった。

一人暮らしの独身の男の正月など、そんなものだ。いつもの店が閉まっていて、生活が不便なだけで、静かなこと以外には特別いいことはない。

もし変わったことがあるとすれば、昼近くになって薫が突然やってきたことくらいだ。昨夜からの雪でまた白く染まった庭に古いホンダのセダンを乗り入れると、薫が息子の陽斗と共に庭を歩いてきた。

ドアを開け、ポーチで出迎えた。

神山がここ何年かは忘れていた型どおりの新年の挨拶の後、薫がいきなりいった。

「どこかにお参りに行ったの」

「行くわけないだろう」

「お雑煮は食べたの」

「食うわけがないだろう」

二人のやり取りを見ながら、陽斗が苦笑を洩らした。

「わかった。それじゃ私がお雑煮を作ってあげる」

「食べなきゃ駄目よ。お正月なんだから。ちょっとそこの生協まで材料を買いに行ってくるから待ってて」

「いいよ」

薫は神山が止めるのも聞かず、陽斗を残してまた車で出ていった。

「まったく、女っていうのはこれだからな……」

陽斗がわかったようなことをいった。このところ、会う度(たび)に大人になっていくのがわかる。

「まあ、上がれよ」

「うん……」

神山がドアを開けると、陽斗は大人しくリビングに入ってきた。どこか元気がない。だが、白河の少年は、この季節にはみんなそうだ。雪が降れば、バイクには乗れない。足がなければ、バスも満足にない地方都市ではどこにも行けなくなる。

「バイクに乗れないから、つまらないんだろう」

「うん……。まあね……」

陽斗がソファーに座りながら、一人前に溜息をついた。

「来年、一八になったら車の免許を取れるじゃないか」

「取るよ。だけど車は高いから、アルバイトをしても買えないよ……」

「どんな車が欲しいんだ」

試しに、訊いてみた。

「そうだな……。燃費のいい車がいいな。ハイブリッドか、軽自動車か……」

意外だった。神山が若い頃には誰もが欲しい車として、ハイパワーのスポーツカーやセダンを思い浮かべたものだ。だが最近の若い世代は、あまりスピードには興味がないらしい。パワーよりも燃費。恰好よりもまず経済性を気に掛ける。すべてにおいて、現実的だ。どこか淋しくもあるが、それもまた時代というものなのかもしれない。

「バイトをして、免許だけでも取れよ。もし軽自動車が欲しいなら、あの車をお前にやる」

神山がそういって、庭の片隅に駐めてあるパジェロミニを指さした。

「本当に？」

「本当さ。ポンコツだけどな」

もう一二万キロも走った古い車だ。どうせ近々、他の車に買い換えようと思っていた。だが免許を取ったばかりの練習用としては、もってこいだ。

「４ＷＤだよね。あの車なら、雪が降っても走れるね」

陽斗が窓の外のパジェロミニを眺めながら、嬉しそうにいった。

「ああ、走れるさ。スタッドレスも去年換えたばかりだ。彼女を連れてどこにだって行けるさ」

　神山は自分でいっておいて、ふと気が付いた。薫は神山と陽斗の二人だけの時間を作るために、気を利かせて買い物に出掛けたのかもしれない。

　陽斗が不思議そうに神山の顔を見た。

「彼女のこと、何で知ってるの。お母さんに聞いたんだね」

「そうだ」

「まったく、おしゃべりなんだから……」

「仕方ないさ。一人でも女に知られたら、その秘密はすでに秘密ではなくなる。歴史的な真理だ」

「お母さん、何ていってた。別れさせてくれって？」

　神山は笑った。

「別れさせろとはいわないさ。ただ、心配はしている。これも女としてはお決まりだけどな」

「干渉されたくないんだ。どうして放っておいてくれないんだろう……」

「母親だからさ。お母さんは、お前を愛している。彼女は、どんな子なんだ」

「同級生。普通の子だよ。いい子なんだ。ぼくたちはまだ若いけど、悪いことをしているとは思わない」

「悪くはないさ。人を好きになるのはいいことだ」

「それなら、どうしたらいいと思う？」

「このまま続ければいいさ」

「お母さんには、何ていうの」

神山は陽斗の目を見て、頷いた。

「息子を信頼しろと、そういっておく」

「信頼？」

「そう。信頼だ。それはつまり、おれがお前を信頼するということでもある。男同士として。わかるな」

「うん……。難しいけど……」

「簡単さ。お前にも母親がいるし、相手の彼女にも親がいる。互いに親を悲しませるようなことをするなということだ」

「つまり……バイクに乗っていてアクセルを開ける時に、お母さんの顔を思い出すのと同じこと？」

「そう。同じだ。確かにお前たちの年齢なら、人を好きになる権利はある。しかしお前も、その彼女も、働いているわけではない。アルバイトをしたとしても、生活は親に頼っている。違うか」

「そうだね……」

「つまり、相手を好きになったとしても、子供を作る権利はないということさ。もし子供ができれば自分たちだけじゃなく、親も苦しむ。堕ろせば人の命を奪うことになるし、お互いの心に深い傷が残る」

「健介さんは経験あるの」

　陽斗に訊かれ、神山は一瞬戸惑い、そして頷いた。

「一度、な。それだけは後悔している。できれば人生の過去の頁から消し去りたいくらいだ」

　神山はそういってソファーを立ち、コーヒーテーブルの抽出しを開けた。中から紙の小箱を出し、それを陽斗に放った。クリスマスイヴの夜、薫から陽斗のことを相談された翌日に薬局で買っておいたものだ。

「これは……」

「使い方はわかるか」

「うん、知ってる。使ったことあるし」

「それならいい。これからも、使うんだ。彼女の心と体を守るのは、男の義務だぞ。それひとつで、みんなが幸せになれる」

　薫の車が、戻ってきた。ドアを開けて降りると、両手に袋を提げて薫が小走りに家に入ってきた。

「お帰り」

神山は薫の手から買い物の袋を受け取り、陽斗に見られないように片目を閉じた。薫はそれだけですべてを察したようだった。

「また雪が降ってきたっぽい……」薫がそういって小さく頷き、かすかに笑みを浮かべた。「すぐにお雑煮作るからね」

薫はエプロンを締めてキッチンに立った。陽斗はテレビの前でつまらない正月番組に見入り、神山はソファーに体を沈めてまた本を開いた。窓の外には小雪が舞い、ストーブの上では鋳金製のケトルが湯気を立てていた。東北の冬は暖かく、静かだった。

二冊目の本は、県内の小さな出版社が発行した会津の木地師に関する小冊子だった。木地師に関する記述は、七ツ尾村で阿佐有里子から聞いた説明とあまり変わらない。

元来、木地師は、近江国愛知郡小椋庄を本拠とする流浪の民である。別名を木地屋、轆轤師とも呼ばれ、特に名木を求めて全国を旅する者を〝渡り木地師〟といって区別する。

木地師の始祖には、大別して二つの系統がある。小椋庄蛭ケ谷村に端を発する筒井公文所の配下の一派と、同じ小椋庄でも高松御所に属する一派である。それぞれが全国に散開する木地師に御免状を与えて支配下に置いた。その系図、戸籍を〝氏子駈（狩）帳〟と呼び、奉納金を徴収した。社会構造としては、ある種の宗教体系にも似ている。

　ここで神山は、興味深い記述に気が付いた。七ツ尾村の蛭谷茂吉は筒井公文所の一派の系統だ。その本拠地は、蛭ケ谷村の筒井八幡宮別殿社務所内に置かれている。この筒井八幡宮とその配下の神社を、別名『筒井神社』とも呼ぶ――。

　神山は、ひとつの事実を思い出した。七ツ尾村に入って二日目の朝、目が覚めた時に神山の部屋に落ちていた御守りだ。あの御守りの袋には確かに「筒井神社御守」と書いてあった。あれは、木地師の御守りだったのだ。

　有里子はあの御守りを、自分が落としたものだといっていた。だが、なぜ彼女が、木地師の御守りなどを持っていたのか……。

　もうひとつ気になるのは、七ツ尾村の川の対岸にあったあの古い神社だ。いったい、何が祀(まつ)られていたのか。だが祠(ほこら)の中には、何も残っていなかった。すべてが運び出され、鳥居の文字も消されていた。あの神社は、小椋庄の筒井八幡宮とは何らかの関係があったのだろうか……。

　そして会津戦争だけでなく、木地師に関する歴史も同じだ。七ツ尾村の阿佐、葛原、椎葉といった象徴的な名字は、筒井公文所と高松御所の各派いずれの氏子駈帳の中にもまったく出てこない――。

　いつの間にか家の中に、食欲をくすぐる匂いが漂いはじめた。神山にとっても、懐かしい匂いだった。

「お雑煮できたよ。食べようよ」

薫が神山と陽斗を呼んだ。神山は読みかけの本を閉じてソファーを立ち、陽斗はテレビを消してダイニングに向かった。

テーブルの上は、華やかだった。作りたての雑煮の他にも、薫が実家から持ってきたのだろう、煮染(にしめ)や煮豆などの御節料理の重箱が並んでいた。

「また雑煮かよ。マックかカレーが食いたいなぁ」

陽斗が我儘(わがまま)をいった。

「いいの、お正月なんだから。文句をいわずに食べなさい」

薫が、母親の顔になる。

神山は、ふと目の前の小さな風景に見とれた。その風景にまだ母の智子や伯父の達夫(たつお)が生きていた頃の、この同じ家の中で三人で過ごしたありし日の正月の記憶と重ね合わせた。いま思えば伯父は神山の父親であり、母とは事実上の夫婦だった。三人は本当の意味での家族だったのだ。

「健ちゃん、どうしたの。食べなよ」

考え込む神山に、薫がいった。

「ああ……旨(うま)そうだ」

箸を取り、雑煮をすすった。やはり、懐かしい味だった。

白河の雑煮はかしわ肉の出しの濃厚な醤油味で、大根や八頭といった野菜の他に必ず凍み豆腐が入る。母の智子も最初は関西風の鰹出しの雑煮を作っていたが、白河に越してきてから伯父の好みに合わせ、この雑煮を作るようになった記憶がある。

陽斗はまだ雑煮に文句をいっている。そういえば神山も、このくらいの歳の頃には同じように母親を困らせた覚えがある。時代と人が変わっても、世の中はどこかで同じことを繰り返すものなのかもしれない。いつの日か陽斗も、この雑煮の味を理解できるようになるのだろう。

「美味しい？」

薫が神山の顔を覗き込むように訊いた。

「ああ、旨いよ。とても旨い」

神山が頷き、親指を立てた。

先に雑煮を食ってしまうと、陽斗はまた一人でリビングに戻りテレビのスイッチを入れた。画面の中の馬鹿騒ぎに合わせるように時折、笑い声を洩らす。神山は昼間からビールを空け、久し振りの家庭の味をゆっくりと楽しんだ。

「やっぱり、だめみたいだよ」

御節を突きながら薫が唐突にいった。

「だめって、何の話だっけ」

神山も何げなく訊き返す。

「ほら、阿佐菊子のことよ。子供ができちゃって学校を辞めちゃった子……」

「ああ、あの話か。確か、関西に帰ったっていってたよな」

「うん。そうなんだよね。でも元B組の同窓会名簿には彼女の住所は載っていないし、仲の良かった子に訊いても誰も引っ越し先を知らないのよ……」

「当時の彼氏はどうなんだ。子供の父親の……木戸っていったっけ」

「木戸君にも連絡は取ってみたよ。でも木戸君もいまは他の人と家庭があるし、阿佐菊子のことは何もわからないみたい……」

人間関係が、あまりにも希薄だ。だが余所(よそ)から流れてきて、また余所に流れていく者の記憶などは、所詮(しょせん)そんなものなのかもしれない。

七ツ尾村の時と同じように、〝阿佐〟という名字は、また神山の指の間をすり抜けて幻のように消え失せてしまった。

5

結局、三箇日を、神山はひたすらに本を読みながら過ごすことになった。

改めて調べてみると、会津は表舞台に現れる歴史だけでなく、伝説や伝承、そして様々な文化の宝庫であることがわかる。例えば、〝峠〟だ。

会津は内陸の山国として発展した土地である。高い山々によって周囲から隔絶され、陸奥にあって特異な文化圏を形成すると同時に、峠によって外界と交流してきた。それは二一世紀となった現在も変わらない。人は峠によって会津に入り、峠を越えて会津より出て、人、物資、経済、文化、情報、時には戦まですべてが峠を通じて行き来してきた。峠は、会津の歴史そのものだ。会津の周囲には無数の峠が存在し、そのひとつひとつに伝承や伝統が残っている。

よく知られる峠のひとつに、滝沢峠がある。会津藩が参勤交代の折に行き来した白河街道の主要な峠のひとつで、かつてはその途中に一箕町大字八幡という集落があり、宿駅として本陣も設けられていた。かつてこの峠を越えた松尾芭蕉の句が、沿道の句碑にも残されている。

〈ひとつぬいで
うしろに負ひぬ
衣更え　　芭蕉〉

背炙峠は会津若松の東山から湊へと抜ける主要輸送路であった。またこの峠は天正一八年（一五九〇年）八月、奥羽の拠点黒川城の検分のため、会津へと赴いた豊臣秀吉が越えた峠としても知られている。その折に五郎滝の近くで桜の記念植樹が行なわれた。後にその桜は〝太閤桜〟と名付けられ、峠を越える旅人の道標として長く親しまれた。

峠は急な坂道と九十九折が続く険しい道で、陽光を背に受けて登ると炙られるように厳しかったことから〝背炙峠〟と呼ばれるようになった。中でも沿道にある羽黒山神社までは一二〇五段もの石段を登る急峻で、参拝者が詠んだ次のような歌が残されている。

〈神垣はまぢかく峰に見えながら
　つづら折りなる道のはるけさ〉

七ツ尾村の周辺にも、街道の要所となる峠は多い。会津若松から日光へと抜ける大動脈、下野街道にも、氷玉峠や大内峠など会津の歴史を語る上で重要な峠が連なっている。大内峠はつい先日、神山が有里子と共に訪れた大内宿の北にある。

この辺りは戊辰戦争の折、土佐や芸州藩などの軍勢が会津若松城に向けて進軍した道でもあった。そのために各所で戦火が交わり、いまもその爪痕が残っている。大内ダムの辺には西軍戦死者の幕碑があり、栃沢の両側には会津藩士の墓碑と土佐藩士の墓が百数十年の時空を超えて睨み合っている。

美女峠は御蔵入四街道のひとつ、三谷街道の峠である。七ツ尾村からは山をいくつか越えて、奥会津の昭和村野尻にある。

この峠にも、奇妙な伝説が残っている。

昔、平維盛の下臣に目指左衛門尉知親という者がいた。寿永三年（一一八四年）、寿永の乱で平家が源氏に敗れて没落した際に維盛は自害して果てたが、左衛門は幼い一人娘の高姫と下僕弥蔵を伴って奥州へと逃げ落ちた。そして会津の野尻村の山中に庵を建て、隠れ住んだという。

三人は峠で茶店を開き、平穏に暮らしていた。やがて高姫も美しい娘となり、中野丹下という若侍と恋に落ちた。丹下はやはり同じ平家の落人で、峠の先の兎久保という村に住んでいた。いつしか高姫が、峠で夜ごとに丹下を待つ姿が里にまで知られるようになった。

〈千早振る神も情のましませば
我が恋人に会わせ給へや
高姫〉

いつしか二人は下僕の弥蔵の助けによって結ばれるが、幸せは長くは続かなかった。鎌倉(かまくら)幕府の平家の残党狩りの手が会津の山奥にまで及び、次第に追い詰められていくことになる。そして建暦(けんりゃく)二年（一二一二年）六月、二人は兎久保の庵に辞世の歌を書き残して心中した。

〈撫子の床なつかしき色みれば
もとのかきねを人や尋ねむ　　高姫〉

〈我が庵に訪ふ人あらば最早世に
妹背二つの石と答へる　　丹下〉

二人が死してもなお、人々は峠に立つ高姫の美しい姿を忘れられず、いつしか誰からともなく〝美女峠〟と呼ばれるようになったという。

神山は家に籠(こも)り、ただひたすらに本を読み漁(あさ)った。窓の外には、会津のように豪雪が積もるわけではないが、雪が舞い続けている。

いくら会津に関する文献の頁を捲っても、七ツ尾村に纏わる記述は一行も見つからなかった。あの村は、歴史にも忘れ去られている。いったい彼らはいつ、どこからきて、あの山奥に住むようになったのか。まるで村など存在しなかったかのように、何も書き残されていない。

だが神山は、美女峠の一節だけは妙に心に引っ掛かった。一度すべてを読み終え、また元に戻った。七ツ尾村と美女峠の間には、かなりの距離がある。直線距離で、二〇キロ程だろうか。しかもその間は幾重もの山で隔てられ、無数の険しい峠を越えなくてはならない。人馬以外に交通の手段がなかった時代には、けっして近いとはいえない隔たりだ。本来ならば、七ツ尾村と美女峠を関連付けて考えること自体が無理なのかもしれない。

だが……。

七ツ尾村の村人たちは、いつ、どこから来たのか。彼らは会津弁を話し、会津の文化を踏襲する。それがあまりにも閉鎖的なだけに、逆に意図的なものであるように思えてならない。むしろ、会津古来の人々ではないような気すらしてくる。少なくとも会津藩の松平家やその家臣に由来する旧家ならば、必ずどこか歴史の中に家名が出てくるはずなのだ。

だからといって、流浪の民である木地師の末裔とも思えない。実際に七ツ尾村の村人は、木地師の蛭谷茂吉の一家だけを自分たちと区別していた。だが、美女峠の伝説は、七ツ尾村の村人たちが第三の民族の末裔である可能性を示唆している。

もしかしたら……。

高校時代に転校していった阿佐菊子は、関西の出身だった。

神山は本を置いて書斎に立ち、Ｍａｃのコンピューターを起動させた。インターネットにアクセスし、〝阿佐〟の家名と、美女峠の伝説から連想したもうひとつのキーワードを入力して検索した。

ビンゴ！

やはり、予感は当たった。二つのキーワードで、膨大な情報がヒットした。情報はすべて、ひとつの決定的ともいえる可能性に帰結している。

〝阿佐〟だけではない。

葛原、椎葉、小松……。

あの村に残る姓には、共通する過去があった。すべて、〝平家〟に纏わる名字だったのだ――。

神山は、七ツ尾村の阿佐の家で見た光景の記憶を探った。自分が泊まった、あの奥の部屋だ。あの家人が〝入りの座敷〟と呼ぶ部屋の押入れの中には、浴衣と丹前を納めた朱塗りの木箱が入っていた。

あの時は、あまり気にも留めていなかった。だが木箱には、蝶の家紋が入っていたはずだ。あの家紋は、平家の蝶家紋だったのだ——。

彼らは、平家の末裔だったのだ。他の多くの平家の落人と同様に、源氏の手を逃れて奥州の山奥に隠れ住んだ。七ツ尾村は、平家の落人の隠れ里ではなかったのか——。

そう考えれば、すべてに納得がいく。神山はもうひとつ、奇妙な符合に気が付いた。

阿佐家は——もし平家一門の阿佐家と何らかの関係があるとすれば——平国盛(くにもり)の直系の一族だ。他の村人が玄右衛門を「親がっつぁま」と呼ぶのも理解できる。おそらく武士が主君を指して「親方様」と呼ぶのと同じ意味だろう。そしてその阿佐本家の屋敷は、現在の徳島県と高知県との県境に近い阿波の祖谷(いや)の山中に建っている——。

なぜ村人たちが、神山の家系の出身を気にしていたのか。なぜ〝阿波〟にこだわったのか。その本当の理由が理解できたような気がした。

戊辰戦争や阿波沖の海戦とは無関係だったのかもしれない。ただ単に、神山を自分たちと同郷の者と信じたのかもしれない。

まだ、すべては漠然としていた。謎は謎として、混沌(こんとん)としてもいた。それでも神山は、目の前の靄(もや)が風に流れるように晴れていく気がしていた。

さらに神山は、もうひとつ〝峠〟というキーワードが心に引っ掛かっていた。これは理屈ではなく、直感だ。あの村で何度も聞いたからむしの機織りの音と老婆の昔語りの声が、まだ耳の奥に残っている。

昔……〇〇様があったあどな……。

〇〇の峠に七人の〇〇様が、あったあどな……。

あの昔語りにも、〝峠〟が出てきた。もちろんそれは、美女峠ではなかったかもしれない。おそらく、別の峠だろう。だが、おそらくその峠は、七ツ尾村に近いどこかの峠だ。そして、峠にあった〝七人の〇〇様〟とは何なのか。七ツ尾村の名の由来に、何らかの関係があるのだろうか……。

神山は椅子を立ち、体を伸ばした。窓の外を見ると庭の先に赤い郵便局のバンが止まり、顔馴染みの局員が白いポストに郵便物を入れようとしているところだった。

神山は書斎からリビングを横切り、ポーチに出て声を掛けた。

「御苦労さん。寒いね」

「なんも。馴れてっからね。郵便、ここに入れとくから」

初老の局員は温もりのある笑顔を残し、また赤いバンで走り去った。

神山は、ポーチから庭に降りた。雪の舞う中を、ポストに向かう。ポストの上にも、雪が積もっていた。扉を開けて、中を確かめる。何通かの年賀状の束と封書が一通、入っていた。

郵便物の束を手に、家に戻った。歩きながら、封書を確かめた。ごく普通の白い封筒だ。表を見ると、万年筆で神山の住所と名前が書いてある。

女の字だ。よほど慌てて書いたのか、字が乱れていた。消印は一二月三一日、会津の下郷町になっていた。

部屋に入り、封筒の裏を見た。差出人の住所はない。ただ一行、平仮名で「ゆりこ」と書かれていた。

ソファーに座り、封筒を開いた。中には便箋（びんせん）が一枚、入っていた。

〈神山様。

私はいま、自由がありません。蛭谷茂吉さんにこの手紙を託しました。お願いです。助けに来てくださいませ。

村にまた問題が生じ、私と義父に危険が及んでおります。このままだと、何かが起きるかもしれません。

勝手を申し上げてすみません。しかし、神山様以外に頼れる方がおりませんのです。心よりお待ちしております。

阿佐有里子〉

神山は何度も手紙を読み返した。だが、自由がないとはどのような状態なのか。村にどのような問題が生じたのか。なぜ有里子と玄右衛門が危険なのか。何がこれから村に起きるのか。なぜ神山は、神山に助けにきてほしいのか。手紙だけでは何もわからなかった。

だが、神山は、便箋を閉じて封筒に仕舞った。目を閉じ、ソファーに体を沈める。

どうせ自分には、関係のないことだ……。

6

雪はいつの間にか上がり、東の空が明るくなりはじめた。

だが日が昇るまでには、まだしばらくの間がある。

神山は白い息を吐きながら、ポーチの下の玄関灯の明かりを見つめていた。光の中の雪溜まりの上で、一匹の冬蛾が蠢（うごめ）いていた。

白い小さな蛾は、懸命に羽を動かす。だがその動きは弱々しく、凍えるようで、飛ぶことも運命から逃れることもできない。まるで自虐（じぎゃく）的な独り芝居のように滑稽（こっけい）で、もどかしい。

神山はこの奇妙な昆虫を見る度に、いつも思う。なぜ彼らは真冬のこの季節に土から出て、雪の中で成虫になるのだろう。極寒の中では生きていくこともできず、子孫も残せない。やがては凍りつき、雪の中で力尽きて命の絶えることを知っていながら。

神山はドアに鍵を掛け、両手で二つのバッグを持った。それをエンジンを掛けた庭のパジェロミニに運ぶ。

荷台にバッグを積み込みながら、頭の中で反芻する。着換え、本、サバイバル用具一式。ｉＰｈｏｎｅは念のために防水ケースに入れ、ｉＰｏｄの機能に大量の音楽をダウンロードしてある。そしてボウモアのシングルモルトが一本。これだけあれば、しばらくは山の中の村で生活しても不便はない。ただし、ラッキーストライクはひと箱だけだ。これを吸い終わるまでには、また白河に戻ってくる。

最後に神山は、もう一度ポーチに戻り、ドアノブにメッセージボードを下げた。


〈しばらく留守にします。急用の方は下記まで——。

神山健介〉

最後に、ｉＰｈｏｎｅの電話番号を書いておいた。だが七ツ尾村では、携帯は通じない。

モンクレールのダウンパーカを脱ぎ、それをパジェロミニの助手席に放った。車も、上着も、いざという時には軽く小さな方が機能的だ。特に単独行動を想定した場合には、あらゆる状況において生存確率が高くなる。

エンジンは完全に暖まっていた。神山はワイパーを一度動かしてフロントウィンドウの溶けかけた雪を払い、ギアをドライブに入れた。庭からゆっくりと出て、牧草地の中を抜ける農道を下る。

だが、そこで一度、車を停めた。パワーウィンドウを下げ、振り返る。二年前の夏にペンキを塗り替えた家が、朝靄の中につくねんと建っていた。

国道二八九号線を甲子峠に向かい、温泉地に差し掛かったあたりで周囲の山肌が朝日に深まりはじめた。白河の側は、今日は天気が良さそうだ。だが、正面の稜線の先の空は暗く厚い雲に沈んでいた。この季節は、いつもそうだ。会津の側は、今日も雪が降っているに違いない。

やはり、予感が当たった。長い甲子トンネルを抜けると、天候が一変した。山も、空も、道も、視界の中のすべてが雪に埋もれていた。その心まで冷えるような風景を見ていると、自分がまた会津の地への結界を越えたことを実感した。

埋もれた路面に延々と轍が続く峠道を、ゆっくりと下っていく。すれ違う車はみなボンネットや屋根に雪を載せ、吹雪く風の中でぼんやりとヘッドライトを灯していた。

下郷の町まで降りて町役場の広い駐車場に車を入れ、少し時間を調整した。八時を過ぎるのを待ってｉＰｈｏｎｅの電源を入れ、まず七ツ尾村の阿佐の家に電話を掛けた。

もう、とっくに誰かが起きているはずだ。だが、誰も電話に出ない。昨日から、ずっとそうだ。呼び出し音だけがいつまでも鳴り続けている。

神山は電話を切り、次に南会津署に電話を入れた。捜査課の直通番号だ。しばらくして、電話が繋がった。電話口に出た刑事らしい声の低い男に、佐々木刑事と話したいと告げた。だが佐々木はまだ正月休みで、明日までは出署しないという。

殺人事件を担当しているのに、呑気な男だ。いかにも田舎の警察らしい。本当は小松吉郎の事件に関して最新の情報を手に入れておきたかったのだが、仕方がない。電話口に出た刑事に、今日から七ツ尾村に入ると伝言を頼み、電話を切った。

神山は先を急いだ。

下郷の交差点に突き当たったところで少し迷い、国道を右に折れた。少し走り、地図を確かめ、すぐにまた左の村道へと入る。

この時期は、七ツ尾村へのルートは限られている。戸赤へと抜ける赤土峠は雪に埋もれて通れない。前回と同じように大内宿へと迂回すれば、かなりの遠回りになる。もし村中から栄富の集落を抜ける道が通行可能ならば、このルートが一番早いはずだ。

思ったとおり、道は抜けていた。戸石川に沿い、何度か流れを渡りながら、見明山を回り込むように登っていく。水抜という小さな集落の先で、大内宿からの道とぶつかった。

神山はここで車を停め、地図に除雪されているルートをマーカーペンで書き込んだ。逆に通行止めになっている可能性のある道には×印を付け、それぞれの道の入口の目印になるものをメモしていく。

何のためにか。決まっている。もしもの時に備え、脱出ルートを確保するためにだ。

さらに戸石川に沿って奥へと進む。三ツ井、日影、戸石と小さな集落を過ぎ、戸赤の集落の先で、井戸沢に沿った道を右に折れる。

問題は、ここからだ。この先はいくつかの尾根や小さな峠、宮山村の廃村の跡地を抜け、七ツ尾村まではほとんど一本道になる。

はたして、除雪はされているのか。雪崩や道が崩れ、通行不能になってはいないか。自然現象としてだけではなく、何らかの理由で、村人が故意にそうする可能性もある。

七ツ尾村は、陸の孤島だ。もしこの道が通れなければ、ここから先は村に向かうルートは他に存在しない。

険しい道が、森の中を登っていく。少なくとも前日から除雪されていないのか、路面は降り続く雪に埋もれていた。だが一五インチという軽としては大径のタイヤを履くパジェロミニならば、何とか進むことができた。

もし車が止まってしまったら、それまでだ。リアゲートのスペアタイヤには、スタックした時のためのスコップも括りつけてある。

初めて通る道ではないはずなのに、見覚えのない風景のような気がした。自分はどこを走っているのか。どこに向かっているのか。それすらもあやふやになるような一瞬があった。

だが、やがて記憶にある風景が広がった。昭和三二年に廃村になった宮山村の跡地だ。

やはり自分の進む道は、間違ってはいない。

ここから先は、道が奇妙なほどに入り組む。森の中で曲がりくねり、分岐し、そしてまた合流する。最初に来た時と同じように、同じ場所を何度も回っているような錯覚があった。まるで誰かが意図的に作った、巨大な迷路のようだ。

だが神山は、かすかな記憶と勘だけを頼りに走り続けた。やがて、深い森を抜けた。

ある意味でそれは、懐かしい風景だった。雪原の中に小さな川が流れ、一本の道が延びて、その両側に入母屋の茅葺(かやぶ)き屋根の家が点々と並んでいる。七ツ尾村だ。村は以前と同じように、まだそこに存在した。

神山は吹雪く道を、ゆっくりと進んだ。次第に、村の中に入っていく。だが、何かがおかしい。村で唯一のこの道も、除雪されていない。

村の中央で車を止め、神山は吹雪の中に降り立った。周囲を見渡す。暗い雪雲に被われた空の下で、だが、どの家にも明かりひとつ灯っていない。

村には、人の気配が存在しなかった。人影はない。家々の前には、車も停まっていない。まるで村人のすべてが、神隠しにでもあったように消えてしまっていた。

神山は風の音に耳を傾けながら、しばらくそこに立ちつくした。

7

雪原を、雪が這（は）うように流れていく。

神山は、ぼんやりとその様子を眺めていた。

自分も、村も、すべてが少しずつ雪の中に埋もれていくような錯覚があった。

我に返り、車に戻る。轍のない村道を、さらに奥へと進んだ。阿佐の家の敷地へと入り、車を降りた。

やはり、同じだった。広い中庭は雪に埋もれ、人の足跡も残っていない。納屋を見ると、軽トラックが一台。やはりあのブルー・ブラックのメルセデスＳ４３０・４マチックはなくなっていた。

神山は、玄関に向かった。インターフォンを押す。家の中でベルが鳴った。戸を叩き、声を掛けた。何度か同じことを試してみたが、人の気配はなかった。

村人が、消えてしまった。あの阿佐玄右衛門も、有里子も。いや、もしかしたら、神山以外のすべての人類が地球上から消えてしまったような気がした。

だが、それほど時間は経っていない。除雪されていない雪の深さから見ると、昨夜か。

もしくは、前日の午後から夕方に掛けての間か――。

神山は、空を見上げた。雪が舞い、薄い雲の中に太陽がぼんやりと滲んでいた。

「おーい！」

意味もなく、叫んだ。だがその声は周囲の山々に木霊し、自分に戻ってくる。誰も、応える者はいない。

車に乗り、阿佐の家を出た。道には、神山の車の二本の轍だけがくっきりと残っていた。他には何もない。

町に戻ろう。そう思った。雪は、深々と降り続いている。刻々と、降り積もっている。あまり長居をすると、道が埋もれてしまう。そうなれば、無人の村に取り残されることになる。いや、それ以上に、早くここを出ないと下界のすべてのものが消え失せてしまうような不安を感じた。

元の道を走りはじめた。だがその時、神山は一人の男の顔を思い浮かべた。木地師の、蛭谷茂吉。あの男も、いなくなってしまったのだろうか……。

村から木地小屋に向かう農道に逸れた。風が横に吹き抜け、地面が動くように雪原が流れる。だがその下に、薄らと轍が残っていた。おそらく、軽自動車だ。ここには少なくとも今日の朝から午前中に、車が走っている。

神山は、ゆっくりと雪原を分かつ農道を進んだ。やがて前方に、雪に霞む蛭谷の小屋が浮かび上がった。小屋の屋根から、煙がたなびいていた。

簡素な正月のお飾りの下がった戸を叩くと、蛭谷が顔を出した。

「えまし頃、どうしたっぱい……」

驚いたような表情で、神山を見上げた。足元には会津犬のカイが寄ってきて、尾を振っている。一度会っただけなのに、神山のことを覚えているらしい。

「ちょっと寄ってみたんだ」

雪を被ったカイの頭を撫でながらいった。蛭谷はしばらく怪訝そうな表情をしていたが、そのうちに顔がほころびた。

「まあ、上がらっしゃい」

そういって、神山を家に招き入れた。

ここだけは、前に来た時と何も変わらなかった。囲炉裏には炭が入り、達磨ストーブの上では薬缶が湯気を立てていた。蛭谷の老妻——確か名をトネといったような記憶がある——が漬物や豆の煮物を囲炉裏端に並べ、網の上で餅を焼いた。

「まあ、えがんべ。この雪んこじゃ今夜は町に行んぎゃれねえ。こっちにしなんしょ」

蛭谷がそういって、濁酒の一升瓶を持ち出してきた。神山はそれを、欠けた茶碗で受けた。蛭谷がいうように、どうも今日は町へ下る峠は越えられそうもない。

酒を、口に含む。瓶にラベルがないところを見ると、おそらく密造酒だろう。口の中に発酵した泡と共に、独特の香と甘味が広がる。

「村に寄ってきたが、誰もいなかった。いったい、この雪の中をどこに行ったんだ」

神山が訊いた。

「さてな。〝山の神〟でも立ったんだべ」

〝山の神〟とは、山に宿る神の総称だ。別名、山神。山間部に住む人々の間に古くから伝来し、日本各地でその呼び名も異なる。イザナミノミコトや大山祇神(おおやまつみのかみ)も〝山の神〟のひとつに数えられる。年が明けて山から神が里に降りることを、〝山の神が立つ〟という。

「しかし、おかしいじゃないか。今日はまだ、松の内の四日だぜ。それに、女も一人も残っていない……」

白河あたりの山間部の集落にも、山の神を祀る風習は残っている。だが、普通は一月の一二日から一五日前後。七草の囃(はや)しの前に山の神の行事はない。それに山の神は、女の神であると信じられている。嫉妬深い神としても知られ、その神を祀る行事は女人禁制とされている。

「そったらこと知んねえよ。毎年、えまし頃になんと、村の連中は三日ばかり居ねぐなんだ。訊いても山の神だとそれほっかで、あとはわがんねえよ……」

蛭谷はそういって目を伏せ、濁酒を口に含む。どこか話しにくそうではあったが、何かを隠していたり、嘘をついているようには見えなかった。

「いつ、帰るんだ」

「明日か……。明後日か……。知んねえよ……」

蛭谷はそういってまた、酒をすすった。

それからも、いろいろなことを話した。だが蛭谷は神山の訊くことに答えはしても、口数は少なかった。妻は黙って席を外し、台所で何かを作っては囲炉裏端に運んでくる。

「あれから警察はきたか」

神山が訊く。

「ああ……。年の瀬に小松の吉郎のじゃらんぼ（葬式）さ出した時にも、何人か来んしゃったな。年が明けてからは、まだ来てねえが……」

「犯人は、わかったのか」

「わがんねえよ」

「なぜだ。外部の人間が犯人のわけがない。この村に男は何人もいないだろう」

蛭谷を除けば男は阿佐玄右衛門、弟の久喜雄、葛原唐次郎、椎葉浩政、運転手の清次郎、他には久喜雄の息子の信人と、失踪しているという有里子の亭主の阿佐勘司だけだ。

警察が捜査に介入し、犯人を特定できないわけがない。

だが、蛭谷は困惑の態を隠さない。

「本当に、そったらこと知んねえよ。したがら村の連中の何人かは、あんたが殺ったとあばげたことといっとるしな……」

川の対岸の二軒の家のことについても、蛭谷は口が堅かった。〝椎葉〟と〝阿佐〟という表札が掛かっていた廃屋だ。あの二軒の家で、いったい何があったのか。佐々木という刑事がいっていたように、小屋掛けのマタギの単なる暴発事故のわけがない。あの血痕の量と位置を見れば、一軒の家で最低でも二人ずつの計四人は人が死んでいる。警察も、それは承知しているはずだ。しかもあの家の状態を見れば、一五年も前の話ではないことは歴然としている。

だが、蛭谷は何も話さない。神山が訊いても、村の奴らの方が知っていると繰り返すだけだ。蛭谷が七ツ尾村の正式な村人かどうかは別として、この閉ざされた空間に住む者ならば、村であれだけの事件が起きたことを知らないわけがないのだが……。

神山はその時、ふと奇妙なことを思い浮かべた。例の有里子からの手紙だ。あの手紙の消印は、昨年の一二月三一日になっていた。しかも文中に、手紙を蛭谷に託したと書いてあった。

「なあ、蛭谷さん。昨年の年末に、阿佐の奥さんから手紙を預かったろう」

「ああ、しなたへの手紙だべ。確かに、預かったさ」

「その時、奥さんに、変わった様子はなかったかな」

神山が訊くと、蛭谷はしばらく考えていた。

「そんつらことねかったっぱい。いつもと同じだ。おらが正月の買い出しで田島に降りると聞いて、頼まれただけだげんじょも。いつものことで、ぞっけねえし……」

有里子が蛭谷に手紙を託すのは、特に珍らしいことでもないらしい。だとすれば、文面に切迫した様子があったことが余計に気に掛かる。

年末に会津で投函すれば、同じ福島県内でも神山が手紙を受け取るのは一月三日になる。そのくらいのことは、有里子にもわかっていたはずだ。そして手紙を受け取ってすぐに神山が村に向かっても、そこには誰もいないことも。すべては、有里子の計算だった可能性がある。だとすれば有里子は、神山と蛭谷の二人だけで話す時間を作ろうと考えたのかもしれない。

有里子は、神山に蛭谷から何を訊き出させようとしたのか……。

「なしたね」

「いや、何でもない」神山は、話題を変えた。「七ツ尾村の人たちは、山の神を祀りに出ているといったね」

「んだよ。そう聞いてる」

「場所は……行事はどこでやってるんだ。川向こうの神社、あの小松吉郎さんが死んでいたあの祠じゃないのか」

蛭谷は煮豆を口に放り込み、自分の茶碗に酒を注いだ。

「そんだない。昔はあそこでやってたんだども……」

「しかしいまあの祠には、何も入っていないね。鎮守様はどこに移したのかな」

「さてな……」

蛭谷は濁酒を飲みながら、訥々と話す。その話の内容は、何とも奇妙だった。

川向こうに小さな神社があることは、蛭谷は子供の頃から見て知っていた。だが七ツ尾村の子供らと遊んでも、神社にはけっして入らないこと。いや、それ以前に、七ツ尾橋を渡って対岸には行ってはいけないと親にきつくいわれていた。

木地師の子供が神社に入れるのは年に一度、九月の刈り上げ節句の時だけだった。その時には神社で小さな祭があり、遠くから囃しが聞こえてきた。田に並ぶ稲架の中を親に連れられ、橋を渡った記憶がある。

だが、それ以外の行事の時には、蛭谷はその様子を対岸からこっそり盗み見ながら育った。一月の元旦参りや山の神の行事だけでなく、二月の節分や三月の天神講、八月の盆送りから一二月の紐解き、一二月の節餅つきに至るまで、村の祭事神事はすべてあの神社で行なわれていた。

ところが何年か前から、村の行事は一切あの神社で行なわれなくなった。気が付くと鳥居の縄や看板は外され、祠の中の鎮守も消えていた。後から村人に、神社は他に移したと聞いた。

神山が訊いた。

「何年か前からというのは、正確にはどのくらい前なんですか」

「確か、四年か五年前だと思うけんども……」

「それはもしかしたら、対岸の二軒の家で何かが起きた頃じゃないのか」

神山は、あえて山を掛けてみた。二軒の廃屋の荒れ方も、ちょうどそのくらいだ。

「さてな……。神っつぁまのことは何も知んねえよ……」

蛭谷はそういって、目を逸らした。否定も肯定もしない。だが、もしあの弾痕と血痕が一五年前のマタギの事故のものなら、あまりにも年月が離れ過ぎている。ならば、神社の移転と二軒の廃屋で起きた事件とが、関連していることを肯定したも同じだ。

「神社の名前は」

神山が訊くと、蛭谷は少し考えた。

「確か赤間(あかま)神社だと思ったけんども……」

やはり、そうか。七ツ尾村は、平家の落人の村だ。赤間神社は、おそらく山口県下関(しものせき)の赤間神宮に由来する神社だ。元暦(げんりゃく)二年（一一八五年）に壇(だん)ノ浦(うら)で幼くして死んだ安徳(あんとく)天皇が埋葬され、いまも平家一門を祀る塚がある。耳なし芳一の舞台としても知られている。

「この辺りに、筒井神社という神社はあるか」

有里子が持っていた御守りに書いてあった神社の名だ。

「なぜその名を？　そりゃ、おらたち木地師の神っつぁまだで。この辺りには、ありゃしんにぇよ……」

その時、部屋の奥の障子が開いた。髪を赤く染めた、若い女が立っていた。スウェットの上下に、カーディガンを着ていた。まだ十代の後半だろう。先日、蛭谷の家からの帰りに、遠目に見かけた女であることはすぐにわかった。

女——少女というべきか——は台所の櫃から飯をよそうと、囲炉裏端に座りそこにある煮物や漬物を菜にして黙々と飯を食いはじめた。途中で立って茶を淹れ、それをすすりながらまた箸を運ぶ。神山とは、目を合わそうとしない。

「娘さんかい」

神山が小声で蛭谷に訊いた。

「んだ……。いや、そうでなくて……。預かってんだっぱい……」

「誰からだ」

蛭谷は困ったように、神山と少女の顔を交互に見た。

「親がっつぁまからよ……」

「というと、阿佐玄右衛門さんかい」

「んだ……。実は、阿佐の姪っ子でよ……。親がっつぁまにはもう一人、弟がいしゃったんだけんど、夫婦して亡ぐなってしまってよ。それでおらとこでよ……」

この話も奇妙だった。阿佐の家は、どう見ても裕福だ。弟が死んだのは確かに不幸だが、その子供——自分の姪——を、他人の蛭谷に預ける理由がわからない。何かいいにくい事情があることは、蛭谷の様子を見ても察することができる。

まさか……。

神山は、少女の横顔を見た。この山の中で生まれて育ったとは思えないほど、美しい顔立ちだった。しかも、雪のように白い肌をしていた。それが平家の血筋というものなのだろうか。

赤く染めた短い髪の下に、花弁のような小さな耳が見えた。耳たぶに、ピアスの穴が空いていた。

「君、名前は」

神山が少女に訊いた。

「加奈子……」

少女が神山を見ずに、小さな声でそう答えた。

「これ、君のじゃないか」

神山がそういってポケットからピアスを出した。いつか四軒目の廃屋で拾った、あの安物のピアスだ。

少女が箸を止め、ピアスを見た。

無言で小さく頷き、神山の手からピアスを取った。それをカーディガンのポケットに入れると、また黙々と飯を食いはじめた。

有里子が神山と蛭谷を会わせたかった理由は、この少女かもしれない。

神山はふと、そう思った。

8

神山は蛭谷の家の囲炉裏端を借り、一夜を明かした。

寝袋を使うのは、久し振りだった。未明に寒さで目を覚まして囲炉裏に薪をたしたが、思った以上によく眠ることができた。

雪は夜の内に上がり、南の小さな窓からは陽光が差し込んでいた。蛭谷の一家と共に朝食まで世話になり、外に出ると、村まで一本道の農道はすでに除雪が終わっていた。

神山は蛭谷の一家に礼をいい、パジェロミニに乗った。その神山の足に、会津犬のカイがまとわりつく。なぜだかはわからないが、この犬にだけは気に入られているようだ。

昨夜からいろいろ話したところ、蛭谷はこの山の周辺にいくつかの古い峠を知っているという。名を知られているような謂れのある峠ではないが、いまも木地師やマタギはその道を使う。中には頂上に地蔵や古い石碑のようなものが残っている峠もあるらしい。近く、葛原直蔵の遺体が発見された沢に行く時にでも、いくつかの峠を案内するという。

「村にはもう人が戻ってるっぽい……」

「どうやら、そうらしいね」

遠い村の村道に黄色い除雪車が走り、そのディーゼルのエンジン音が風に乗って聞こえてきた。

「昨夜、おらが話したことは忘れてくんねえけ」

「わかってるさ」

七ツ尾村は、前日の人の気配のない風景が幻であったかのように生活が戻っていた。村道に出るとそこにもすでに雪はなく、それぞれの家の前には軽トラックが駐まり、屋根の煙突からは煙が空に流れていた。軒下で凍み大根を干していた椎葉の女房と目が合うと、それが当然であるかのように愛想よく頭を下げた。

よく日本人は、「狐につままれた……」という表現を何げなく使う。おそらく、こういうことをいうのだろう。

阿佐の家の敷地に入っていくと、そこにも以前と同じ日常の風景があった。納屋の中にはあのメルセデスが駐まり、清次郎が薪を風呂の竈焚き場に運んでいた。神山の車に気付くと一瞬、手を止めたが、冷たい視線で一瞥したただけでまた作業を続けた。

車を降り、玄関の前に立つ。昨日は見落としていたが、この家にはお飾りがない。年末に小松吉郎が殺されたことに対して、喪中という意味なのだろうか。そういえばどこの家にも——蛭谷の家は別として——松も立てられていなかった。

ベルを押した。しばらく待つ。戸が開き、有里子が顔を出した。

「あら神山さん。どうしたんですか」

屈託のない笑顔で、そういった。どうしたんですかもないものだ。だが、口から怒りの言葉が出る前に、それをかわすように有里子が続けた。

「寒いですから、中にお入りください」そして神山を家の中に引き入れ、辺りを憚るように小声でいった。「来てくださって、ありがとうございます。後で二人になった時に、事情をお話しします……」

ここは、有里子に従うしかなかった。神山は車を納屋の屋根の下に入れ、生活用具一式の入ったバッグを運んだ。以前と同じ〝入りの座敷〟と呼ばれる部屋に通されると、火鉢にはすでに火が入り、神山が泊まるための準備がなされていた。

有里子が茶を淹れて、下がった。神山はバッグからラッキーストライクを取り出し、封を切った。その中の一本を口に銜え、火鉢の炭で火を付ける。

座椅子に体を預け、天井に向かって煙を吐き出す。この村に来て、最初のタバコだ。まだ一九本、残っている。

どこからか、からむしを織る音が聞こえてきた。

昼を過ぎて警察車輛が三台、村に上がってきた。二台は南会津署のランドクルーザー、もう一台は楢原駐在所のジムニーのパトロールカーだった。

神山が庭に出ていくと、二台の車から刑事や警官、鑑識などの九人の署員が降りてくるところだった。その中の一人は、捜査主任の佐々木という刑事だった。どうやら公務員の長い正月休みもやっと終わり、通常どおりの捜査が再開されたらしい。

「いやあ……神山さんもいしゃったですか。私らも昨日のうちに行ってみんべえといってたですが、天気のあんばいが良ぐながったもんで……」

佐々木が、神山が何かいう前にいい訳をした。もし昨日来ていたら、面白いものが見られたのだが。雪に埋もれた蛻(もぬけ)の殻の村を見て、警察は唖然(あぜん)としただろう。そうなればいくらのんびりした佐々木でも、少しは慌てたはずだ。

「犯人がわかったのか」

神山が訊いた。

「そんじゃねえ。少しばかり、うっちゃっとけねえことがあってね。そうしてがに神山さん。後であんたにも話があんじゃけんども、よがっぺぇかね」

「おれはしばらくこの村にいる。話なら、いつでもいいぜ」

「そしたら後で」

佐々木は手を上げて軽く挨拶をし、家の中に入っていった。阿佐玄右衛門に話があるようだ。

他の警官と鑑識は、ランドクルーザーに乗って川の対岸の二軒の廃屋に向かった。どうやら動きがあったのは小松吉郎の一件ではなく、数年前の謎の血痕の方らしい。それにしても、大所帯だ。

だが、何か奇妙だ。新事実が浮かび上がったにしろ、そうでないにしろ、警察の対応が緩慢（かんまん）すぎる。

自分の部屋で本を読みながら待っていると、一時間ほどして佐々木が訪ねてきた。襖（ふすま）を開けて周囲を気遣い、手招きで神山を呼んだ。神山が立つと、小声でいう。

「ちょっと、出ないかね……」

「わかった。玄関で待っててくれ。すぐに行くよ」

神山は佐々木と二人で阿佐の家を出て、村の一本道を歩いた。椎葉の家の前を通るとまた女房が庭に出ていて、愛想よく頭を下げる。七ツ尾橋を渡り、対岸に向かう。歩きながら、佐々木がぼそぼそと話しはじめた。

「神山さんは、探偵の仕事でこの村に来しゃったといったね」

「そうだ。しかし、この仕事には依頼人の守秘義務がある。あまり詳しくは話せないんだ」

「まあ、それは仕方ねぇんだが……」

足元から、雪の鳴く音が聞こえてくる。

「隠すことはないじゃないか。あの二軒の廃屋の血痕のことで、何かわかったんだろう。その〝事件〟とおれの仕事が、あんたはどこかで繋がっていると思っている。今回の、小松吉郎の一件もだ。違うか」

「まあ、そうなんじゃけんども……」

佐々木はタバコに火を付け、煙と共に大きく息を吐き出した。

ひとつひとつ迷いながら佐々木が話したところによると、今回の小松の一件とは別に、南会津署は二軒の廃屋に残る血痕のDNA鑑定をやってみたらしい。当然だろう。あれはどうみても、暴発事故などという生やさしいものではない。

その結果、興味深いことが判明した。まず血痕はすべて人間のもので、血液型はA型とO型の二種類。ここまでは以前の阿佐玄右衛門の説明に矛盾はなかった。ところがDNA鑑定をやってみると、血痕はその位置によって四人のものが含まれていることがわかった。一軒目の椎葉と表札が出ている家で二人。これはどちらもA型だった。そして二軒目の阿佐と書いてある家で二人。こちらはA型とO型だった。

「つまり、あの二軒の家で四人は死んでいるということか……」

神山が、歩きながらいった。

「うんだな。まあ、そうだべしな」

「しかし、なぜおれにそこまで話すんだ」

「あんたが、何か知ってっぺと思ってよ。それにもう阿佐の主人に話してっから、夜までには村に知れ渡るっぱい」

確かに、そうだ。この狭い村で何かを隠しても、はじまらない。

「それで、阿佐玄右衛門は何ていってた。もう、マタギの暴発事故で押し通すわけにはいかないだろう」

「うんだな。マタギじゃなぐで、村のもんの血だと認めだんだ。一〇年程前だったか、二軒続けて無理心中があったんだど……」

死んだのは椎葉浩政の兄の椎葉吾助と、阿佐玄右衛門の末の弟の阿佐勝正の夫婦だった。亭主が猟銃で女房を撃ち、自分も後を追って死んだ。どちらも特に遺書はなく、原因もわからなかった。

以前は一五年前の事故だといっていたが、今回はそれが一〇年に縮まったことは興味深い。身内の恥なので世間に知られるのを嫌い、村だけで葬儀をすませたという。だが、いずれにしても、口から出まかせの嘘の臭いが消えない。

「あんた、それを信じるのか」

神山が訊いた。

「さてな……。どうしたもんだか……」

佐々木がそういって、神山の顔色を覗き込む。

「その二人は、猟銃の所持を警察に届け出てたのか。あの壁に残っていた銃痕は、散弾銃のものだぜ」

この村で散弾銃を所持しているのは葛原唐次郎と、失踪している有里子の亭主の阿佐勘司だけだ。

「いや二人共、正式な所持許可は出てねえ。阿佐玄右衛門がいうには、何でも無届けの古い村田銃があって、それでやったんだとよ……」

「その銃は、どこにあるんだ」

「まあ、掘ってみればわかるっぱい」

佐々木がそういって、廃屋の裏の山に向かって顎をしゃくった。見ると雪の斜面の中腹に一段平地になっている場所があり、そこに鑑識や駐在などの何人かの警官が集まっていた。中には清次郎と、椎葉浩政の顔もあった。

事情が、呑み込めてきた。雪の下に点々と、黒い石のようなものが見えている。どうやら、村の墓地らしい。鑑識の署員や清次郎がその手にスコップを握り、しきりに雪の中を掘っていた。

神山は佐々木と共に、踏み固められた雪の斜面を登った。しばらくして振り返ると、川の対岸の村と、手前の何軒かの廃屋が一望できた。雪の中に肩を寄せ合う七ツ尾村の風景は、凍えるように冷たく、静かに息を潜めていた。

やはり、墓場だった。神山と佐々木が上がっていくと、そこにいた何人かの署員が振り向き、無言で頭を下げた。清次郎はスコップを手に立ち、こちらを見ない。深く掘られた穴の中には二人の鑑識員が入り、雪の下の凍土を小さなコテのようなもので取り除いていた。その上の古い墓石には、〈椎葉家先祖代々之墓〉と彫られていた。

神山は、その場に立つ椎葉浩政を見た。椎葉は目を閉じ、墓穴に向かって手を合わせながら、口の中でぶつぶつと経のようなものを呟いていた。

「したがら去年の暮から墓をほじくろうと思ってたんじゃけんど、休みが入って手続きに手間取ったっぽい……」

佐々木が、何も訊いていないのにいい訳をした。

土を取り除くと、その下から黒い板のようなものが現れた。土葬だ。檜（ひのき）で作られた棺桶（かんおけ）は、数年間土に埋められていたくらいで完全には腐らない。

穴にもう一人の鑑識員が入り、三人で土の中の板を一枚ずつ剝（は）がしていく。中は、空洞になっていた。最後の板を上げると、土に埋もれるように麻のような着物を着た白骨死体が横たわっていた。

おそらく、男だ。死体は胸の上で指を組み、その上に朽ちかけた小刀のようなものを載せていた。首は横を向き、何かを叫ぶように口を開きながら、暗い眼窩(がんか)で遠くの闇(やみ)を見つめていた。

「椎葉さん。これは、吾助さんかね」

年配の鑑識員が訊くと、椎葉浩政は手を合わせたまま、恐るおそる薄目を開けた。

「そうでやす……」

小さな声でいうとまた目を閉じ、経を唱えはじめた。

鑑識員が、今度は清次郎に訊いた。

「鉄砲はどこに埋めよった」

「棺(ひつぎ)の横に、布に巻いて埋まっとります……」

清次郎の声をまともに聞くのは、神山はこれが初めてだったかもしれない。奇妙なことに、会津訛(なまり)がなかった。

鑑識員が清次郎にいわれたとおり、棺の周囲の土に鉄棒を刺して探った。何か、手応えがあったらしい。表面の土をどけると、中から黒っぽく変色した布に巻かれたものが出てきた。

「おざった（出た）な……」

佐々木がそういって、頷いた。

墓穴から上げ、布を解いた。中から、錆びた村田銃が一丁、出てきた。おそらく戦前に一二番口径に改造された散弾銃だった。

「行きやしょう」

佐々木がそういって坂を下りはじめた。神山も、その後ろについていく。二軒の廃屋の間に続く雪の上の足跡を辿り、七ツ尾橋に向かった。

「これからどうするんだ。他の三人の墓も掘るのか」

「そうするつもりだっぺい。一応、検屍してみねえと……」

佐々木がそういって、タバコを銜えた。

「あの銃で、心中したんだと思うか」

神山が訊いた。

「どうだか。だけんども、死体に鹿撃ちの散弾の痕があれば辻褄は合うべよ」

「そうだな。しかし無登録の村田銃なんて、この辺りの村ならどこにでも一丁や二丁はあるだろう」

いつの間にか空は、また厚い雲で被われていた。

9

夕刻からまた、雪が降りはじめた。

会津の冬は、いつもそうだ。深々と降るか。もしくは、轟々(ごうごう)と吹雪くか。一日を通して雪の降らないことは、あまりない。

雪のように、静かな夜になった。警察は四人の内の二つの墓を掘り起こし、雪が降りはじめる前に村から下りていった。

部屋で本を読みながら待っていると、有里子が風呂に迎えにきた。風呂を上がり囲炉裏端に行くと、阿佐玄右衛門が食事を待っていた。神山と玄右衛門、有里子の三人で食卓を囲む。料理は例の小づゆに鯉(こい)の甘煮(うまに)、凍み餅、山菜の胡桃和え(くるみあえ)に鉈(なた)漬けと代わりばえはしない。もし正月らしさが少しでもあるとすれば、鰊(にしん)の飯寿司(いずし)がそれに加えられたくらいだった。

有里子が誰かに命じて神山のために用意させたのか、食卓の上にはビールとウイスキーの瓶が並んでいた。玄右衛門は黙したまま燗酒の徳利を傾け、料理に箸を運ぶ。以前と何も変わらない。

玄右衛門は、神山と話すことを避けているようだった。神山が何かを話しかけても、有里子がそれを確認してもただ曖昧に返事をするだけだ。

だが、それでも神山に調査を続けてほしいという意志はあるようだった。それならば、さらに条件を付けなければ無理だ。常に誰かに監視され、行動を制限されるのでは、これ以上調査を続けることはできない。

神山が常に、誰に断わることもなく、自由に行動できること。誰とでも、自由に話をできること。村と町との行き来を自由にできること。その他にもいくつかの条件を突きつけてみたが、玄右衛門はただ黙って頷き、すべてを受け入れた。

だが神山は、あえて自分に何かを隠さないこと。そして嘘をつかないことという条件は付けなかった。そのような約束を取り付けても、まったく無意味であることはわかっていた。今回の仕事は最終的に——玄右衛門や有里子も含め——神山と村人との騙し合いになる。

それでも、これだけは確かめておかなくてはならなかった。

「川の対岸の二軒の廃屋で、いつ、何があったんだ」

玄右衛門は、しばらく無言で酒を飲んでいた。

「お義父様……」

有里子が酌をしながら促すと、やっと口を開いた。

「心中だ……。一〇年前だ……」

やはり、玄右衛門は頑(かたくな)だ。

「おかしいな。村田銃は、一丁しか出てこなかったぜ。一丁の銃で二組の夫婦が心中したのか、そんなことは有り得ないだろう」

「じぐねるなど」

玄右衛門が、猪口を呷(あお)る。

「あの廃屋は、人が住まなくなってから一〇年も経っていない。おそらく、五年ほど前だ。誰かが、四人の人間を銃で殺した。違うか」

そうだ。五年前だ。七ツ尾村はその頃に、川の対岸の神社を他に移している。玄右衛門の妻のヨシエが五十代の若さで病死したのもその頃だった。だが、玄右衛門は黙って酒を飲む。

神山が続けた。

「一年前に、葛原直蔵が死んだ。殺された可能性がある、私はその〝事件〟について調べるためにここに呼ばれた」

神山が、有里子に視線を向けた。

「はい、そのとおりです……」

有里子が、頷く。

「本当は、同じ人間が殺したんじゃないのか。しかも、同じ銃で。もしかしたら、今回の

「小松吉郎もだ」

足掛け五年に及ぶ連続殺人だ。しかも殺ったのは玄右衛門の息子――有里子の亭主――の阿佐勘司ではないのか。つい出かかったそのひと言を、だが神山は胸の中に押し込めた。

神山は、二人の様子を見守った。だが玄右衛門は猪口を空けると何もいわずに席を立ち、部屋を出ていった。その後ろ姿を見守る有里子の顔に一瞬、秘めやかな笑みが浮かんだように見えた。

長い食事を終えて部屋に戻った。だが、時間はまだ早い。

何もやることがない。iPodで音楽を聴いたが、イーグルスの『ホテル・カリフォルニア』やドゥービー・ブラザーズの『ワン・ステップ・クローサー』はあまりにも場違いだった。本を読んでも、頭に入らない。

一〇時に、明かりを消した。だが、眠るわけではない。朝、有里子は、二人になった時に事情を話すといっていた。夕食の間には、何も話さなかった。ただ時折、含みのある視線を送ってきただけだ。

闇の中で、待った。しばらくすると、廊下に人の気配を感じた。足音を殺している。誰なのか、男か女なのかもわからない。気配は神山の部屋の前で息を潜め、五分間ほどそうしていたが、また元の囲炉裏端の方向に戻っていった。

神山は、神経を研ぎ澄ました。また、廊下に足音が聞こえてきた。誰かが来る。今度は、有里子だ。

足音は神山の部屋の前で立ち止まった。一瞬、襖が僅かに開き、廊下の明かりが差し込んだ。何かが擦れるような、かすかな音。そしてまた襖が閉じた。

足音が遠ざかる。風呂場の戸を引く音が聞こえ、しばらくすると、湯浴みをする気配が伝わってきた。

三〇分ほど、待ったような気がする。有里子が風呂から上がり、こちらに歩いてくるのがわかった。足音が止まり、襖が静かに開く。廊下の光の中に、浴衣姿の有里子の影が浮かんだ。襖を閉じ、何もいわずに蒲団に体を滑り込ませる。濡れ髪を神山の肩に預け、息を吐いた。

「遅かったな」

神山が声を潜める。

「すみません。お義父様のお相手をさせられてましたの……」

悪びれもなく、有里子がいった。

「それで、話してもらおうか。あの手紙は何だったんだ」

「神山さんが、夕食の時に話したことです。でもその前に、私を抱く振りだけでもしてください。誰が聞いているか、わかりませんから……」

有里子がそういって、神山の腕の中で浴衣を脱いだ。周囲に気を配り、体を絡めながら、耳元で囁くように話しはじめた。

神山の推察は、ある程度までは当たっていた。七ツ尾村に最初の悲劇が起きたのは五年前の冬、年が明けたばかりの頃だった。当時の七ツ尾村は、井戸沢川をはさんでその両岸に全六戸の集落が残っていた。静かで、閉鎖的ではあったが、それなりに平穏だった。だがある雪の深い日の夜、川の対岸から続けざまに四発の銃声が鳴り響いた。

最初はどこかの家で、冬籠りに入れなかった熊でも猟銃で追ったのだろうと思っていた。だが翌日、村の対岸に様子を見に行くと、阿佐勝正と椎葉吾助の二軒の家で夫婦四人が猟銃で惨殺されていた。それが、すべての発端だった。

「誰がやったか、わかってるんだろう」

神山が、有里子の首筋に顔を埋める振りをしながら訊いた。

「わかりません。でも村の人たちは、主人の勘司が狂ったのだと……」

阿佐勘司は、事件のあった日の前日から小屋掛けで猟に行くといって家を留守にしていた。村で猟銃――散弾銃――を持っていたのは勘司と葛原唐次郎の二人だけだ。その勘司が、事件の当日から猟銃を持ったまま姿を消した。

「ちょっと待て。勘司が失踪したのは、一年前に葛原直蔵が死んだ後じゃなかったのか」

「すみません……。義父と弁護士の野末先生が、神山さんにはそのように話を合わせておくようにと……。五年前のあの事件のことを、神山さんには知られたくなかったのだと思います……」

有里子は話を続けた。

村人が勘司を疑うのはある意味で理解できる。だが父親の玄右衛門と有里子は、勘司を信じていた。狂ったかどうかも含めて、そのようなことをやる人間ではない。

玄右衛門は村長という立場を利用し、事件を村の中だけで揉み消した。死んだ椎葉が無登録の村田銃を持っていたことを理由に、無理心中事件として片付け、四人の遺体を土葬してしまった。

「それから、村の中がおかしくなりはじめたんです。誰も、お互いを信じられなくなってしまった……」

「その事件の後に、勘司はこの村に帰ってきてるのか」

「わかりません。生きているのか死んでいるのかも、誰も知らないんです……」

だがそれ以来、村に変わった出来事が何回かあった。四人が殺されたちょうど一年後、一月の山の神の行事の日に、村の神社の祠の前に下関の赤間神宮の札が置いてあるのが見つかった。村人には誰も覚えがなかった。誰からともなく、勘司が戻ってきたのだという噂が広まった。

「それで、神社を移したのか」

「そうです……。山の神の日も、次の年から早くすますようにしたようです……」

「新しい神社はどこにあるんだ」

「山の、上の方です……。私は、一人で行けないんです……」

そして事件から四年後、葛原直蔵が死んだ。散弾で怪我をしていたのは、猟犬のカイだけではなかった。葛原本人もまた、猟銃で至近距離から撃たれていた。

葛原が死んだのは、以前の山の神の当日の一月一二日だった。その前日に、葛原の弟の唐次郎が山で勘司らしき男を見かけていた。おそらく勘司は山の神に合わせて村に戻ったが、神社が移されていたことを怒り、その仕返しに葛原を殺したのだという噂が立った。

「神山さんに仕事をお願いしたのは、そういうわけだったんです……」

阿佐玄右衛門は、息子の無実を証明するために神山を雇った。だが他の村人は、玄右衛門のやり方を快くは思っていない。しかも、村には外部の者に知られたくない秘密があった。今回のことで玄右衛門と最も敵対していたのが、死んだ小松吉郎だった。

「手紙に書いてあった、君と玄右衛門が危険だというのは」

「あれも嘘ではないんです。先日、小松さんが亡くなって、村の人たちはその犯人も勘司だと思ってるんです。義父と私が勘司をどこかに隠していると……」

「それで、今度は君たちが狙われているわけか」

「そうです。少なくとも、監視されていることは事実です。小松さんの一件以来、私と義父は自由に村の外には出られなくなりました。それに、私や義父だけじゃありません。これからも一人ずつ、村人が殺されていくような気がするんです……」

厄介な話だ。だがここにきて、すべての出来事がやっと一本の線で繋がった。まだ漠然とはしているが、全体像も見えてきた。

それでも、決定的な謎は残っている。まず第一に、阿佐勘司の生死だ。生きているとすれば、どこにいるのか。第二に、一連の事件の犯人は誰なのか。そして、もうひとつ。これだけの人が殺される背後には、絶対的な動機が存在しなくてはならない。

神山は、訊いた。

「犯人は、村人の誰かだ。心当たりはないのか」

「わかりません……」

「なぜ、こんなに人が殺されたんだ。その理由は」

「それもわかりません……」

「よし、いい方を変えよう。それならばなぜ、この村はこんなに裕福なんだ。特に、阿佐玄右衛門だ。この屋敷と、あのメルセデス、そして顧問弁護士の金はどこから出てくるんだ」

村の産業は山間の小さな田畑と、老婆が織っているという〝からむし〟だけだ。それに玄右衛門本人や村の他の男たちには、まともに働いている様子はない。どうやっても、村のこれだけの生活が維持できるわけがないのだ。

「わかりません。私がこの村に嫁いできた六年前にはもう……」

その時、有里子が神山の腕の中で体を強張らせた。

「しっ……」

神山が有里子の口を塞いだ。

人の、気配がある。廊下に、誰かがいる。襖の隙間から差し込むかすかな光が、人の影で動いた。息遣いが聞こえてくるような気がした。

有里子が、頷く。神山はその口から、そっと手をどけた。

「怪しまれます。私を、抱いてください。どうせなら、見せてあげましょうよ……」

有里子の唇が、神山の肌に触れた。

10

翌日は、朝から警察が村に上がってきた。

佐々木を筆頭に、ほとんど同じ顔触れだった。村の重機を使って七ツ尾橋から二軒の廃屋までの除雪を行ない、雪の中でまた墓を掘りはじめた。どうやら小松の事件より先に、五年前の大量殺人の方を徹底的に洗うつもりらしい。

警察が作業をはじめた直後に、阿佐の家のメルセデスが慌しく村を出ていった。運転手の清次郎以外には、誰も乗っていなかった。

昼近くになって、車が戻ってきた。後部座席から降りてきたのは、弁護士の野末智也だった。どうやら近くの——片道一時間以上は掛かるが——湯野上温泉駅にでも野末を迎えに行ったらしい。

野末に会うのは、これが二度目だ。だが神山が囲炉裏端で茶を飲んでいるところに入ってきても、特に驚いた表情は見せなかった。

「やあ、神山さん。いろいろと御苦労様です……」

ごく当然のようにそういって神山の前を横切り、廊下の奥の玄右衛門の居室に入っていった。

襖が開いた時に、部屋の中に玄右衛門と弟の久喜雄、椎葉浩政、さらに佐々木ともう一人の刑事がいるのが見えた。おそらく野末は、五年前の事件の捜査と聴取に立ち会うために村に呼ばれたのだろう。

神山は昼食の前に、阿佐の家を出た。村の中を自由に出歩くことは、前日に玄右衛門に断わってある。誰かに告げる必要はない。

村道から畦道（あぜみち）に入り、雪の中を蛭谷の家に向かった。この時間、茂吉が家を留守にしていることは知っていた。茂吉は今朝早くから、川の対岸の除雪を請け負っていた。だが神山には、茂吉が家にいない方がむしろ都合がよかった。

iPhoneのイヤホンを耳に入れ、小雪が舞う中を歩く。白河を出る前に適当にダウンロードしてきたアルバムはどれも冬の会津には場違いの曲ばかりだったが、何もないよりはましだ。酒や恋愛と同じ意味で、音楽は人生になくてはならない要素のひとつだ。

神山は歩きながら、昨夜、有里子と話したことを思い出していた。

廊下の人の気配が消えたのは、深夜を過ぎてからだった。神山が有里子を抱き、ふと気が付いてみると誰もいなくなっていた。その後で、また少し話をした。

神山が最初に訊いたのは、蛭谷の家に世話になっている加奈子のことだった。本名は、阿佐加奈子。年齢は、まだ一八になったばかりだ。蛭谷がいったとおり、五年前に死んだ阿佐勝正の娘だった。

加奈子は事件があった夜、自分の部屋にいた。運よく生き残ったが、すべてを目撃していた可能性がある。犯人の顔も見ているはずだ。だが、当時まだ一二歳だった加奈子にはよほどショックが大きかったらしく、その夜のことはまったく憶えていないらしい。

いわゆるPTSD——心的外傷後ストレス障害——の一種だ。人間は自分の精神を破壊するほどのショッキングな出来事に遭遇すると脳に安全弁が働き、記憶を潜在意識の中に閉じ込めてしまうことがある。これを、記憶の想起の回避という。だが目撃体験の一部は、追体験（フラッシュバック）として残っている。それがPTSDの要因になる。

事件後、加奈子は、一時的に玄右衛門に引き取られた。実の姪であることを考えれば、当然だろう。だが奇妙なことに、加奈子は阿佐の家に住むことを嫌がった。徹底的に、時には狂ったように暴れ、泣き叫んで拒絶した。

加奈子が阿佐の家を嫌う理由は、誰にもわからなかった。仕方なく、蛭谷の家に世話になることになった。

蛭谷家の煙突からは、いつものように煙が昇っていた。妻か、加奈子かどちらかはいるらしい。だが神山が家の前の敷地に登っていくと、出迎えたのは会津犬のカイだった。

カイは神山の顔を見ると、長い鎖を引いて飛んできた。尾を振り、神山の足にまとわりつく。なぜだかはわからないが、この犬はすっかり神山を気に入っているらしい。

神山は耳のイヤホンを外し、それを首に掛けた。その場に腰を降ろし、カイの頭と頬を撫でる。カイがさらに飛びつき、尻餅をついた神山の顔を舐めた。

「やめろ、こら。カイ……」

神山もまた、子供の頃から犬が好きだった。子犬を拾ってきて飼いたいとせがみ、母親を困らせたこともあった。結局、飼わせてはもらえなかったが、友達の家に貰われていったその子犬をいまも思い出すことがある。

犬と遊ぶのに夢中になっていると、誰かに見られているような視線を感じた。神山はカイから離れ、立った。いつの間にか家の戸が開き、そこに加奈子がいた。加奈子は戸で顔を半分隠すようにしながら、神山を見つめていた。

「やあ……」

何かを話そうとしたが、それ以上の言葉が出てこなかった。空気が重い。だが加奈子は、特に神山を避ける様子はない。

「それ、iPod?」

加奈子が小さな声でいった。一瞬、神山は何をいわれたのかわからなかった。どうやら神山が首から下げているイヤホンを見ていっているらしい。

「ああ……これか。iPhoneだよ。この村じゃ電話は通じないけどな」

「でも、音楽聴けるん?」

「ああ、iPodの機能も付いてるからな。聴いてみるかい」

神山が首からイヤホンを外し、ダウンパーカの内ポケットからiPhoneを出した。差し出すと、加奈子が怖々と手を伸ばしてきた。

口元が、かすかに笑ったように見えた。

11

カイが力強く引綱を曳いていく。

白い息を吐きながら、雪に四肢を踏み込む。その一歩ごとに、肩から背にかけての筋肉が躍動した。

神山は引綱を握り、後ろに体重をかけながらカイに付いていった。力を入れていないと、引きずられてしまいそうだ。

カイは、自分の歩くべき道をわかっていた。けっして村の方には向かおうとはしない。蛭谷の家の敷地を出ると畦道から森に分け入り、裏山へと登っていった。森から裏山にかけて、人が雪を踏み固めたような小径（こみち）が続いていた。時折カイが立ち止まり、小径の脇の樹木の根に臭いを探る。そして自分の存在を印（しる）す。おそらくこのコースが、カイの縄張りなのだろう。

加奈子は神山とカイの後ろを歩いていた。ｉＰｈｏｎｅのイヤホンを耳に入れ、音楽を流しながら体でリズムを取る。足元の〝おそぼ〟――藁（わら）の雪靴――さえなければ、その姿は町のいま時の女子高生とあまり変わらなかった。

「ねえ、小父（おじ）さん。これ、何ていう人が歌ってるの？」

〝小父さん〟といわれて最初は自分のことだとは思わなかったが、辺りに他に人はいない。振り返ると加奈子がニットの帽子の中からイヤホンを外し、神山に差し向けた。

カイを押さえながら、体を傾ける。加奈子が身を寄せ、神山の耳にイヤホンを入れた。聞き馴れた曲が流れてきた。

「これは、イーグルスだ。古いアメリカのロックバンドだ。〝ニュー・キッド・イン・タウン〟という曲だ」

一九七〇年代の中頃——加奈子が生まれる二〇年近くも前——の曲だ。雪に閉ざされた寒村には場違いな曲だが、初めて聴く加奈子には新鮮なのかもしれない。

「外国の曲、ちゃんと聴くことあまりありゃしんねえ。でも、いい曲だんね」

加奈子が輝くように、だがどこかはにかみながら笑った。確かに加奈子から見れば、神山は〝小父さん〟なのかもしれない。

山の斜面の小径を、カイは無心に登り続ける。歩くだけで、汗ばむほどの険しい道だ。煙のたなびく蛭谷の家の屋根が、いつの間にか眼下に見下ろせた。落葉した樹木の梢から差し込む薄日の中に小雪が舞っていた。

しばらく登ると、樹木が切られ風景が開けた高台に出た。カイがそこで足を止め、振り向く。おそらく散歩の途中で、いつもここで休むのだろう。誰が作ったのか、丸太を組み合わせたベンチのようなものが雪の中に横たわっていた。

「座ろうよ」

加奈子がそういって丸太の上の雪を払った。雪は軽く、粉のように飛んで消えた。それほど深く積もってもいない。

「ここに毎日くるのか」

神山が、丸太に座った。カイもその足元に体を寄せた。周囲の雪が、誰かの足跡で踏み固められている。

「うん……。爺んちゃか、おらが、カイ連れて散歩すんだ……」

加奈子がイヤホンを外した。白い耳元で、神山が返した安物のピアスが光っていた。加奈子が、遠い風景を眺める。その視線の先に、七ツ尾村の箱庭のような景色が霞んでいた。

カイが二人を見上げ、尾を振った。神山はその頭を撫でた。

「いつもカイの散歩は、このコースを回るのかい？」

神山が何げなく訊いた。

「うんだよ」

加奈子も、カイを撫でる。カイがその指に甘えた。

「散歩をさせるなら、村の方が平らだから楽だろう」

「でも、じんちゃが猟犬は足腰を鍛(きた)えねばなんねえからって。それに……」

「それに？」

「村には、犬えっこさ嫌いな人がいんからよ……」

そういえば前に、村人の間でカイを殺せという話が出たと聞いた。いったのは、死んだ小松吉郎だった。だが他にもカイを嫌う人間がいるということなのか。

「犬が嫌いな人間って、誰なんだい」

加奈子はしばらく、カイをかまっていた。

「おら、知んねえよ……」

七ツ尾村の中で、死んだ小松以外に犬を嫌う人間とは誰なのか。発言権があるとすれば、男だ。もしかしたらその人間が、カイを撃ったのかもしれない。

神山は、話題を変えた。

「そのピアス……」

「これ?」

加奈子が耳のピアスに触れた。

「どこで無くしたか、覚えてるか」

神山が訊くと、加奈子がこくりと頷いた。

「うん……。覚えてるよ……」

神山がピアスを拾ったのは、七ツ尾村の川の対岸の廃屋だ。四軒の家の内の一軒、一番奥の家の囲炉裏端だ。五年前に阿佐勝正の夫婦が何者かに猟銃で惨殺され、まだ一二歳だった加奈子がその現場を目撃した家からあまり離れていない。

「なぜ、あの家に行ったんだ」

本来ならば川の対岸は、加奈子が絶対に近付きたくない場所のはずだ。

「なぜって……」

加奈子が首を傾げた。カイをかまいながら、何かを考えているようだった。

「あの夜、君は一人じゃなかったはずだ」

加奈子が、こくりと頷く。

「誰が一緒だったんだ」

神山が訊いた。加奈子はしばらく何もいわなかった。だが、やがて諦めたように小さな声を出した。

「信ちゃん……」

神山はその名前を聞いても、最初は誰のことかわからなかった。だが、そのうちに一人の若い男の顔が思い浮かんだ。

「阿佐信人君か。久喜雄さんのところの……」

加奈子が、頷く。

「うん……」

「それで、逃げたのか」

「うん……。村の人に見つかったらやばいと思って……」

それで理解できた。信人は、おそらくまだ二十歳にはなっていない。この村で加奈子と同世代の男は、信人だけだ。それに二人共、体はもう大人だ。もしこの村で誰にも知られることなく会おうと思えば、対岸の廃屋くらいしか他に場所はない。

「しかし、信人君は君の従兄弟だろう」

加奈子が不思議そうな顔で神山を見た。

「なぜ？ だって従兄弟なら結婚できるでしょう。この村は、ほとんどそうだよ」

確かに昔は、僻村の従兄弟同士の結婚は特に珍らしいことではなかった。

「それに……」加奈子が続けた。「信ちゃんは私の従兄弟じゃないよ。再従兄弟なんだよ……」

「どうしてだい。だって君のお父さんの阿佐勝正さんは、信人君のお父さんの久喜雄さんと兄弟だろう」

「うん。お父と久喜雄伯父さんは、兄弟だよ。本家の親がっつぁまも……」

なぜか〝親がっつぁま〟という時だけ、声が小さくなった。

「それなら君と信人君は、従兄弟じゃないか」

加奈子が、かすかに笑った。

「そんじゃねえよ。信ちゃんは、久喜雄伯父さんとこの本当の子じゃねえがら。貰い子……養子なんだっぽい……」

話は、複雑だった。

阿佐信人は、元々五年前の村人四人惨殺事件で殺された椎葉吾助とミツ夫妻の子供だった。両親が死んで身寄りがなくなったために、たまたま子供がいなかった阿佐久喜雄が〝かかりご（後継者）〟として養子に迎えた。ちなみに死んだ椎葉吾助の女房のミツは、阿佐玄右衛門と久喜雄の従兄弟に当たる。つまり加奈子と信人は、正確な意味では再従兄弟同士ということになる——。

「なぜ信人君は、椎葉浩政さんの養子にならなかったんだい。浩政さんは、死んだ吾助さんの弟だろう」

「おら、知んねえよ。あの時、まだ子供だったし……。親がっつぁまの家の方が、お金持ちだったからじゃねえべか……」

本当に、そうだろうか。五年前の事件をきっかけに信人が阿佐の家に入り、逆に加奈子が阿佐の家を出された。どことなく、数合わせのような感がなくもない。

「君は、阿佐の本家に住むのが嫌だといったそうだね。それで蛭谷さんの家に世話になったんだろう」

「うん、そうだよ。あの家、恐いから好きじゃねえ……」

有里子から聞いた話と同じだ。だが、自分の両親が殺された廃屋のある対岸は平気なのに、阿佐の家を恐がるというのはどうにも理解に苦しむ感覚だ。

「なぜ、あの家が恐いんだい」

神山が訊くと、加奈子が不思議そうな顔をした。

「小父さんも、あの家に泊まってるんだっぽい？」

「そうだよ。前も、今回もだ」

「そんなら、見たことあるっぽい。あの家には、武者の幽霊が出るんだよ……」

加奈子が真剣な顔で、いった。

12

有里子が、おかしそうに笑った。

「幽霊ですか。この家に、武者の幽霊が出るんですって？　加奈子ちゃんたら……」

そしてまた、火鉢に炭を焼べながら笑う。

「でも加奈子は真面目だったぜ。それに、武者の幽霊というのが妙に具体的じゃないか……」

そういわれてみると、神山にも思い当たることがある。自分の部屋で寝ていると常に誰かに見張られているような気がするし、前にこの村に来た時には枕元に太刀を携えた鎧武者が立つ夢を見た。

「嫌やわぁ。神山さんまでそんな話を信じるなんて……」

有里子がそういいながら、神山の蒲団を敷いた。

「いや、信じているわけじゃないさ。しかし、自分の両親が死んだ対岸には行けるのに、この家を恐がるなんておかしいとは思わないか」

「あの頃、加奈子ちゃんはまだ子供だったし、いまは、〝大人〟になったんでしょう。女は好きな男の人と一緒なら、何も恐くないもんですよ」

有里子がそういって、神山に流し目を送った。

「ところで、警察の連中はどうしたんだ。もう捜査は終わったのかな」

神山が蛭谷の家から村に戻った時には、もう南会津署の連中は引き上げていた。

「さあ、どうでしょう。年配の佐々木さんという刑事さんは、明日もいらっしゃるようなことをいってましたけど……」

有里子がそういって火鉢の鉄瓶の湯で茶を淹れる。

警察は、五年前に殺された椎葉吾助の夫婦と阿佐勝正の夫婦、四人の墓を掘り起こして遺体をすべて持ち帰った。遺体とはいっても、骨だけだが。だがそれでも簡単な検屍だけで、散弾銃で撃たれたのかどうかくらいはわかる。

「玄右衛門さんと弁護士の先生は、何かいってたか」

神山は午前中に、玄右衛門と刑事の佐々木がいる部屋に弁護士の野末が入っていったのを見ている。その席には、阿佐久喜雄と椎葉浩政もいた。午後になって一度もメルセデスが村を出なかったところを見ると、野末はまだ村に残っているはずだ。

だが夕食の時には、玄右衛門と野末の顔は見かけなかった。神山は、有里子と二人で食卓を囲んだ。何でも今夜は葛原唐次郎の家で村の寄り合いがあり、玄右衛門と野末もそちらの方に行っているらしい。

なぜ〝親がっつぁま〟の阿佐玄右衛門の家に集まらなかったのか。つまり神山は、〝村八分〟ということなのだろう。

「私は、何も聞いていないんです。この村では、大事なことは男の人だけで決めるんです。女は頭数だけで、何も話してもらえませんから……」

有里子は炬燵(こたつ)に足を入れて茶をすすり、ほっとひと息ついた。だがそれにしても、〝女は頭数〟というのは意味深な表現だ。

「そういえば今日、加奈子からもうひとつ面白いことを聞いたよ。久喜雄さんところの信人君は、養子なんだってな。死んだ椎葉吾助さんの子供だったらしいじゃないか。例の事件の後、阿佐の家に養子に入ったとかいってたな」

「そうなんです……。でも、隠してたわけではないんですよ。いま信人さんは本当に阿佐家の跡取りで、久喜雄さんも実の息子のように可愛(かわい)がっていますから……」

「いや、そういう意味じゃない。ちょっと、不思議なんだ」

「何がですか」

「五年前の例の事件の後、椎葉家の信人が阿佐家の養子になった。その一方で、阿佐家の加奈子が蛭谷の家に出された……」

今日、神山は、加奈子本人に直接確認した。現在の加奈子の本名は、蛭谷加奈子になっている。ただ単に、阿佐家から預けられているわけではない。

「それがどうかしたのですか」

有里子が不思議そうに首を傾げた。どうやら有里子は、村の中のこの奇妙な養子縁組に何も疑問を持っていないらしい。

「普通なら信人は、椎葉浩政さんの家に養子に行くはずだ。違うか」

「それは阿佐家のが裕福だから……」

昼間、加奈子に訊いた時と同じ答えが返ってきた。

「それなら、加奈子はどうだ。阿佐玄右衛門か久喜雄のどちらかの養子になるのが普通だろう」

「それは前にもいったように、加奈子ちゃんがこの家に住むのを恐がったから……」

「それなら、蛭谷の家に預けるだけでいいじゃないか。今日、加奈子に訊いたら、彼女の名字は〝蛭谷〟だった。正式に蛭谷の養子になっているそうだ」

「それ、本当なんですか……」

有里子は、明らかに驚いていた。この件に関しては、本当に何も知らないようだ。

「本当だ。〝親がっつぁま〟に訊いてみたらいい」

「知りませんでした……。私はてっきり、加奈子ちゃんは預けられているんだとばっかり……」

神山は自分の荷物からボウモアを出し、炬燵の上に置いた。

「飲むかい？」

「ええ、少し……」

神山はグラスを二つ持って廊下に出ると、雨戸を開けて外に積もる新雪を詰めた。部屋に戻り、グラスにウイスキーを注ぐ。雪を溶かしながら、琥珀（こはく）色の液体が染み込んでいく。

グラスのひとつを有里子に渡し、ウイスキーを口に含む。アイラ物のシングルモルトの香りと会津の山の匂いがまざり合い、舌の上に穏やかな熱となって広がった。

「美味しい……」

有里子が、小さな声でいった。

「君はさっき、この村では女は頭数だけだというようなことをいったね」

「ええ……。特に深い意味ではないんですけど……」

有里子はそういいながら、グラスの中の雪とウイスキーの織り成す景色を静かに見つめている。

「実はおれも、同じことを考えていたんだ。信人と加奈子の養子縁組は、単なる〝数合わせ〟なんじゃないかとね」

有里子が視線を上げ、神山を見つめた。

「数合わせって……どういう意味なんですか？」

「おれにもよくわからないんだ。養子縁組の話だけではない。加奈子に聞いたんだが、この村では従兄弟同士や再従兄弟同士で結婚するのが普通らしいね」

「そうです……。亡くなった椎葉さんの奥様のミツさんはお義父様の従兄弟でしたし……」

「それは加奈子からも聞いた。他には」

「阿佐勝正の奥様は菊代さん……つまり加奈子ちゃんの亡くなったお母さんですが、その方は葛原唐次郎さんのお姉様でした。それに先日亡くなった小松吉郎さんの奥様のカネミさんもお義父様の従兄弟……ミツさんのお姉さんに当たります。あとは椎葉浩政さんの奥様の里子さんがお義父様の妹さんで、久喜雄さんの奥様の美代子さんが椎葉さんのお姉様で……」

「もういい」

神山が途中で制した。そんな複雑な血縁関係は、一度聞いたくらいではとても憶えられそうもない。

「神山さんのおっしゃりたいことが、何となくわかるような気がします……」

有里子がまた、グラスに視線を落とした。

「そうなんだ。信人と加奈子の養子縁組だけじゃない。この村の複雑な婚姻関係も含めて、それぞれの家系で血縁者の貸し借りをしながら数合わせをしているような気がするんだ。理由はわからないがね」

「確かに……」

有里子の表情に、不安が過(よぎ)る。次に神山から何を訊かれるのかを察したようだった。

「君は、関西の方からこの村に嫁に来たといったね」

「はい……。この前いったように、結婚するまでは祇園にいました……」

「それは、嘘だろう」

「どうしてですか」

有里子が驚いたように神山を見た。

「君の出身は、京都ではない。滋賀県の神崎郡あたりのはずだ。しかも、花街のような所にいたとしたら、祇園ではない。どちらかといえば、大津(おおつ)市の雄琴(おごと)だろう」

大津市の雄琴は本来、花街ではない。温泉街、いや正確には滋賀県最大の歓楽街――ソープ街――だ。以前、神山は、東北最大の歓楽街のいわき市竹町(たけちょう)のナオミという女を知っていた。彼女も、ソープの女だった。有里子とナオミは、同じ匂いがする。

「知ってはったんですね……」

有里子はふと笑いを洩らし、グラスのウイスキーを口に含んだ。

「最初の夜にこの部屋に落ちていた、筒井神社の御守りだよ。あれは神崎郡の木地師の神社の御守りだ。それに君は、木地師の由来にも不自然なほどに詳しかった」

あとは有里子の物腰や〝花街〟というキーワードを加味すれば、推理するのはそれほど難しくない。

「私の人生にも、いろいろとあったんですよ……」

有里子が力を抜くように、体を崩した。

「もうひとつ、訊きたいことがある。大事なことだ」

「何ですか」

「玄右衛門さんの奥さんだった……ヨシエさんといったかな……村の中から嫁に来たのかな。それとも……」

有里子は、神山が何をいわんとしているのか理解しているようだった。

「義母(はは)も、私と同じようにこの村の人間ではなかったと聞いています。確か、秋田県の大館(おおだて)から嫁に来たと……」

神山は頷いた。やはり、そうか。

「五年前に亡くなったといったね。血圧が高くて、蜘蛛(くも)膜下出血を起こしたと聞いたが」

「ええ……。当時、義母はまだ五六歳でした。でも、それが……」

有里子の顔から、血の気が引いていくのがわかった。

「本当に、病死だったのか」

「私は、そう聞いています……」

「それなら、もうひとつ訊きたい。義母のヨシエさんが亡くなったのと、例の四人が射殺された事件。両方とも、五年前だ。いったいどちらが先に起きたんだ」

有里子の表情に、明らかに狼狽の色が浮かんでいた。グラスに添えられた指先が、かすかに震えている。

「いまここでは、ちょっと……。一度戻って、後で出直してきます……」

有里子が、消え入るような声でいった。

13

どこからか、機織りの音と老婆の昔語りの声が聞こえてきた。

……あったあどな……。

昔……○○様があったあどな……。
○○の峠に七人の○○様が、あったあどな……。

神山は夢現の中で、辺りを探った。蒲団の中の有里子の温もりと残り香が、まだ消えていない。薄く目を開け、腕時計のデジタルの文字盤にライトを点けた。時間はすでに朝五時を回っていた。

部屋の中の空気は冷たく、神山は蒲団を被って潜り込んだ。微睡みながら、再び夢の中へと引き戻されていく。だが、昨夜の有里子との寝物語が脳裏に浮かぶと、意識が急速に覚めはじめた。

奇妙な話だった。

有里子がこの村に来たのは、六年前の秋だった。もしくは、「買われてきた」といった方が正確かもしれない。ある日、突然、雄琴の〝店〟に玄右衛門が現れ、有里子の親の代からの借金をすべて肩代わりするという条件で身請けされた。

それまで玄右衛門は客として上がったことはなく、まったく面識もなかった。有里子はそのまま会津の山奥に連れてこられ、玄右衛門の長男の阿佐勘司の嫁になるように命じられた。断わる訳にはいかなかった。会津に来て一〇日後には七ツ尾村の村人が集められ、祝言を挙げた。

有里子の前姓は、黒岩といった。小椋庄の木地師の、典型的な家系のひとつだった。自分が七ツ尾村に買われてきたのも、それが理由ではないかという。

阿佐家の嫁としての作法を有里子に教えたのは、義母のヨシエだった。旧家の嫁然とした人で、為来りには厳しかったが、普段は優しい義母でもあった。

だが一年後、そのヨシエが突然亡くなった。ちょうど、一月の〝山の神〟の時だった。前日に川の対岸の神社で行事があり、その後で阿佐の家に村人が集まって恒例の酒宴が催された。客が引けた後、ヨシエは疲れて具合が悪いといって早く寝た。そして翌日、なかなか起きてこないので玄右衛門が様子を見にいくと、すでに蒲団の中で冷たくなっていた。

ヨシエは死の半年程前から、体調を崩していた。以前から血圧が高かったのだが、それが急に不安定になり、下痢や嘔吐を繰り返した。さらに日常的に目眩を訴え、寝込むことも多くなっていた。

年明けからは村の行事に加え、寒い日も続いていた。亡くなった時に枕元に嘔吐した跡が残っていたことから、誰からともなく卒中だろうということになった。だが、医者の診断を受けたわけではない。ヨシエの遺体は、そのまま土葬された。

五年前の山の神が降りた日が一月の一二日。ヨシエが亡くなったのがその翌日の一月一三日。慌しく通夜と葬儀を終え、六日後の一月一九日に阿佐と椎葉の一家四人が惨殺される例の事件が起きた。さらにその前日に、有里子の亭主の勘司が「鹿猟に行く……」といい残して姿を消した。

神山は、思う。すべては、関連しているのだ。ヨシエの突然の死も含めて、個々の出来事は一本の線の上で繋がっているような気がしてならない。だが、いかなる理由で繋がっているのか。その連鎖の輪の全体像が見えてこない。

考えはじめると、意識が完全に覚醒した。もう、眠りに戻ることはできない。すでに一番鶏が鳴きだしてかなりの時間が経つ。いつの間にか、機を織る音と老婆の昔語りは聞こえなくなっていた。

午前六時を過ぎるのを待って起き出し、洗面所で顔を洗った。台所から、煮炊きの気配が伝わってきた。

この家では、主婦の有里子は滅多に台所に入らない。主に玄右衛門や神山の食膳の賄いが有里子の役目で、台所の煮炊きには椎葉の嫁の里子か死んだ小松の嫁のカネミが通ってきている。

神山は、つい数時間前の有里子の媚態を想った。おそらく有里子は、まだ床から離れられずにいるに違いない。

七時を回り空腹に耐えられなくなって、神山は自室を出て囲炉裏端へ向かった。すでに食膳には朝食が並び、玄右衛門と弁護士の野末が茶をすすっていた。

神山は軽く会釈をし、二人の正面に座った。どちらも目が赤い。昨夜はやはり、遅かったのだろう。

しばらく待つと有里子が汁物の鍋を運んできた。

「お早うございます。昨夜はよく眠れましたか」

「ええ、お陰様で……」

椀に味噌汁を付けながら、さりげなく、どこか白々しい朝の挨拶を交わす。玄右衛門と野末の目を盗むように有里子が眴せを送り、かすかに頬を染める。

玄右衛門は二人の様子に気付かぬような顔をしながら、前日の新聞を広げて読む振りをした。この村には、新聞の配達などはない。おそらく昨日、清次郎が町に野末を迎えに出た時にでも買ってきたのだろう。

四人で、朝食を食べはじめた。会津地鶏の卵に大根の香の物、あとは棒鱈の煮付と代わり映えはしない。

重い空気だった。だが野末が、何かを思い出したかのようにいった。

「ところで神山さん。調査の方は進みましたか」

「調査とは何の話だ」

器に生卵を割り、それを箸で掻き混ぜながら神山がいった。

「神山さん、例の〝仕事〟の件ですよ。ほら、一年前に葛原直蔵さんが亡くなられた……」

神山は卵を飯の上に掛けた。いつも思うことだが、なかなか良質の卵だ。これで納豆があれば申し分ないのだが。

「そういえばそんな話もあったな。この村に来てから次々といろいろなことが起こるんで、すっかり忘れていたよ」

醤油を飯にたらす。その分量が難しい。

頬張る。やはり、旨い。

「困りますな、神山さん。他のことはどうでもいいから、プロとして〝仕事〟の方はしっかりやっていただけないと……」

プロがどうのといわれて、かちんときた。知ったようなことをいいやがって。せっかくの生卵の味が台無しだ。

「〝仕事〟というのは、まず依頼人側の事実関係の情報が正確に開示されることが前提だ。ところが最初に、必要な情報を隠して嘘を並べた奴がいた。おかげでこちらは〝仕事〟に掛かる前に、まず事実関係をすべて洗い直さなくてはならない手間を強いられている。その分は、追加請求させてもらう」

神山が、野末を睨みつけた。野末は視線を逸らし、それ以上は何もいわなくなった。これでゆっくり、会津地鶏の生卵を味わうことができる。

その時、電話が鳴った。この家で電話のベルの音を聞くのは、これが初めてだったかもしれない。有里子が箸を置いて玄関口に向かい、電話に出た。

有里子がすぐに戻ってきた。

「神山さんにお電話です」

心当たりがなかった。私立探偵の心得として、依頼人の電話番号を第三者に教えることはない。

「誰からだ」

「南会津署の佐々木刑事さんからです……」

そういうことか。神山は仕方なく茶碗を置き、席を立った。どうやら今日は、生卵をゆっくりと味わうことのできない運命にあるらしい。

「神山だ……」

電話の声で、神山の機嫌が良くないことが相手にも伝わったらしい。佐々木はいつになく、低姿勢だった。

――すまないね、起きむぐりに。朝飯の途中なんだっぱい――。

「そんなことはどうでもいい。用件を早くいってくれ」

――実は今日、ちょっと話ができんかと思ってね――。

「どうせこれから村に来るんだろう。おれはここにいるよ」

――いや、そんでねえ。そこだと村の連中にひこすげられんで、署の方にえん出けやれんかね――。

何か事情があるようだった。

「おれはかまわない。これから署の方に行こうか」

——いや、ひとっきりして午後からのがいいんだがね——。

「わかった。午後一時にそちらに行く」

——もうひとつ、あんたに頼みがあるんだっぱい——。

「何だ」

——いま電話に出たそこの若奥さん、確か有里子さんていったかね。あの方も連れてきてもらいたいんだが——。

どうやら佐々木の狙いは、有里子の方らしい。

「わかった。連れていくよ」

神山は受話器を置き、息を吐いた。

14

南会津警察署は、南会津町田島中町（なかまち）にあった。

国道一二一号線から少し入った町役場や税務署が集まる一角に、昭和四七年に建築された褐色の古い庁舎が建っていた。二階建ての、小さな、時代に取り残されたような建物だった。雪の中で、すべてが凍りつくように佇んでいた。

「いま新しい庁舎を建てていて、年内には移れる予定なんだがね……」

二階の捜査課に隣接した狭い応接室に神山と有里子を通しながら、佐々木が取り繕うように言い訳をした。建物よりは多少は新しい応接セットがひと組。窓際のスチーム暖房はすでに寿命を迎えたのか、石油ストーブに火が入っていた。テーブルの上に出されたのはいま流のプラスチックカップのコーヒーではなく、伝統の出涸らしだった。だが地方警察というものは、地元の政治家の懐が潤うかどうかは別として、このくらい素朴な方が市民に好感を与える。

「遠い所をすまないね……」

書類の束を抱えて、佐々木が神山と有里子の正面に座った。

「別に、かまわない。何もない山の中の村に閉じ込められて、退屈していたところだ」

だが、七ツ尾村から田島までは、確かに遠い。雪の中での移動時間を考えれば、日本で最も遠い所轄のひとつかもしれない。

「阿佐の御当主と弁護士の先生は何かいってたかね」

やはり佐々木は、あの二人のことを気にしていた。野末は最後まで自分も同行するといってきかなかったが、午前中に警察の鑑識の一団が村に入り、捜査に立ち会うようにいわれると諦めたようだった。有里子を野末と玄右衛門から引き離すために、佐々木が仕組んだのだろう。

「別に、何もいっていない。おれと奥さんがここに来るのは、あの二人も承知している。それで、話というのは何なんだ」

時間はすでに午後一時半になっていた。外は、雪が強くなりはじめている。あまりゆっくりしていると、今日じゅうに村に戻れなくなる。

「まずはこれからいくかね……」

佐々木が、書類の束を捲った。

墓から掘り出した四人分の人骨の、検屍記録だった。パソコンでタイプされた報告書と、何枚もの写真。テーブルの上の写真から、有里子が目を逸らした。

佐々木の説明は、きわめて明確だった。四人はすべて、猟銃で撃たれていた。椎葉吾助は左胸の下方部に。女房のミツは後頭部から頸椎(けいつい)にかけて。阿佐勝正は胸骨に。女房の菊代は骨盤に向けて下方から、それぞれ九粒弾——鹿猟用散弾——の弾痕が残っていた。

弾痕は、その部分をアップにした人骨の写真でも明らかだった。中には骨に、散弾そのものが埋没して残っている写真もある。

神山はしばらく、何枚かの写真を見つめていた。もちろん散弾なので、弾丸に線条痕は残らない。つまりライフル銃のように、銃種までは特定できない。

だが、神山はいった。

「これは、村田銃で撃たれたんじゃないな……」

佐々木が、頷く。

「なしてそう思う」

「これだよ。おそらく、水平二連銃か何かだな」

神山はそういって、椎葉ミツの人骨の写真を手に取った。散弾が後頭部の下部から入り、頭蓋(ずがい)の大半が吹き飛んでいた。

神山は一軒目の廃屋の現場の状況を頭に思い描いた。最初の血痕が土間からの上がり框(かまち)の先の土壁にあり、もうひとつの血飛沫が奥の台所の脇の壁に飛んでいた。入口に近い方が主人の椎葉吾助、奥が妻のミツのものだろう。

その状況が物語るものは明らかだ。犯人はまず入口から入って迎えに出た吾助を撃ち、驚いて逃げようとしたミツを後ろから射殺した。その間、おそらく数秒。それ以上の時間があればミツはもっと家の奥か戸外まで逃げられたはずだし、腰が抜けて動けなくなっていたとすれば体の他の場所を撃たれている。

墓に埋められていた村田銃は、ボルトアクションの単発銃だ。僅か数秒の間隔で二発続けて撃つのは、よほどの名人でも不可能だ。つまり、水平二連銃やオートマチックなどの連発銃が使われたことになる。

神山の説明を、佐々木は黙って聞いていた。どうやら佐々木も、この四人の死をいまさら心中だとは思っていないようだった。

「さすがだわい……」

佐々木がそういって、何度も頷いた。

「七ツ尾村には他に二丁の散弾銃が登録されていたはずだな。阿佐勘司と、葛原唐次郎だ。二人は、どんな銃を持っていたんだべかな」

「葛原が古い晃電社の水平二連、阿佐勘司がSKBの水平二連だったんだ」

「どちらも該当するわけか……」

神山と佐々木が、ほぼ同時に有里子の顔色を見た。有里子はただ黙って俯いている。

「もうひとつ、これもなんだけどな」

佐々木がそういって、別の人骨の写真を出した。前の四人のものよりも、骨の表面が白い。だがやはり、アップの写真では鹿用散弾らしき弾痕が確認できる。

「これは？」

神山が訊いた。

「一年前に死んだ、葛原直蔵の骨だっぽい」

「掘ったのか」

「うんだよ。当然だべ」

やはり葛原も、有里子がいったとおり猟銃で殺されていた。

「これから、どうするつもりだ」

「まずは、葛原の弟の唐次郎だな。任意で話を聞くで、今日、村に捜査に入ってる連中が同行してくるべ」

「問題は、阿佐勘司の方か……」

「うんだな。一年前、葛原直蔵が死んだ頃にも村の近くで見た者があるっちゅう話だしな……」

佐々木は、話しながら、有里子の様子を気にしている。神山は、佐々木の意図が読めてきた。この男は、やはり見かけによらず狡猾だ。神山との話を聞かせて様子を見るために、有里子をここに呼んだのだろう。

だが、確かに佐々木の狙いは的を射ている。有里子と阿佐勘司は、仮にも夫婦だ。常識的に考えて、もし勘司がどこかに潜伏しているならば、何らかの方法で有里子に連絡くらいはしてくるはずだ。

「葛原の方がシロだとわかったら、阿佐勘司の方はどうするんだ」

「まあ、指名手配を掛けるしかねえべな……」

それでも有里子は何もいわない。神山と佐々木の二人とは、目を合わそうともしない。まるで他人事のような表情で、窓の外の雪を眺めている。

「ところで、神山さん……」佐々木が続けた。「しなた警察がわかっとらんこと、何か知っとるように思うんだがね。思い当たることでもあったら、教えてもらえんべか……」

佐々木が愛想よく笑った。だが、目は狡猾に鋭く光っている。

知っていることは、いくらでもある。だが問題は、何を佐々木に話すかだ。

しばらく考え、神山がいった。

「もうひとつ、墓を掘ってみる気はあるかい」

佐々木だけでなく、有里子も神山の顔を見た。

「まあ五つ掘るのも六つ掘るのも同じようなもんだで、しっしょねえけどな。いったい、誰の墓を掘りゃあいいんかね」

神山は、有里子に視線を向けた。彼女はまだ、気付いていない。

「五年前、例の四人が殺された事件の直前に阿佐玄右衛門の女房……勘司の母親が死んでるんだ。名前は、ヨシエ。まだ五十代だった。その墓を掘ってみてほしい」

有里子が初めて声を出した。

「なぜ……」

「掘るのはいいが、理由がなければ令状は下りねえべよ。まさかその人も猟銃で撃たれたっていうんじゃ……」

「そうじゃないんだ。一応、病死ということになっている。卒中だ」

「それならどうして……」

佐々木が、神山と有里子を交互に見た。

「念のためだ。もし土葬で、骨髄が残っていれば、ヒ素かトリカブトの毒が検出されるかもしれない。彼女は、毒殺された可能性がある」

有里子が呆然と、神山の顔を見つめていた。

15

一月のこの時期は、日が暮れるのが早い。

四時を過ぎると辺りは急に暗くなりはじめ、それを待っていたかのように雪も一段と強さを増した。

田島の市街地から国道に出ると、路面はすでに凍りはじめていた。ゆっくりとした車の流れに乗り、神山はパジェロミニのステアリングを握り続けた。降りしきる雪の中に、対向車のヘッドライトの光が滲むようにぼやけていた。

「今日は、村に戻れないかもしれませんわね……」

有里子が呟くようにいった。

神山は、黙っていた。だが先程の電光掲示板では、国道四〇〇号線の舟鼻峠が豪雪のために通行止めとなっていた。仕方なく二八九号線を下郷町の方向に走っているが、この分だと栄富から三ツ井の集落を抜ける峠道もだめかもしれない。いずれにしても、戸赤から七ツ尾までの林道は深い雪に埋もれてしまっているだろう。

何もいわない神山に、有里子がいった。

「どこかに、泊まりませんか」

「どこかにって、どこにだ」

神山がステアリングを握りながら考えた。

「この先に、温泉地が二つあります。ひとつは最初に駅で待ち合わせをした、湯野上温泉です。さらに先に行くと、もう少し大きな芦ノ牧（あしのまき）温泉があります……」

神山は、しばらく考えた。これ以上、日没後の大雪の中を運転したくはなかった。

「わかった。湯野上温泉の方にしよう。少しでも近い方がいい」

湯野上温泉に入った頃には、すでに五時半を回っていた。以前、有里子と待ち合わせた駅の案内所に立ち寄り、宿を探した。

正月が明けたばかりの平日ということもあり、宿はどこも空いていた。だがこの時間から食事を用意してほしいという条件を付けると、探すのに少し手間取った。結局、紹介されたのは、『清流館（せいりゅうかん）』という古く小さな旅館だった。今夜は二組の予約が入っていたのだが、この雪でたまたまキャンセルになり、食事が浮いてしまっていたらしい。

料金が安いことが取り得の何の変哲もない旅館だったが、大川ライン沿いに渓谷を一望できる露天風呂からの絶景が有名だと教えられた。夜、この雪の中では、おそらく何も見えないのだろうが。

宿に入り、内湯で体を温めて部屋に戻ると、すでに食事が用意されていた。料理は名物の会津郷土料理だった。最近は食べ飽きているために食指が動かなかったが、この時間に宿に入り何かにありつけるだけでも有難いと思わなくてはならない。

だが、有里子は妙に嬉しそうだった。湯上がりの浴衣を崩して、神山と自分のグラスにビールを注ぐ。それをひと息に呑み干し、料理を口に含むと、何かを思い出したように笑みを浮かべた。

「どうした。妙に楽しそうだな」

神山が料理に箸を伸ばしながら訊いた。

「ちょっと、変なことを考えてたの……」

「何をだ」

料理の中に一品、会津牛の陶板焼が含まれていた。久し振りの牛肉に、救われたような気がした。

「前に、こんなことをいったのを覚えてますか。私、あの村の何もかもが嫌になることがあるって……」

「ああ、覚えてるよ」

「私、あの村に監禁されているのも同じなんです。六年前にお金で買われて嫁に入って、ほとんど村を出たこともなかったの。だからこんな近くの温泉にでも、外泊するなんて今日が初めてなんです……」

「今日はここに、誰も来ない。ゆっくり楽しめばいいさ」

有里子が、こくりと頷く。

「私、もうあの村に帰りたくないな……」

ビールのグラスの泡を見つめながら、有里子がいった。

「帰らなかったら、どこに行くつもりなんだ」

有里子が、視線を向けた。

「お願い……。私と、駆け落ちして……。どこでもいいの。遠くに、私を連れて逃げて……」

神山が、ビールを飲んだ。咽が、いつになく大きく鳴った。

「無理だ。おれにも、生活がある」

有里子が見つめている。神山の表情が変わるのを期待し、それを待つように。だがやがて諦め、ふと力を抜き、笑いを洩らした。

「そうよね。無理よね……。冗談ですよ。ちょっと、いってみただけ……」

自分のグラスにビールを注ぎ、それを呑み干した。

食事を終えて部屋を出ると、神山は長く暗い階段を下りた。吹き上げてくる冷たい風の中に、下駄の音が鳴った。

露天風呂は、大川ラインの断崖の途中にあった。風呂には、誰もいない。手摺から下を眺めると、彼方から川の流れの音が聞こえてきた。

思ったとおり、渓谷の絶景は何も見えなかった。降りしきる雪の先の深淵の闇に、すべてが吸い込まれるように消えていく。

脱衣場で丹前と浴衣を脱ぎ、湯に体を沈めた。体に沁みるほどの湯加減が心地好い。白熱電球の光の中に舞う雪をぼんやりと眺めた。周囲の岩の上に積もる厚い雪の綿帽子が、いまにも崩れ落ちそうに湯の上に迫り出している。

しばらくすると、また下駄の鳴る音が聞こえてきた。有里子だった。

有里子は脱衣所で浴衣を脱ぎ落とすと、自分の体の美しさを見せつけるように雪の中に立った。そしてゆっくりとした足取りで湯に入ってきた。

「先程は申し訳ありませんでした……」

そういって神山の腕の中に、静かに体を沈めた。

「何がだ」

「変なことをいったからです……」

神山は、何も答えなかった。渓から吹き上げてきた雪が、湯気の中に舞った。雪は有里子の肌の上に落ち、幻のように溶けて消えていく。

しばらくして、有里子がいった。

「どうして、義母が殺されたと思ったんですか」

神山は、しばらく考えた。湯で顔の汗を拭った。

「五年前に、四人の人間が殺された。同じ村で、数日前に人が死んでいるとすれば……二つを関連付けて考えた方が自然だ」

「毒殺というのは……」

有里子の声は、いつものように冷静だった。

「亡くなる前の症状だよ。お義母さんは、亡くなる半年くらい前から体調を崩していたといっただろう」

「ええ……」

「血圧が不安定になって目眩を起こしたり、下痢や嘔吐を繰り返すというのはヒ素やトリカブトの毒の特有の症状だ……」

だが、と思う。もし阿佐ヨシエを殺すとすれば、誰なのか。まず第一に考えられるのは、亭主の玄右衛門だ。

神山が訊いた。

「お義母さんに高額の生命保険が掛けられていたというような話を耳にしたことはないか」

有里子が振り向き、不思議そうに神山を見上げた。

「そのようなことはないと思います。私が嫁に来た六年前にはすでに阿佐の家は裕福でしたし、母が亡くなる前にいまのメルセデスも新車で買いましたから……」

有里子が、神山の考えを察したようにいった。

確かに保険金殺人という発想は、あまりにも短絡的だ。もしそれが事実だとしても、他の事件との関連がまったく見えてこない。

神山は、他の可能性を考えた。一般論でいえば、〝毒殺〟は女が人を殺す時に用いる手段だとされている。その理論に当てはめて考えてみれば、ある程度までは犯人を絞り込めるかもしれない。

現在、七ツ尾村に住む女は、有里子を含んで八人。さらに五年前にヨシエが亡くなった時点では阿佐勝正と椎葉吾助の妻も生きていたので、計一〇人。その中で明らかに外してもよいのは当時一二歳だった加奈子と、一日じゅう昔語りを口ずさみながら〝からむし〟を織り続けているという老婆だろうか。

さらに、有里子も外していい。義母が殺された可能性を聞かされた時の驚いた顔は、とても演技とは思えなかった。そうなると残りは死んだ小松の妻のカネミ、椎葉浩政の妻の里子、久喜雄の妻の美代子に葛原唐次郎の妻。さらに死んだ阿佐菊代に椎葉ミツと蛭谷の妻の計七人に絞られる。村の女たちは賄いの手伝いなどで日常的に阿佐の家に出入りしているので、もし玄右衛門の妻の死が毒殺だとすれば、その全員に機会があったことになる——。

「一年前に亡くなった葛原直蔵さんには、奥さんがいたのか」

「君子さんといいました。直蔵さんが死んだ後に村を引き払い、いまは昭和村の親類の家に身を寄せていると聞いています」

元来は葛原直蔵の件で仕事を依頼されたはずなのに、その女房すら紹介されていないというのもおかしな話だ。

「弟の葛原唐次郎の女房というのは……」

「正子さんといいます。神山さんが最初に七ツ尾村に来た夜に、阿佐の家で会っているはずですが……」

そうだったろうか。顔と名前が一致しない。いずれにしても村の人間関係は、人数の割にあまりにも複雑だ。

「明日、もし雪が収まったら村への帰りに昭和村に回ってみないか」

「いいですけど、なぜ?」

「葛原直蔵の奥さんに会ってみたい」

「わかりました。明日、村に電話して誰かに住所を訊いてみます。それより……」

有里子は神山の腕の中で、体をこちらに向けた。

「どうしたんだ」

「せっかく、二人きりになれたんだから、もう少し楽しみましょうよ」

有里子が神山の頭を引き寄せ、唇を重ねた。

第三章　武者首峠（むしゃくびとうげ）

1

夜明け前に、雪は上がった。

窓の外の雪景色は、眩(まばゆ)いほどに晴れていた。

山の稜線(りょうせん)の上の空には、糸を引くように薄い雲が流れている。

いまの季節、雪国の会津でこのように青く抜ける空を見られるのは珍らしい。

朝食を終えて、早目に宿を出た。国道の路面は、もう雪が溶けはじめていた。途中の電光掲示板にも、この先に通行規制の情報は出ていない。

会津西街道から田島で右に折れ、国道四〇〇号線を舟鼻峠へと登っていく。途中で、長いトンネルを抜けた。道が狭くなり、交通量が少なくなると、また路面は圧雪路へと変わった。

周囲には、除雪車が積み上げた高い雪の壁が聳(そび)えている。道はその間を縫(ぬ)うように、曲がりくねりながら進んでいく。長い下りは、まるでボブスレイのコースのようだ。この険しい道の先に村や町があるといわれても、実感がわかない。

死んだ葛原直蔵の妻の君子には、朝のうちに連絡を取っておいた。有里子が電話を入れると、君子は最初驚いていたようだ。だが、しばらく考えて「会う……」といったらしい。おそらく君子も、亭主の死について何かを知りたいに違いない。

「直蔵の女房は、なぜ村を出たのかな……」

神山が雪道を見つめながら、独り言のようにいった。

「わかりません……」

「何か理由を聞いていないのか」

答える前に、有里子が大きく息を吸った。

「私は、何も。でも君子さんも村の外からの嫁だったと聞いたことはあります。それに、まだ若かったたし。君子さんは〝美人〟だったから……」

〝美人〟というひと言に、何か意味深長な響きを感じた。だが神山は、それ以上は訊かなかった。

かなり長い時間、走り続けたような気がした。海抜九七〇メートルの舟鼻峠を越えてしばらく下ると、深い雪に埋もれるような村の風景が広がった。

大沼郡昭和村は、からむし織の里として知られる伝統工芸の村である。村には村役場や工芸博物館だけでなく、ガソリンスタンドや一般商店、小学校、診療所などの生活環境が整備されている。村とはいっても、七ツ尾村とは比べものにならないほど広く、規模の大きな集落だ。

「七ツ尾村のからむしも、この昭和村から伝わったものなんです……」

有里子が呟(つぶや)くようにいった。

葛原君子の家は、すぐにわかった。村役場の商工課に寄って訊くと、対応に出た素朴な若者が地図を広げて丁寧に教えてくれた。この村で君子は、「牧野茂(まきのしげる)さんとこの姪御(めいご)さん……」と認識されているらしい。

牧野の家は、村の外れにあるごく普通の農家だった。特に裕福そうには見えなかったが、広い敷地と田畑があり、母屋(おもや)から離れた場所に白い小さな新築の家が建っていた。君子はその家で、一人暮らしをしていた。

君子は最初、神山を警戒していた。有里子には笑顔を向けたが、神山の方を見ようとはしなかった。

だが神山は、有里子が君子を「美人だった……」といった意味が理解できた。年齢は、四〇を少し過ぎているだろうか。〝美人〟というよりも、むしろ男好きのするタイプの女だった。

家に上がり、六畳の和室に通された。炬燵(こたつ)に入り、出されたコーヒーを飲みながら、神山は部屋の中を見渡した。家だけでなく、リビングボードやテレビなどの家具もすべて真新しい。

「いい家ですね。まだ新築の青畳の匂いがする」

神山がいった。

「お父うの生命保険が少しばかり入ったもんで、伯父から土地を分けてもらって去年の秋に建てたんだすべ……」

君子が神山を見て、初めて笑った。

昭和村で生まれ、二二で七ツ尾村に嫁に行った君子は他の土地を知らない。一年前に亭主を亡くし、一人で暮らすことになっても、知らない土地に行くことはまったく考えなかったという。

「それで、今日はまた何なんだべ」

君子が有里子に訊いた。

「この神山さんは、探偵さんなんです。いま村に来て、亡くなった直蔵さんのことなんかをいろいろと調べてもらってるの……」

有里子が神山を紹介し、簡単に事情を説明した。だが君子は、それでも納得がいかない様子だった。有里子と神山の様子を交互に窺いながら、不安そうに手元のコーヒーカップに視線を落とす。

「そんじゃあお父うが撃たれて死んだことは、神山さんはもう知ってんのけ？」

君子が有里子に確認する。有里子が、頷く。

「葛原さん、そういうわけなんです。これから私が訊くことに、答えてもらえませんか」

「〝本家〟の有里子さんがええというなら、私はかまわねぇけども……」

そういってまた、有里子の方を窺った。

「君子さん。すべて話してあげてください。何も隠さなくてもいいの」

君子が、頷く。

「まず、一年前の事件のことを確認させてください。覚えていることは、何でも」

神山が訊いた。

「そんだなぁ……」

君子が記憶を辿るように、小さな声で話しはじめた。

葛原直蔵が死んだのは、一年前の一月一二日だった。その前日の一一日、突然、弟の葛原唐次郎が家に訪ねてきた。どこか徒ならぬ様子だったという。何か深刻な話があるようなので、君子は茶と茶請けだけを囲炉裏端に出して自室に引っ込んだ。七ツ尾村の男たちは、女——特に外部からきた嫁——には複雑な事情は何も話さない。

君子は繕い物をしながら、それとなく耳を欹てていた。二人は声を潜めながら、かなり長いこと話し込んでいた。会話はほとんど聞き取れなかったが、時折、阿佐勘司の名前が出てきたことは覚えている。

話しながら君子は時折、有里子の顔色を窺う。それも当然だろう。勘司については、妻の有里子の前で話しやすいわけがない。

一時間ほど話して、唐次郎が帰っていった。その直後に、直蔵は猟銃を出してきて猟の支度を始めた。君子は特に理由を訊かなかったが、直蔵の方から「明日、熊を撃ちに行く……」といった。

神山が訊いた。

「直蔵さんは、猟犬のカイだけを連れて一人で熊猟に行ったらしいですね」

だが君子は、しばらく考える様子を見せた。

「村の人からはそう聞いてたども……」

「違うんですか」

「わがんねえ。でも前の晩にお父うは、昼の弁当を三人前用意してくれって……」

神山は、有里子を見た。有里子も驚いたような表情で話を聞いている。

翌朝、まだ日が昇る前に直蔵は家を出ていった。君子はいわれたとおり前の晩に弁当を作り、その時間にはまだ蒲団の中にいた。だから直蔵が本当に一人で出ていったのか、もしくは他の村の男たちと一緒だったのかは確認していない。だが目が覚めて庭に出ると、猟犬のカイと軽トラックが見えなかった。

普通、猟に出ても、直蔵は午後の日が高い時間には戻ってくる。もしくは〝小屋掛け〟の泊まりの猟の時には、出る前にそう告げていく。ところが夜になっても、直蔵は家に帰らなかった。

君子は最初、それほど心配はしていなかった。弁当を三人分用意していたので、それが泊まりの分かもしれないと思っていた。ところが一人で夕食を食べ終えた頃に、弟の唐次郎と小松吉郎の二人が家に訪ねてきた。「直蔵はいるか」と訊くので「熊猟に出たまま帰らない」というと、村が大騒ぎになった。

以後の君子の話は、それまで神山が聞いていたことと変わらなかった。翌朝、村の男たちが集まって周囲の山々を捜索した。二日後、山の中で村人が猟犬のカイに出会い、立岩山の裏あたりの沢で雪に埋もれた直蔵の遺体が発見された。

君子は話しながら、時折涙を拭(ぬぐ)った。当時のことを思い出したのだろう。

「御主人は猟銃で撃たれていたそうですね」

神山が、単刀直入に訊いた。君子が、有里子の顔色を見る。

「そうだげんじょも……」

「誰が、御主人を殺したんでしょうね」

君子がまた有里子の顔色を窺う。だが、有里子がいった。

「思っていることを、全部話していいのよ」

君子が大きく息を吐き、また話しだした。

「村の人は、勘司さんが戻ってきてやったんだと……。でも親がっつぁまは、そんなことねえ、他から来た猟師に事故で撃たれたんだと……」

「君子さんは、どう思いますか」

君子は少し考え、いった。

「勘司さんではねえと思います……」

「なぜですか」

「なぜって……。うちのお父うは、勘司さんと仲が良かったから……」

やはり話は直接聞いてみなくてはわからない。死んだ直蔵と勘司は歳が近く、同じ長男ということもあって、村の中でも特に懇意(こんい)にしていたらしい。

神山はそこで、話を変えた。

「ところで君子さんは、阿佐の御本家に賄(まかな)いの手伝いで出入りはしていたんですか」

君子と有里子が顔を見合わせ、不思議そうに首を傾げた。

「おらは、本家の炊き事（食事の支度）には行がねえよ」

「そうなんですか。本家の賄いは、他の家の奥様方が交替で手伝っているのだと思ってたんですが……」

神山がいうと、二人が笑った。

「そうじゃねえんです。親がっつぁまの家の炊き事を手伝うのは、村の内嫁だけなんだべ。おらみてえな外嫁は、女子居候(おなごいそうろう)（女中）には呼ばれんねぇだよ」

神山が、有里子に助けを求めた。

「どういうことだ？」

「内嫁とか外嫁とかいうのは、あの村の独特ないい方なんです。七ツ尾村の血縁者の嫁が〝内嫁〟で、私や君子さん、亡くなった義母のように外部から嫁に来た者が〝外嫁〟で……」

「なぜ、内嫁だけなんだ」

「わかりませんけど、昔から……」

有里子はそこまでいいかけて、何かに気付いたように言葉を呑み込んだ。

そういうことだ。五年前に死んだ椎葉吾助の妻のミツ。阿佐勝正の妻の菊代。小松吉郎の妻のカネミ。椎葉浩政の妻の里子。そして阿佐久喜雄の妻の美代子。この中で阿佐玄右衛門の妻のヨシエを毒殺した可能性があるのは、嫁の有里子を除いてはその五人の誰かという可能性が高い。

三時間ほど話し込み、神山と有里子は君子の家を出た。午後になると、また雲行きが怪しくなってきた。雪が降りはじめる前に、七ツ尾村に戻らなくてはならない。

パジェロミニのステアリングを握りながら、神山がぼそりといった。

「奇妙だよな……」

「何がですか？」

有里子が訊く。

「葛原君子のあの家さ。四〇になる未亡人が一人で住むには、立派すぎる」

二階に部屋がいくつあるのかはわからないが、少なくともダイニングを除いて四部屋。延べ床面積は少なく見ても一〇〇平方メートルはありそうだ。

「そうですか。でも、生命保険が入ったとおっしゃってたから……」

「わからないのか。彼女は嘘をついている」

「どうしてですか」

「葛原直蔵は猟銃で撃たれて死んだんだろう。それを警察に届けずに、そのまま土葬してしまった」

「そうですけど……」

「つまり、死亡診断書も取っていなかった。火葬許可証も埋葬許可証も受理されていない。それなのになぜ、生命保険の保険金が支払われたんだ。有り得ないだろう」

「あっ……」

七ツ尾村の人間は皆、嘘つきだ。尾だけではなく、舌も七枚あるに違いない。

2

村は暗澹(あんたん)としていた。

警察は引き上げ、またいつもの重い静寂(せいじゃく)が村を包み込んでいた。

神山と有里子が二人で歩いていても、誰も何もいわない。もし目が合ってしまえば、ただ頭を下げるだけだ。二人が愛人関係にあることは、いつの間にか暗黙の了解になっているようだった。

阿佐の家に戻ると、すでに夕食が用意されていた。いつもの囲炉裏端の食卓に三人分の料理が並んでいた。神山と有里子、玄右衛門の分だ。どうやら弁護士の先生は町に帰ったらしい。

今日の〝炊き事〟を誰がやったのかはわからない。毒を盛られていないことを祈るだけだ。

三人で会話のない——それでいて無言で腹を探り合うような——食事を終え、神山は部屋に戻った。しばらくするといつものように有里子が入ってきて、火鉢に炭を足し、寝支度を整える。それを待つ間に神山は廊下に出て、縁側の木戸を開けた。いつの間にか、音もなく、また雪が降りはじめていた。

グラスに新雪を詰め、部屋に戻った。ボウモアを注ぎ、山と森の香りと共に口に含む。久し振りにラッキーストライクに火を付け、その煙を眺めながら考える。

村は、何も変わらない。いや、変わろうとしていない、変わりたくないからこそ、その問題を排除するために神山を雇ったのだ。そう思えてならない。だが、どこかで奴らの計算が狂いはじめている。その焦りが見えはじめている。いずれ奴らは、ぼろを出す。

問題を解決する方法はひとつだ。奴らが変わる気がないのなら、こちらがやり方を変えるだけだ。

「何を考えてるんですか」

有里子が腕の中に身を寄せ、神山の手の中のグラスを引き寄せてウイスキーを口に含む。

「この村には、村人は何人いるんだ」

神山が訊くと、有里子が指を折りながら数える。

「男が六人に、女が八人。合計、一四人。蛭谷さんの夫婦を加えると、一六人。それに主人の勘司を加えると……」

「何人かは、話をした。明日から、残った全員から話を聞く」

有里子が、振り返った。

「お祖母様（ばば）からもですか」

例の、からむしを織る玄右衛門の母親という老婆のことだ。神山はまだ、その姿を一度も見ていない。

神山を見つめる有里子の表情が、明らかに困惑している。

「何かまずいことでもあるのか」

「別に……」

「それなら、セッティングしてくれ」

有里子が神山を見つめたまま、小さく頷いた。

翌日から神山は、片っ端から村人を訪ねた。

むしろ、遅かったくらいだ。会いたくないという奴がいても、首根っこを押さえつけてでも話を聞いてやる。最初からそうしていればよかったのだ。

神山は、最初に椎葉浩政の家を訪ねた。五年前に猟銃で惨殺された椎葉吾助の弟だ。以前、最初に顔を合わせた酒宴の席で、この男だけは照れたように笑っていたことを覚えている。その後も何度か顔を合わせたが、常に態度は柔軟だった。

神山が有里子と共に不意に家を訪ねても、やはり愛想はよかった。そういう性格なのだろう。ちょうど庭で雪掻きをしているところで、何の懸念もなく家の中に招き入れられた。

家には女房の里子もいた。阿佐玄右衛門と久喜雄の兄弟の末の妹だと聞いているが、歳も離れているし顔もあまり似ていない。それに亭主のように愛想もいい。

「いやあ、いつ神山さんがいらっしゃるべかと、待ってたんですよ」

神山が何かを訊くまでもなく、椎葉は女房に用意させた茶をすすりながら機嫌よく話しだした。

話をする内に、いろいろなことがわかってきた。椎葉は長い間、下郷町の湯野上温泉に住んでいた。一〇年程前に父親が亡くなり、それを機に七ツ尾村に戻ったが、いまも住民票は湯野上の方にある。以前は温泉旅館で番頭として働いていたせいか、言葉の訛もあまり強くない。

「いやあ……。もう神山さんも知ってんでしょ。五年前に兄貴の吾助夫婦があんなことになっちまって。この村に住む椎葉の一家も、とうとううちら二人だけになっちまったしね……」

椎葉は、特に警戒する様子もない。

「お兄さんの件は誰が殺ったのか、心当たりはないんですか」

神山が訊いた。

「さてな……。死んだ小松の爺さんは阿佐の勘司さんだといっとったけど……」さすがに椎葉は、有里子の顔色を見た。「しかしあの大人しい人が、そんなことするわけねえべよ」

屈託なく話し、女房にも同意を求める。

葛原君子と同じだ。それが真意かどうかは別としても、なぜか勘司が犯人である可能性を申し合わせたように否定した。

「すると、誰がやったんでしょうね」神山は、あえて核心を突いた。「あの事件では、散弾銃が使われた。しかしこの村で散弾銃を持っていたのは、五年前にいなくなった阿佐勘司と葛原唐次郎さん……二人だけのはずですよね」

だが椎葉は、苦笑いしながら白髪まじりの頭を掻いた。

「そうなんだよ。それでまいってんだ。警察も唐次郎さんを疑ってるみてえで、昨日だったか……調べんだとかいって鉄砲もっていかれちまったらしい……」

警察も、やるべきことはやっているようだ。

「一年前に亡くなっていた葛原さんのお兄さんも、散弾で撃たれていたらしいですね。唐次郎さんが疑われるのは仕方ないな」

隣の有里子が、驚いたように神山を見た。だが椎葉は、それでも笑っている。

「まあ、そういわれてもしょうがねえ。でもなあ。この辺りの村には、散弾銃とか古い猟銃なんていくらでもあるからなあ……」

「そういえば、亡くなった吾助さんの墓からも村田銃が一丁、出ましたよね」

椎葉はあの時、警察が墓を掘るのに立ち会っていた。

「うんだよ。あれはうちの親父が持ってた銃で、死んだ兄貴が隠してたんだべ。他にも小松の爺さんも持ってたはずだし、阿佐の親がっつぁまだって戊辰戦争の時のゲベール銃を持ってるべ。撃てっかどうかは知んねえけども。それにこの辺りの山には町のハンターが入ることもあるし、いまさら誰がやったかどうかなんて知れねえべよ……」

確かに、椎葉のいうことにも一理ある。だが五年前の四人惨殺事件の時には、少なくとも散弾の連発銃が使われているはずだ。

神山は、話題を変えた。

「カイという猟犬を知ってますよね」

「ああ、知ってんよ。死んだ葛原さんが飼っていた犬っこだべ。いまは蛭谷のとこにいる……」

「あの犬を、殺せとかいうような話があったそうですね。誰がそんなことをいったんですか」

神山が訊くと、椎葉はそこで初めて考えるような素振りを見せた。

「確か、そんな話はあったな。だけんど女房の君子も村を出るし、鉄砲で撃たれてひどい怪我してたんで、殺してやった方がいいっていうような話だったと思うんだべが……」

「一人は、小松の爺さんだべ」

女房の里子が、口を出した。

「そうだ。一人は小松だった。もう一人は、確か葛原唐次郎じゃなかったべか……」

唐次郎は、死んだ葛原直蔵の弟だ。自分の兄が飼っていた犬を殺せというのも、奇妙な話だ。

話好きな椎葉の夫婦に摑まって、つい長居をした。村では誰と誰が仲がいいとか、誰と誰が仲が悪いとか、どの亭主とどの女房が出来ていたとかそんな相関図まで聞かされるはめになった。

最後に神山は、女房の里子に訊いた。

「この村では、阿佐の本家に他の家の奥さん方が賄いを手伝うみたいですね」

「うんだ、おらもやるよ。まあ、おらはあの家の妹だし。そういう決まりだから……」

「他には、どなたが」

「小松さんとこのカネミさんとか……久喜雄さんとこの美代子さんとか……正子さんとか……」

里子が考えながら、名前を挙げていく。

「五年前、本家の奥さんが亡くなりましたね。ヨシエさんです。その頃に、誰がよく本家の賄いに出ていたか、覚えていませんか」

「さて、なあ……。おらもよく行ってたけど、あとは亡くなった吾助義兄さんのとこのミツさんだったべか……」

里子は、それ以上は覚えていなかった。

神山は有里子と共に椎葉の家を出た。ダウンのポケットから、手帳を出す。中に、昨夜作っておいた村人の名簿がある。失踪している勘司と昭和村に住む君子を入れて、計一七人。その中からすでに阿佐玄右衛門、有里子、蛭谷とその妻、加奈子、そして村を出た君子の名前を消してある。

そしていま、椎葉浩政とその妻の里子の名前も消した。

残り、九人——。

3

葛原唐次郎は、やはり一筋縄ではいかなかった。

有里子と共に家を訪ねると、最初は妻の正子が顔を出した。東北の寒村ならばどこにでもいそうな地味な女で、それまで神山は顔と名前が一致していなかった。だが、確かに見覚えがあった。

正子は神山を見ると、無言で家の中に戻り亭主の唐次郎を呼んできた。

「うぬ、何だん」

鋭い目で神山を睨めつけながら、短くいった。

「神山さんが、お話を伺いたいそうなんです……」

有里子が、頭を下げる。

唐次郎はしばらく黙っていたが、やがて諦めたようにいった。

「上がっせい。一服しらんしょ」

囲炉裏端に通されたが、やはり話すような雰囲気ではなかった。唐次郎は濃い茶をすすりながら、短く切ったゴールデンバットをキセルでふかし続けている。

話の切っ掛けを摑むために、神山は貴重なラッキーストライクを差し出した。もう、一〇本程しか残っていない。唐次郎は無言で箱の中から一本抜き、それを胸のポケットに仕舞った。だが、その時かすかに、口元がほころんだように見えた。

神山は、唐次郎に訊くことを二つに絞り込むことにした。

「最初に村の集まりの席でお会いした時、葛原さんは私に〝阿波（徳島県）〟の出身かと、確かそのようなことを訊きましたね。それで、この村に〝よう来しゃった〟といってお酌をしてくださった……」

「そうでらったがし……」

相変わらず黙々とタバコをふかす。

「もしかしたらそれは、戊辰戦争の阿波沖海戦に関わることですか」

唐次郎の様子に、変化はない。想定の範囲内だ。神山は、続けた。

「それとも私が、〝平家〟に縁の者だと思ったのですか」

〝平家〟と聞いて、唐次郎の表情に明らかな変化があった。唐次郎はキセルの灰を落とし、また新しいタバコを詰めた。

「したがら、何だ。そんつらこと、知らん……」

かすかに、狼狽の色が見えた。有里子も驚いたような表情で、神山を見つめている。

まあいいだろう。神山は話の矛先を変えた。

「亡くなったお兄さんがカイという猟犬を飼っていましたね。白い会津犬です」

神山がいうと、唐次郎にまた小さな変化があった。眉が、ぴくりと動く。

「したがら、どうした」

「いま、蛭谷さんが飼ってますね。お兄さんの犬なのに、なぜあなたが引き取らなかったんですか」

「犬っこは、嫌いだ」

怒ったような、強い口調だった。

「それでですか。小松さんとあなたが、怪我をしているカイを殺せといったらしいですね」

「おんじねぇ（おれじゃない）。あの犬っこを殺せちゅうたのは、おんじねぇよ」

「では、誰なんです。カイを殺せといったのは」

「阿佐の久喜雄だ。みんな知っとるべ……」

唐次郎が、神山を睨みつける。久喜雄の名前が出てきたのは、これが初めてだった。

次に神山は、女房の正子に話を振った。

「奥さんは、この村の生まれなんですか」

正子は亭主の顔色を窺い、小さな声で答えた。

「うんだよ。おら、小松の娘だから……」

そうだったのか。いわれてみれば、先日亡くなった小松吉郎の面影がある。

「それならば正子さんも、阿佐の本家の賄いを手伝うわけですよね」

「うんだ……」

「それならば、思い出してもらえませんか。五年前の、冬です。阿佐の当主の奥様が亡くなられた時、主に村の誰があの家の炊き事をやっていたんですか」

「おら……」正子は一瞬、息を詰まらせるように言葉を止めた。「おらは、知んねえ。おら、何もやってねえよ……」

神山と有里子は、追われるように葛原の家を出た。歩きながら神山はポケットから村人の名簿を出し、唐次郎と正子の名を消した。

残り、七人——。

「何も訊き出せませんでしたね」

有里子が気遣うようにいった。

「いや、そうでもないさ」

葛原の夫婦は頑(かたくな)に何も話さなかったが、むしろいろいろなことを教えてくれた。

「でも、〝平家〟っていったい何のことなんですか」

「この村の謂れを、知らないのか」

「私は、何も……。外部からの嫁は、何も教えてもらえないんです……」

そうなのかもしれない。ここ数年来の、何件かの殺人事件だけではない。この村には、外部の者にはけっして話すことのできない秘密があるのだ。その秘密を守り、隠し通すために、彼らはこの村に住み続けている。

「いずれ、教える」

神山は歩きながら、雪の舞う暗い空を見上げた。

4

死んだ小松吉郎の妻のカネミは、すでに村を出ていた。

カネミには息子が二人と、娘が一人いる。三人共すでに会津若松市や郡山市で所帯を持っている。年末に小松の葬式を出した後、カネミは郡山市に住む長男の家に身を寄せたらしい。

神山は、人の気配のなくなった小松の家を見上げた。すでに何年も前から廃屋であったかのように、家は寂(さび)れていた。

だが、小松の遺体が川の対岸の神社で発見されてからまだ三週間ほどしか経っていない。あの日、手斧で頭を割られた亭主の亡骸(なきがら)にすがりつき、狂ったように泣くカネミの姿が脳裏を過る。

カネミは、もう七〇を過ぎているはずだ。頼る息子がいるのなら、あえてこの村に残ることもない。

またひとつ、七ツ尾村から小松という家系が消えた。残るのは阿佐、椎葉、葛原の三つの姓だけだ。

だが神山は、名簿から小松カネミの名を消さなかった。いつの日かまた、彼女に話を聞くことがあるかもしれない。

一度、阿佐の家に戻った。広い囲炉裏端には、誰もいない。炭を足し、干し芋を焙りながら茶を淹れる。その間に有里子が裏の久喜雄の家に都合を訊きにいった。

しばらくして、戻ってきた。

「今日は久喜雄さん、いらっしゃらないみたいです……」

「どこに行ったんだ」

「わかりません。美代子さんはいるんですけど。午後になって、お義父様と清次郎さんと三人で出掛けたそうです。今日は、帰らないといっていたみたいです……」

そういわれてみると家に戻った時に、庭であのメルセデスを見た覚えがなかった。野末という弁護士に会いにいったのか。もしくは、警察か。いずれにしても、町に下りたことは確かだ。

「どうしますか」有里子がいった。「美代子さんに先に話を訊きますか」

神山は、考えた。本命は、亭主の久喜雄の方だ。女房の方と先に話をするのはまずいかもしれない。

「息子の、信人君はいるのか」

「はい、いると思います。今日は清次郎さんがいないので、お風呂を焚いてくれていると思います……」

外に出ると、もう夜の帳が辺りを包みはじめていた。

裏庭に回ると、風呂の焚き竈の中に赤々と燃える炎が見えた。軒下に信人が背を向けて座っていた。

根雪の表面に粉雪が薄く積もり、足音を消してくれた。歩み寄る神山に、信人は気付かない。細い背中を丸めながら、竈に薪を焼べている。神山は背後に立ち、声を掛けた。

「信人君だったね」

驚いたように、信人が振り返った。まだ表情にあどけなさが残る。神山は脇に積まれた薪の上に腰を降ろし、竈の炎に手をかざしながら話を続けた。

「少し、話してもいいかな」

だが信人は、何もいわない。ただ黙って薪を竈に焼べる。神山も、何から話しはじめていいのかわからなかった。

「こんな山奥で暮らしていて、退屈だろう」

「うん……」

信人が初めて小さな声を出し、頷いた。

「いつか、村を出る気はないのか」

「わかんねえ……」

信人が薪を切り株の上に置き、鉈を使って二つに割った。

「蛭谷さんとこの、加奈子ちゃんと付き合ってるんだってね」

その問いには、何も答えなかった。

神山はポケットからラッキーストライクの箱を出し、信人に差し向けた。一本取り、信人がかすかに笑った。自分でも一本銜え、薪の燃えさしで火を付ける。あと、七本しか残っていない。

「ひとつ、訊いてもいいかな」

「何？」

タバコの煙が、距離を保つように二人の間に流れた。

「君は、本当は椎葉吾助さんの息子だったんだってね」

「そうだよ」

特に迷うこともなく、そう答えた。

「大変だったね」

「そうでもねぇよ。おれは、小学校の時から会津美里町の親戚の家に預けられてたからよ。この村には、学校がねえから……」

信人の顔が、竈の炎で赤く染まっている。

「いつまで、美里町にいたんだ」

「高校出るまでだ。二年前に、この村さ戻ってきたんだ……」

そういうことか。

「それじゃあ、五年前の〝事件〟の時には……」

「おれは、中学に行ってたんだ。村には居ねがったから」

神山が〝事件〟という言葉を使っても、信人は否定しなかった。

「何も知らなかったのか」

「高校の受験で、大変だったから。もう何年も村には帰ってなくて、春休みに久し振りに戻った時にお父うとお母あが死んだって聞かされたんだ。あぁだどごととは、知らなかったけど……」

つまり七ツ尾村の村人は、中学生の実の息子にまで両親の死を何カ月も隠していたということか。

「なぜ、村に帰ってきたんだ。親戚がいるなら、美里町の方に残ればよかったじゃないか」

「なぜって、親がっつぁまに村に戻れっていわれたからよ……。この村の男には、やらねばなんねえことがあんだよ……」

「やらねばなんねえこと？」

「外の者には、わからねえよ。いろいろあんだよ」

信人がそういって、根元まで吸ったタバコを竈の炎の中に投げ入れた。

「また、村を出る気はないのか」

この若者が、一生をこの村で暮らして終えるとは思えなかった。

「さてな……どうすべか……」

「加奈子と結婚したら、二人でこの村を出ればいいじゃないか」

神山がいうと、信人が不思議そうな顔をした。

「なしてだ。村を出んなら、加奈子を嫁にもらう必要はねえべ」

信人は立って体を伸ばすと、裏の自分の家の方に歩き去った。

神山はしばらく、竈の中の炎を見つめていた。ふと思い出し、ポケットの中の名簿から信人の名を消した。

残り、六人——。

5

この日は誰も賄いにこなかった。

当主の玄右衛門が留守にしているせいだろう。

有里子が夕食の支度をし、二人だけで食べた。何の変哲もない惣菜(そうざい)だったが、味付けがいつもと違う。味の濃い会津料理に飽きていたからか、関西風の薄味が妙に新鮮で食が進む。

「ほっとするわ……」凍(し)み豆腐の白出しの煮物を食べ、有里子が満足そうに微笑(ほほえ)む。「実は私、この村の濃い味付けの料理があまり得意ではないんです。でもお義父様は私の料理は食べてくれないし。こんな時でもないと、好きな物を作れないの。神山さんは、どうですか」

神山はビールを飲み、やはり薄味の出し巻き玉子を口に放り込んだ。

「おれもだよ。母親が元々、関西の人らしくてね。子供の頃、白河に移り住む前は薄味で育ったんだ」

だが、神山は料理を味わいながら、自分の言葉に奇妙な違和感を覚えた。七ツ尾村は、平家の落人(おちうど)の村だ。平家は元来、関西の家系だ。何代にもわたり異郷の山奥で暮らしていれば、言葉が土着の方言に移り変わっていくことは理解できる。だが、生活の基本である食文化まで完全に変化してしまうことなど有り得るのだろうか……。

「どうしたんですか」

有里子が訊いた。

「いや、何でもない……」

「ところで、信人君はどうでした。何かわかりましたか」

神山はそう訊かれて、思わず首を傾げた。

「最初は暗い印象があったけど、話してみると意外に素直だったな」

「可哀そうな子なんです。小さい時から親類の家に預けられて、御両親を殺されて。それに、死に目にも会えなかったし……」

確かに、そうだ。だが、不思議なことに、信人は死んだ両親のことをそれほど悔やんでいる様子はなかった。ただ単に幼少の頃から別れて暮らしていたので、愛着が薄いだけなのか……。

「そういえば信人が、奇妙なことをいっていたな」

「何ですか」

有里子が神山のグラスに、ビールを注ぐ。

「七ツ尾村に帰ったのは、玄右衛門に戻れといわれたからだと。この村の男には、やらねばならないことがあるんだと……」

瓶の先がグラスの縁に当たり、ビールが少しこぼれて神山の浴衣が濡れた。

「あ、すみません……」

有里子が瓶を置き、慌てて台布巾に手を伸ばす。

「心当たりはないか。この村の男は、何をやらねばならないのか……」

「私は、何も……」有里子が神山の浴衣を拭いながらいった。「この村も人が少なくなっているので、家督を絶やしてはいけないということではないでしょうか……」

いや、そんなことではないはずだ。信人のいう〝村の男のやらねばならないこと〟が、すべての殺人事件の起因であるような気がしてならない……。

有里子が一度、台所に立ち、台布巾を絞りなおして戻ってきた。そしていった。

「ところで今夜は、絶好の機会かもしれませんわね」

「何がだ」

「お義父様はお留守で、清次郎さんもいない。今夜は私とあなたの、二人だけ……」

「それがどうしたんだ」

有里子が神山の脇に身を寄せた。

「お祖母様にお会いになりたいのでしょう。お義父様がいたら、絶対にお許しになりません。だから明日の朝、早くに……」

神山は、老婆の昔語りの声を思い出した。ほぼ毎朝、機織りの音と共に歌うような声が聞こえはじめる。だが、その姿は一度も見ていない。

「わかった。そうしよう」

「それまで、どうやって過ごしましょうか」

有里子が秘めやかに笑った。


囲炉裏端に蒲団を敷き、赤く燃える薪の熾火を見つめながら眠った。

有里子の体がいつ腕の中から消えたのか、神山は時間を覚えていない。だが、次に体を揺すられた時には、どこかで一番鶏が鳴きはじめていた。

「神山さん、起きてください。朝ですよ」

目を開けると、和服を着た有里子が枕元にいた。

「……いま……何時だ……」

「まだ、五時前です。お祖母様は、もう起きていらっしゃいます」

窓の外は、まだ暗い。だがどこからか、老婆の昔語りの声が聞こえてきた。


……あったあどな……。

昔……〇〇様が……あったあどな……。

○○の峠に……七人の○○様が……あったあどな……。

神山は蒲団から出ると、有里子が用意した作務衣と丹前を身に着けた。出奔している亭主の勘司のものらしい。長身の神山には少し小さ目だが、着られないことはない。

「それでは、行きましょう」

有里子は襖を開け、囲炉裏端の部屋を出た。神山の泊まっている〝入りの座敷〟とは逆の方向だ。

懐中電灯を手にした有里子が、暗い廊下の前を歩く。この奥に玄右衛門や有里子の居室があることは知っていたが、まだ一度も足を踏み入れたことはない。両側に、いくつもの部屋の襖や厠の戸が並んでいる。この家は、思っていたよりも広いようだ。廊下はまるで迷路のように、延々と奥へと続いている。

機を織る老婆——玄右衛門や久喜雄の母親——については、有里子からある程度は説明されていた。

名前は、阿佐トラ。三〇年以上も前に七ツ尾村で家系の途絶えた〝門脇〟という家の出身で、歳はすでに九〇を過ぎているらしい。

ここ数年は老人性の認知症が進み、目もよくは見えていないようだ。それでも早朝の夜明け前から夕方まで、ひたすら昔語り——会津のこの辺りでは〝ざっと昔〟というらしい

——を歌うように語りながら、からむしを織り続けている。

会っても、ほとんど会話はできないだろうといわれていた。それでも神山は、なおさらその老婆に会ってみたくなった。

理由のひとつは、その年齢だ。トラというからには、おそらく寅年生まれなのだろう。しかも九〇を過ぎているとなると、西暦一九一四年（大正三年）の寅年の九六歳ということになる。だがその老婆は、玄右衛門や久喜雄だけでなく、椎葉浩政の女房——里子——の母親でもあることになる。

だが里子はまだ四〇にはなっていないはずだ。そうなるとトラは、五〇をかなり過ぎてから里子を産んだことになる。絶対に不可能とはいえないが、常識的に考えれば計算が合わない。

もうひとつは、昔語りだ。トラの昔語りに関しては、この村に住んで六年になる有里子でも完全には聞き取れないという。

だが、あの不思議な昔語りの中に、この村で起きていることの何らかの謎が隠されているような気がしてならない。録音して何度か聞いてみれば、意味がわかるかもしれない。

……昔……〇〇様があったあどな……。

〇〇の峠に……七人の〇〇様が……あったあどな……。

老婆の昔語りの声が、次第に大きくなってきた。廊下は突き当たり、また右に曲がる。どうやらこの家は、回廊で一周するようにできているらしい。方向感覚が定かではないが、神山の泊まる部屋の方に戻っているような気もする。間もなく木戸に突き当たり、それを開けると、その先の障子から明かりが漏れていた。有里子が、立ち止まった。

「ここです」

明かりの中で人影が動き、こちらの気配を察したかのように機織りの音が止まった。

「お祖母様。有里子でございます。失礼いたします……」

有里子が大きな声でいった。

廊下に膝(ひざ)を突き、ゆっくりと障子を開けた。板壁で囲まれた、明かり取りの小さな窓があるだけの狭い部屋だった。室内にはストーブが焚かれ、温かい。そこに何台もの糸車や糸を溜めるワッパ、機織り機が雑然と並んでいる。

機織り機の前に、綿入れを着た小柄な老婆が座っていた。まるで座敷童のように、小柄だった。

ゆっくりと、振り返る。白濁(はくだく)した目で、神山を見上げた。

だが、年齢がわからない。齢(よわい)九〇を越えているというが、神山には一世紀よりも遥(はる)かに長い時間を生きているように見えた。

老婆は、しばらく神山を見つめていた。そして、呟くようにいった。

「にさ……かんじ……だなず……」

どうやら神山を、失踪している勘司と間違えているらしい。

神山は、有里子と顔を見合わせた。有里子が、無言で頷く。この作務衣を着せられた意味が理解できた。つまり、話を合わせろということか。

「お祖母様。勘司です。お久し振りです」

神山がいうと、皺の深い老婆の顔にかすかな笑みが浮かんだように見えた。

有里子が頷く。そしていった。

「お祖母様。勘司さんが久し振りに、お祖母様の〝ざっと昔〟をお聞きになりたいそうです。機を織ってくださいまし」

老婆がゆっくりと、背を向けた。機織り機が動く。からむしの経糸が張られた枠が交差し、その間に緯糸を結んだ杼が滑るように通る。糸を押さえるように詰めて、そしてまた経糸を交差させる。

「からむしは、麻の一種です。別名、苧麻ともいいます。一反の反物を織るのに、とてつもない手間と時間がかかるんです。毎年、五月の小満（節気のひとつ）の焼き畑にはじまり、翌日の施肥。垣造りをして苧麻を育て、夏の土用からお盆にかけて刈り取り。それを清水に浸して皮剝ぎを行ない、苧引きをして一本ずつの繊維に分け、しばらく陰干しします。その原麻を、〝からむし〟と呼びます……」

「その糸で、反物を織るのか……」

「いえ、まだです。でき上がったからむしの原麻を爪(つめ)で裂いて均一の細さにし、先端を撚(ひね)りながら繋いでいきます。これをそこにある〝おぼけ〟と呼ばれるワッパに納め、糸車で撚りを掛けて丈夫な糸に仕上げるわけです。この作業を、苧積(おう)みといいます」

通常、一反の苧積みに掛かる時間は経糸で約半年。緯糸に約半年。合計、約一年を要する。

「機織りに掛かる時間は？」

「人によって、様々です。速い人もいるし、遅い人もいます。しかし速い人でも、帯一本で一年近くは掛かります」

気の遠くなるような作業だ。

「お祖母様の場合は」

「もうお歳ですから。一日に一〇ミリ弱。ひと月に一尺。およそ四〇尺の着尺ですと三年半ほど掛かります。さらにお祖母様は苧積みもご自分でなさいますので、一反を織るのに約五年……」

「今年の二月、あと数週間で織り上がるといったな。すると、前に織り上がったのは……」

「そうです。阿佐勝正さんと椎葉吾助さんの一家が殺され、お義母様が亡くなられたあの五年前の冬でした」

機を織りながら、老婆が何かを呟いた。

「……ざっと……昔……」

始まったらしい。神山は丹前の袖からｉＰｈｏｎｅを出し、ボイスメモ（録音機能）を作動させて老婆の横に置いた。

「……あったあどな……。

昔……地蔵様が……あったあどな……。

武者の峠に……七人の地蔵様が……あったあどな……。

だんだん正月になってから……爺様と婆様がヌノノハタば持って町に出かけやったあど……。

いい麻かって……ウメネイで……四年と六月かけてや一反こしらえやったあど……ヌノハタ……。

この一反町で売っと……正月支度コンジクタマ買ってきれっから……買えんものありゃしんねぇ……。

だんだん正月になってから……雪降りやったあどギンガリ光ってるない……。

爺様はタンガラしょって……ドーブク着た婆様をチッチェイグ……。

はぁ武者の峠のスッテンペン……七人の地蔵様があったあどな……。

地蔵様は爺様と婆様を見っと……尾っぽさ出してオイッコ様に化けよった……。

七匹のオイッコ様が爺様にいいよった……。

ニシャ……どこさ行ぎなしだ……。

爺様がいいよった……。

ヌノノハタば持って……町に行ぎなしだ……。

したらそのヌノノハタ置いていけ……七匹のオイッコ様がいいよった……。

爺様と婆様ば……アリャシタリ……。

アラグ大事なヌノノハタ……。

いい麻かって……ウメネイで……四年と六月かげてや一反こしらえやったあど……ヌノノハタ……。

そんたらことあんめいよ……。

したら村に来しゃってオダチしてやっから……エァバンショ……。

七人のオイッコ様が行ぎゃんして、村のオガッツァマがオゴワ炊いた……。

はぁ……オアイなんしょ……。

はぁ……オアイなんしょ……。

七匹のオイッコ様はオダチされて……エンガミタ……。

三匹は泡ぶいて……二匹はエンブリで叩かれて……二匹は行ぎなしにヌッカンジョにツッパイた……。

武者の峠のガンコラに……ヅングリとシナダマがコンジクタマ……こんだらいいべ……。

はぁ……トベツモネエ……。

はぁ……トベツモネエ……。

武者の峠に……七人の地蔵様が……あったあどな……。

地蔵様は……そんで七ツのセキドになったあどな……。

だんだん正月になってから……ヌノハタ織れる年の山の神講……。

七ツのセキドの家が……ガンコラのムンジンのバヤエンコ……」

老婆は、無心に機を織り続ける。

神山はただ老婆の昔語りに、耳を傾けていた。

6

いつの間にか、夜が明けていた。

神山は自分の部屋に戻り、ｉＰｈｏｎｅに録音した老婆の〝ざっと昔〟を何度も再生した。

耳を傾け、そのひと言ずつをできるだけ正確にメモに起こしていく。だが老婆の語り口には意味のわからない単語が多く、発音にも強い訛があって聞き取りにくい。

「私にも、よくわからないんです。この村で生まれたわけではないので、お祖母様が何といっているのか……」

有里子がこの村に嫁に来てから、まだ六年しか経っていない。神山よりは独特の会津弁に馴れているとはいえ、それでもせいぜい日常会話程度までだ。一世紀近く――いや神山にはそれ以上にも見えた――も生きてきた老婆の昔語りを、まったく違う土地で生まれた有里子が理解できるわけがない。

「いままで、お祖母様が何といっているのか誰かに訊いてみたことはなかったのか」

「一度くらいは主人に訊いたことはあったかもしれません。でも、主人もよくわからないといっていましたし、興味もありませんでしたから。それに、お祖母様の昔語りをちゃんと聞くのは、私も今日が初めてだったんです。お祖母様のお世話をするのも、伯父様の奥様や他の内嫁の方々のお役目でしたから……」

なぜ村で生まれた〝内嫁〟に、阿佐の家の賄いがまかされるのか。その理由がわかったような気がした。たとえ本家の嫁の有里子であれ、あの老婆に村の外部の者をできるだけ接触させたくなかったのだろう。

だが、それでも有里子はいくつかの言葉の意味を解くことができた。

たとえば昔語りの前半から何度か登場する〝ヌノハタ〟という言葉だ。有里子によるとこれは〝布の機〟と書き、〝からむしの反物〟の意味だという。

これも何度か出てくるが、〝コンジクタマ〟という言葉も有里子が知っていた。〝沢山〟という意味らしい。他に〝ウメネイで〟は〝機を織る〟という意味。〝ドーブク〟は〝綿入れの着物〟の意味。〝タンガラ〟は〝背負い籠〟の意味。調子を取る部分の〝オアイなんしょ〟は〝召し上がりください〟の意味らしい。

白河で育った神山にも、いくつかわかる言葉があった。たとえば〝スッテンペン〟は、峠の〝頂上〟という意味だろう。これも何度か出てくる〝オイッコ様〟は、〝お狐様〟を意味している。〝トベツモネエ〟は〝とてつもない〟が訛ったものだ。

これらの単語の意味を入れて現代の標準語に訳してみると、老婆の昔語りの全体像がおぼろげながら浮かび上がってくる。おそらく昔、ある老夫婦が正月の買い物のために町に出かけた。四年六カ月もかけて織ったからむしの反物を、売るために持っていった。ところが武者の峠の頂上で七匹の狐に出会い、そこで〝何か〟が起きたのだ。だが老婆の〝ざっと昔〟にはまだ抜けた部分が多く、意味が正確に伝わってこない。

〝エァバンショ〟とは何なのか……。

〝ヌッカンジョにツッパイた〟とは何を意味するのか……。

そして〝ガンコラのムンジンのバヤエンコ〟とは……。

だが、神山には理解できない。有里子も、首を傾げるばかりだ。書き取ったメモを眺めながら、神山が溜息をついた。

「この昔語りの意味を、誰か訳せる者がいないかな……」

神山がペンを玩(もてあそ)びながら、呟く。

「お義父様か久喜雄さんなら。しかしお二人共、わかっても教えてくれないと思います……」

おそらく、そうだろう。本家の賄いを〝内嫁〟にやらせてまで守ろうとする村の秘密だ。だとすればまったくの部外者の神山に、あの昔語りの意味を教えるわけがない。阿佐玄右衛門や久喜雄だけでなく、村の誰に訊いても無駄だろう。

だが……。

その前に、有里子に確かめておかなくてはならないことがある。

「以前、おれが年明けにここに戻ってきた時、村に誰もいなかったことがあっただろう。確か、〝山の神〟が立ったといっていたな」

突然、話を変えたので、有里子が怪訝(けげん)そうに神山の顔を見た。

「そうです。山の神です。毎年、村には何回か、そのような神事があるんです……」

「どこに行って、どんなことをやるんだ」

だが、それでも有里子は不思議そうな顔をした。

「たいしたことではありません。村人が全員で湯野上か芦ノ牧あたりの温泉宿に泊まって、お酒を飲んで騒ぐんです。無礼講のお清めのようなものだと思いますけれども……」

奇妙な話だ。そんな〝山の神〟など、聞いたこともない。

「全員ということは、お祖母様も行くのか」

「そうです。男も女も、全員です。でも、男の人たちは……」

有里子がそこで、何かを思い出したように言葉を止めた。

「男たちが、どうかしたのか」

神山が訊いた。

「毎年だいたい二泊で行くんですが、男の方々は最初の日はいないんです……」

「いない？」

「ええ……。朝早く、女だけで温泉地に行くんです。この辺りは、誰でも車くらいは運転できますから。男の方々はどこかの神社にお参りに行って、次の日の夕方か夜になってから私たちに合流するんです……」

「それは、五年前からか」

例の事件、川の対岸の阿佐と椎葉の家で四人が惨殺された年だ。だが有里子は、少し考える素振りを見せた。

「正確には、四年前だと思います。事件の起きた翌年に対岸にあった赤間神社をどこかに移して、その年からだったと……」

「なるほど……。それで少し、読めてきたよ……」

どうやらこの村の男たちにとっての〝山の神〟とは、単なる名目のようなものであるらしい。何か他に、村の男たちだけで行なう重要な儀式——もしくは風習——のようなものがあるのだ。久喜雄の養子の信人も、この村の男には「やらねばなんねえことがあんだよ」といっていた。おそらくその儀式の秘密が、あの老婆が語る〝ざっと昔〟の中に隠されているのだろう。

老婆はその季節を、「だんだん正月になってから……」と語っている。つまり、冬だ。この村の〝山の神〟も冬。対岸の椎葉と阿佐の家で惨殺事件が起きたのも冬。玄右衛門の妻、ヨシエが死んだのも冬。葛原直蔵と小松吉郎が殺されたのも冬。そしてあの老婆が、からむしの布の機を織り上げるのも五年に一度の冬だった。

神山は、からむしの美しい羽を広げて羽化する巨大な冬蛾の姿を想い浮かべた。今年はその、五年目の冬に当たる。

村に、何かが起きる……。

「どうしたんですか」

考え込む神山に、有里子が訊いた。

おそらく〝赤間神社〟という名前も、この村に纏わる何らかの風習か儀式の隠れ蓑に違いない。

「赤間神社が、どうかなさいましたか」

「あの神社を、どこに移したんだ」

「私は、わかりません。〝外嫁〟ですから、教えてもらえないんです。どこか山奥の、峠の方だと何かの折に耳にしたことはありますけども……」

峠、か……。

老婆の昔語りにも、「武者の峠に……」という一節がある。〝武者の峠〟とはどこなのか。会津周辺の峠に関する資料を調べてみたが、そのような名前はどこにも出てこない。この村の者しか知らぬような、小さな峠なのか。それとも何かの理由があって、歴史の時空の中に埋もれてしまったのか。

だが、神山は思う。理屈ではなく、直感だ。〝武者の峠〟と呼ばれる峠が、この辺りの山のどこかに存在するはずだ。おそらくその近くに、赤間神社も移されている。そしてその峠を見つければ、この村のすべての謎が解き明かされるような気がした。

7

「おらにいわれてもなあ……」

蛭谷茂吉は、神山を前にして腕を組んだ。難しい顔をして、首を傾げる。

「前に、葛原直蔵さんの亡くなった沢に案内してくれるといいましたね。確か、立岩山の裏あたりだとか」

神山が、囲炉裏の火に手をかざしながら訊いた。

「ああ、いったよ。行って帰って一日だべ……」

「〝武者の峠〟というのは、その沢の方角ではないんですか」

「うんだよ。だども、親がっつぁまに知れたらよ……」

蛭谷が困ったような顔をして、薄くなった頭を掻いた。

「お願いです。神山さんを助けてあげてくれませんか」

有里子がいうと、蛭谷は根負けしたように息を吐いた。

「本当は、〝武者首峠〟のことは口にしてはなんねえだども……」

蛭谷の説明によると、〝武者の峠〟は正確には〝武者首峠〟というらしい。立岩山の北側、横山との尾根を越える峠で、北面に向かえば原入峠、北に傅士峠へと至る。戊辰戦争以前の江戸時代末期までは、七ツ尾村から現在の昭和村、さらに北東の会津高田(たかだ)へと抜ける交通の要(かなめ)だった。だが一〇〇年以上も前に峠が閉ざされてから、誰もそこを通らなくなった。

「村の前に、道があるすべ。これを田島とは逆に北へ登っと行ぎなしに直蔵が落ちとった沢があって、その先だっぺい……」

「峠には、何があるんですか」

「わがんねぇ。実はおらも、行ぎゃんねえんだ。村の男でねぇから。地蔵様が七つ立ってるちゅうのは聞いたことあんだども……」

七つの地蔵か……。

あの老婆の昔語りにも、「七人の地蔵様があったあどな……」という一節があった。その七人の地蔵が「尾っぽさ出してオイッコ様に化けよった……」というくだりもある。意味はわからない。だがそのオイッコ——狐——の尾っぽが、七ツ尾村の由来なのではあるまいか——。

「武者首峠に行きたいんだ。案内してくれないか」

「場所はわかるんで行(え)がんにゃえことはねぇが、もし親がっつぁまに知れたら、おんつぁれるしな……」

蛭谷がそういって有里子の顔を窺う。

「今日は、お義父様はおりません。久喜雄さんも、清次郎も村を留守にしております」

有里子がいった。

「今日明日は、天気もいい。雪も降らないだろう」

神山が促す。蛭谷は神山と有里子を交互に見ながら、顔を顰めた。

「しっしょねぇ……。あいばんしょ（行きましょう）……」

蛭谷が諦めたように、いった。

8

準備を整えるのに、それほどの時間は掛からなかった。

雪山を歩く基本的な装備は、車の荷台に積んできていた。靴はサロモンの冬用のトレッキングシューズ。上着はモンクレールのダウンジャケットに、上下のヤッケを重ねてある。雪山といっても古い峠道なので、この程度で十分だろう。

有里子と蛭谷の妻が作った弁当と、その他の装備を納めたバックパックを背負う。蛭谷によるといまは雪が深く、峠までは一泊の行程になるという。峠の手前に古い炭焼き小屋があり、そこにも薪や多少の食料などが常備してあるらしい。おかげで装備も少なくてすむ。それでも神山と蛭谷が猟犬のカイを連れて村を出たのは、昼近くになってからだった。

最初に神山のパジェロミニで村道の突き当たりまで行き、そこで車を降りた。以前、神山が川の対岸の廃屋を調べた夜に、もうひとつの橋を渡って村に戻ってきた道だ。

この先にも道があるのかどうかは、いまは雪に埋もれていてわからない。だが森の木々は明らかに密度が薄く、割れていて、人や動物が行き来するくらいの道は続いているように見える。

雪が、深い。神山と蛭谷は、靴の上に樏（かんじき）を履いた。

「さて、あいばんしょ」

蛭谷は、昔ながらの山支度だった。〝おそぼ〟と呼ばれる藁（わら）の雪靴に綿入れを着込み、熊革の蓑（みの）に〝かんぜんぶし〟（藁帽）を被っている。

古い村田銃を肩に掛け、森に入っていく。散弾銃ではない。単発のライフル銃だ。このあたりの男は、誰だって銃くらいは持っている。

見上げると、落葉した梢（こずえ）に透ける空が青く、高い。一歩ずつ深い雪を踏み締めて歩く蛭谷の背中を、神山が追っていく。登りはあまりきつくないが、樏は久し振りで歩きにくい。その二人の周囲を、会津犬のカイが嬉々（きき）として走り回る。

白い息を吐きながら、神山が訊いた。

「峠までは、どのくらいあるんだ」

振り返らずに、蛭谷が応じる。

「さてな。沢まで一里（約四キロ）、そこから峠まではまた一〇町（約一・一キロ）ばかり登るべかな……」

距離は、それほどでもない。だがここから先は地形も険しく、この雪だ。蛭谷が一泊しなくては無理だというのも頷ける。

雪の中にかすかに残る街道の跡は、森の中を縫うように登っていた。辺りにはシカやカモシカ、キツネの足跡が点々と続いている。他の動物の臭いを察する度にカイが耳を立て、気配を追っていく。そしてまたしばらくすると戻ってきて、雪を踏み締めて歩く二人にまとわりつく。

カイはいつも鎖に繋がれている。久し振りに野に放たれたことが、嬉しくて仕方がない様子だった。

それほど歩いてもいないのに、汗が出てきた。神山はヤッケを脱いでリュックに入れ、ダウンパーカの前を開いて風を通した。体はあまり濡らさない方がいい。

今日の気温は、日中でも零度までは届かないだろう。だが、人間の体は不思議だ。どんなに寒くても、体を動かしさえすれば汗をかく。

しばらく歩くと森が開け、切り立つ断崖の上に出た。渓谷だ。それほど高くはないが、下に川が流れている。

「こっちから先は〝ギンガリ〟や〝イドッチ〟があっから。気いつけなんしょ」

蛭谷が神山を振り返っていった。

〝ギンガリ〟という言葉には、聞き覚えがあった。確か、あの老婆の〝ざっと昔〟にも出てきたはずだ。

「蛭谷さん。〝ギンガリ〟って何だい」

神山が訊いた。

「ああ、〝ギンガリ〟っちゅうのは雪が凍ってってとこで、〝イドッチ〟ってのは雪の中に穴が空いてってとこだっぱい」

蛭谷がそういって笑った。

道は渓を下り、川沿いに出た。小さな流れの中に、明らかに人の手によって並べられたような岩の橋らしきものがあった。そこを渡り、道はまた対岸の尾根へと続いている。

川を渡ったところで少し休んだ。凍るような水を手で抄い、口に含む。甘く、体と心に染み渡るような山の香がした。カイも懸命に水を飲んでいる。

おそらく、一〇〇年以上もの昔……。

この街道を行き来する何人もの旅人が、この水を味わい咽を潤したことだろう。

「さて、急ぎなんしょ。日えらっしゃる（日の暮れる）前に、まま屋（小屋）に入らんといかんべな」

蛭谷がそういって、腰を上げた。

尾根に登り、渓に沿った道を歩く。いつの間にか日は西に深く傾き、東の山が赤く染まりはじめていた。

遥か対岸の、急な斜面の疎らな森の中に、三頭のカモシカが伝っていた。その光景は現実のものではなく、夢の中の出来事のようで、ひとつの絵画にも見えた。

カモシカは時折、立ち止まり、雪の中に餌を探す。首をこちらに向け、物珍しそうに神山たちを見ていた。カイは耳を立て、低い声で唸るが、それ以上は何もできないことを知っているようだった。

渓に下り、また渓を登った。斜面に続く道の、断崖の上に出た。蛭谷がそこで、足を止めた。

「ここだっぱい……。直蔵さんが死んでいしゃったのは……」

深い渓を見下ろした。下には大きな岩が連なり、その合間を縫うように沢が流れ、二段に分かれた小さな滝が落ちていた。

カイも立ち止まり、辺りに何かの気配を探していた。首を傾げ、臭いを嗅ぐ。

この犬も、覚えているのだ。この場所で、かつての主人が死んだことを。

神山は雪の上に膝を突き、カイの体を抱き寄せた。カイは、深い渓を見つめていた。神山の腕の中で、鼻から声を洩らすように鳴いた。

「あの岩の上だ」そういって蛭谷が滝の上の岩を指さした。「きびつら（歪）になってよ。雪さ被って、凍ってついてたっぺぃ……」

神山は立ち、手を合わせて黙禱した。

周囲を見渡す。深い森に囲まれた、美しい場所だ。だが、一人の人間が人生を終えるのには淋しすぎる場所でもあった。

「どこから撃たれたんだろうな……」

呟くように、いった。

「わがんねえ。この場で撃たれたのかもしんねえし、遠くで撃たれてここまで歩いてきたのかもしんねえ。さて、日えらっしゃる前に、行んべさよ」

蛭谷が村田銃を肩に掛けなおし、深い雪を樏で踏んだ。

西の山陰に日が沈むと、気温が急激に下がりはじめた。深い根雪の表面が凍り、樏で踏むと根雪が鳴くような音を立てた。

古い炭焼き小屋は、森の中で深い雪に埋もれていた。低い屋根の上にも、厚く重い雪の綿帽子を載せていた。だが周囲の雪には薄らと足跡のような窪みが残り、小屋の入口の辺りは一段掘り下げたように踏み固められていた。

「誰か来あしたな……」

蛭谷が、独り言のようにいった。

確かに、誰かがこの小屋に来ている。しかも、それほど前のことではない。もし〝山の神〟の時に村の男たちがここに立ち寄ったとしても、一月の三日か四日のことだ。あれからすでに、一週間ほどが過ぎている。その間に、何度か雪が降った。その時の痕跡(こんせき)が、残っているわけがない。

二人で吹き溜まりの雪を払いのけ、把手(はしゅ)を押した。氷が音を立てて割れるように、板戸が開く。冷たく、かすかに獣脂の臭いを含む空気が流れ出てきた。カイが二人の足元から、先に小屋の中に入っていった。

蛭谷が村田銃を戸の脇に立て掛け、マッチを擦ってランプに火を灯(とも)した。淡い明かりの中に、ぼんやりと室内の風景が浮かび上がった。間伐材を積み上げただけの粗末な丸太小屋だが、中は意外と広い。小屋の三分の一ほどを占める土間には鋳鉄の薪ストーブが置かれ、その奥が八畳ほどの板の間になっていた。中央に、囲炉裏が切られている。

框(かまち)に座り、バックパックを下ろして靴と樏を脱いだ。その周囲を、カイが臭いを嗅ぎながら忙(せわ)しなく歩き回っている。時折、足を止め、何かを見つけたように低く唸った。

「カイの様子がおかしくないか」

神山が、カイを目で追いながらいった。

「てんぽー（貂）でも入ったんだべ。うっちゃっとけって」

　蛭谷は気にするでもなく、土間のストーブに火を入れながら答えた。

　だが、そうだろうか。神山は、室内を見渡した。囲炉裏の自在鉤には、鍋が吊るされていた。その周囲には、空缶やインスタント麺のカップ、古い週刊誌などが散乱している。その光景が、以前に見た村の廃屋の記憶に重なった。

　蛭谷は、この小屋に馴れている様子だった。ストーブの火が点くと土間から薪を囲炉裏にも運び、落ちていた週刊誌の頁を破って焚付の柴に火を移した。

「火が入ったっぺい、まつこ（炉端縁）に上がらんしょ」

　まったく屈託がない。神山の、思い過ごしなのだろうか。蛭谷は部屋の奥の段ボールの中を探り、誰が置いていったのか缶詰や飲み残しの酒を見つけてはほくそ笑んでいた。

　部屋の中が温まると、少し疲れが解れたような気がした。有里子と蛭谷の妻が握った握り飯を開き、鯖やコンビーフなどのいくつかの缶詰を開けた。

　蛭谷は背負ってきた葱や棒鱈、凍み豆腐、味噌などを使い、自在鉤に汁物の鍋を掛けた。日本酒が少しと、神山が錫のウイスキー・フラスコに入れて持ってきたボウモアもある。山の中で一夜を過ごす宿としては上等だ。

　カイはいつの間にか、唸るのを止めた。いまは先に餌を食べ、土間で眠っている。やはり、気のせいだったのかもしれない。

火に当たりながら、缶詰を肴（さかな）にマグカップで酒を飲んだ。神山がフラスコのボウモアを出すと、蛭谷が皺の深い顔をほころばせた。

「あんがてえ……」そういって、カップに受ける。「そんだら、シタジもオアイなんしょ」

〝オアイなんしょ〟という言葉も、あの老婆の昔語りに出てきた。〝お上がりなさい〟という意味だ。だが〝シタジ〟という言葉は初めて聞いた。

「〝シタジ〟というのは何だい」

神山が、ウイスキーを口に含みながら訊いた。

「ああ……汁のことだっぺい」蛭谷が手にしていた火箸（ひばし）で鍋を指す。「会津弁は元々、余所（よそ）の者（もん）にわからんようにむじっとるべ……」

そうなのだ。確かに会津弁は、難しい。かつての鹿児島弁など各地の大名が秘密保持のために奨励したように、日本の方言には暗号の意味を持つものは少なくない。

「なあ、蛭谷さん。あなたはこの土地の言葉は、すべてわかるんだろう」

神山がいうと、蛭谷がおかしそうに笑った。

「当たりめえだべ。おら、あの村で生まれて七〇年もいんだっぺい。何もわからんこと、あんめした」

訊くまでもない。

「実は教えてもらいたいことがあるんだ」

神山はそれを見て、上着のポケットからメモを出した。例の、老婆の昔語りを書き取ったものだ。だが、まだ意味不明の部分が何カ所も抜けている。

「あの村にいて、わからない言葉が多くてね。例えば、〝チッチェイグ〟というのはどういう意味なんだ」

蛭谷が、また笑った。

「〝チッチェイグ〟ってのは、〝連れていく〟っちゅう意味だべ」

それでわかった。爺様が「ドーブク着た婆様をチッチェイグ……」とは、「爺様が綿入れを着た婆様を連れていった……」という意味になる。標準語に訳してみれば、何ということもない。神山はそれを、メモに書き入れた。

他にも、意味のわからない言葉を次々に訊いた。〝オイッコ様〟とは、やはり〝お狐様〟という意味だった。〝ニシャ〟は〝お前〟。〝アリャシタリ〟は〝あらまあ〟と驚く様子。〝アラグ〟は〝余程〟。〝オダチ〟は最近はあまり使われなくなったが、〝無理に御馳走を食べさせる〟という意味になるらしい。

〝エァバンショ〟は〝おいでください〟という意味。〝オガッツァマ〟はその家の〝女房〟だった。さらに〝オゴワ〟はそのまま〝赤飯〟の意味で、これを繋げると「女房が赤飯を炊いて無理に御馳走した」という意味になる。

「〝エンガミタ〟というのも難しい言葉だな……」

「そったことねぇよ。〝ひどい目に遭った〟という意味だっぱい」

蛭谷が得意そうに、胸を反(そ)らす。

「〝エンブリ〟は」

「田植ん時に、田んぼを平らにする棒のこった」

「それじゃあ〝ヌッカンジョにツッパイた〟とは」

「落とし穴に落ちたという意味だべ……」

だが、ここで蛭谷の顔から、笑いが消えた。

「〝セキド〟というのは」

「〝墓石〟のこっだよ。だども……」

神山は白を切り、先を続けた。あと少しで、終わる。

「〝ガンコラ〟とは」

「〝岩屋〟とか、〝祠(ほこら)〟のこったよ……」

なるほど。そういうことか。少しずつ、意味がわかってきた。

「〝ヅングリ〟と〝シナダマ〟は」

「〝独楽(こま)〟と〝お手玉〟という意味だども……」

「〝ムンジン〟というのは、何かの神様の名前かな」

「そうでないよ。〝ムンジン〟は無尽講……。昔よくあった、〝頼母子講〟(互助的な金融組合)のこったよ。あんたいったい、何を……」

「もうひとつ、これで最後だ。〝バヤエンコ〟っていうのは、何のことなんだ」

「〝バヤエンコ〟は、〝奪い合う〟という意味だべ……」

完全に、意味が解けた。

「ありがとう。参考になったよ」

メモをポケットに仕舞おうとする神山に、蛭谷がいった。

「あんた、何を調べてんだ。誰かの〝ざっと昔〟か何かのことみてえだが、まさか……」

「そうだ。七ツ尾村に伝わる昔語りだよ」

蛭谷の、唾を呑み下すような音が聞こえてきた。そして、いった。

「おらに、その紙を見せてくんねえべか……」

神山は、考えた。本来ならば、不必要なリスクは避けるべきだ。だがいまは、これを読んだ時の蛭谷の反応の方に興味があった。

「読んでみるかい」

差し出したメモを、蛭谷が受け取った。手が、かすかに震えている。暗いランプの光の中で、額に皺を寄せながら文字を追っている。次第に、蛭谷の表情から顔色が失せていくのがわかった。

「これは……」

蛭谷が、メモから視線を上げた。

「そうだ。阿佐の家の、お祖母様の〝ざっと昔〟を書き取ったものだ」

「こんたらこととは……」

蛭谷がメモを囲炉裏に焼べた。

紙は一瞬、赤く燃え上がり、煙となって消えた。

9

翌日も、雪は降っていなかった。

だが、西の山々は雪雲の中に霞(かす)んでいる。午後からは、天気が崩れるかもしれない。

早朝に小屋を発(た)ち、峠に向けて登った。

昨夜から、蛭谷は無口だった。心を塞(ふさ)いだように何かを考え、必要以外のことは話そうとしない。だが、峠への案内を止めるともいわなかった。いまも蛭谷は黙々と前を歩き、神山はその一〇メートル程後方を付いていった。

二日続きの、馴れない樏が辛(つら)い。まだ歩きだして三〇分もしないうちに、汗が出てきた。一歩ずつ息を整えながら登る神山の周囲を、会津犬のカイが深い雪を苦にすることもなく走り回っていた。

神山は、思う。いったい武者首峠には何があるのか——。

だが昨夜、蛭谷の協力により、阿佐トラの〝ざっと昔〟に何が語られているのかをほぼ解明することができた。メモは、蛭谷が焼いた。だが、忘れるわけがない。神山は歩きながら、幾度となく昔語りを標準語に置き換えて頭の中で反芻(はんすう)した。

〈——昔、武者の峠に七人の地蔵様があった。

正月が近くなった頃、爺様と婆様が反物を売りに町に出掛けた。これは四年半の月日を掛けて織り上げたからむしの反物で、売れば正月の支度を何でも買える貴重なものだった。

武者の峠に差し掛かったところで、七人の地蔵様に会った。地蔵様は爺様と婆様を見ると、尾を出して狐に化けた。

七匹の狐が爺様に、「お前らはどこに行くのだ」と訊いた。爺様が「からむしの反物を持って町に行くのだ」と答えると、七匹の狐は「それなら反物を置いていけ」という。

爺様と婆様は驚いた。良い麻を買って四年半も掛けて織った反物を、置いていけるわけがない。

「それならかわりに御馳走するので村においでください」と誘った。すると七匹の狐がついてきたので、村の女房たちが赤飯を炊いた。七匹の狐はそれを無理矢理に食べさせられて、ひどい目に遭った。

その内の三匹は泡を吹き、二匹は棒で叩かれ、残る二匹も逃げる途中で落とし穴に落ちて殺された。

村人が武者の峠に戻ってみると、祠の中に〝独楽〟と〝お手玉〟が沢山あった。これは、とてつもないことだった。

武者の峠に、七人の地蔵様があった。だが、これで七人の地蔵様は、七つの墓石になった。

以来、反物が織り上がる年の山の神講になると、七つの墓石の家が祠の無尽講を奪い合う――〉

それでもまだ、謎の部分は残っている。〝七匹の狐〟とは、何なのか。狐はよく稲荷の神の使いとして崇められると同時に、人を騙す悪の象徴としての意味にも用いられる。この場合は、後者の方だろう。老夫婦の反物を取り上げようとしたといっているところから七人の盗賊、いや、何らかの落武者の類であったのかもしれない。

ともかく老夫婦はその七人を村に連れ帰り、村人と結託して全員を返り討ちにしてしまった。だから峠に、七つの墓石が立った。〝武者首峠〟という名の由来も、その辺りにあるのだろう。それまでは〝武者の峠〟だった峠の名が、七人の首が晒(さら)されるか何かして〝武者首峠〟に変わったのかもしれない。

〝独楽〟や〝お手玉〟が何らかの宝のようなものを意味することはわかる。峠の近くに祠があり、そこに七人の落武者が残した軍用金か財宝のようなものが残っていたのかもしれない。阿佐の当主をはじめ七ツ尾村の連中がなぜあれだけの金を持っていたのか。理由はそのあたりにあるのかもしれない。

わからないのは、そこからだ。村人たちは、落武者たちが残した財宝で無尽講を組んだ。元来、無尽講とは鎌倉時代に始まった互助的な金融組合のようなもので、組合員に抽選などによって平等に融通される立前になっている。それを反物が織り上がる年の山の神講に、「七つの墓石の家が無尽講を奪い合う」とはどのような意味なのか——。

さらに謎を深めているのが〝山の神講〟の一節だ。

近隣の大内宿の高倉神社では、山の神が立つのが新年の一月一二日。山の神講の神事は翌二月の一二日に行なわれる。

だが山の神は、日本の山間部に住む人々の間に伝来する庶民の信仰だ。貴族である平家には、あまり縁はない。しかも山の神講の風習を残す大内宿の高倉神社は、治承四年（一一八〇年）、源氏に対し平家打倒の挙兵の令旨(りょうじ)を発した高倉宮以仁王を祀(まつ)る神社である。

縁がないどころか、七ツ尾村の村人たちが信仰する赤間神社とはむしろ敵対する関係にあるといってもいい。

わからない……。

五年前に四人が惨殺された事件の後に、なぜ村人は神社を山の奥に移したのか。なぜ蛻(もぬけ)の殻となった社(やしろ)の跡を神山に見せまいとしたのか。そしてなぜ、あの祠の中で小松吉郎が殺されていたのか……。

気が付くと、蛭谷が歩くのを止めていた。雪の上に立ち、無言で前方を見つめている。

「どうしたんだ」

神山が追いつき、訊いた。

「見てみれ。誰か、きたみてえだ」

蛭谷が、道を指さした。峠に続くように、雪の上に薄らと窪みが続いている。雪が積もって痕跡が消えかかっているが、何かがここを歩いたことは間違いない。

「人間か？」

「うんだな。獣ではねえ」

「いつ頃だ？」

「一日か、二日前だ」

カイの様子もおかしい。雪の上を懸命に嗅ぎ回りながら、時折、唸るような声を出す。

「さて、行ぐべか……」

蛭谷がまた歩きだした。歩きながら村田銃を肩から下ろし、ボルトを引いて中に弾薬を装塡(そうてん)した。しばらくして蛭谷が、独り言のように呟いた。

「こっちから先は、おらも行っだこどはねえだ……」

いつの間にか、森に雲が降りてきた。いまはもう、周囲の山々は見えない。白濁した大気の中に粉雪が舞い、周囲の木立も亡霊のように霞みはじめた。

道は曲がりくねり、昇っては下る。だが唐突に平坦(へいたん)になると、広く開けた場所に出た。

峠の頂上が近いことがわかった。

樏の下から伝わる積雪の感触が、少し浅くなったように思えた。そう遠くない過去に、誰かが——おそらく何人かの人間が——踏み固めたのかもしれない。そう思った時に、また蛭谷が立ち止まった。

「ここだべ……」

「らしいな」

神山が、前に進み出た。靄(もや)の中に、何かの影が佇(たたず)んでいるのが見えた。全部で、七つ。雪に埋もれるように、古い石碑らしきものが綿帽子を被っていた。

「セキド(墓石)だべ……」

蛭谷が、小さな声でいった。

神山が石碑のひとつの前に跪いた。高さは、大人の腰くらいまでだろうか。見た限りでも、一〇〇年やそこらではない。もっと古いものだ。

手を合わせ、雪を払った。表面に、何か文字が書いてある。大きな文字だ。碑文ではない。長年の風雪に耐えて掠れてはいるが、何とか読めそうだった。

「何が書いてあっだ」

蛭谷が訊く。

「待ってくれ。いま読んでみる」

見るだけでは判断できない。神山は目を閉じ、荒れた石の表面を指先で触れた。心の中に、文字が浮かび上がってきた。

〈――阿佐〇〇之墓――〉

確かに、そう読めた。

「これは、阿佐の当主の墓だ」

「何だって……。そったら、ごんばな（馬鹿な）こと……」

次の墓石に移る。跪き、手を合わせ、雪を払う。そして石の表面に触れた。

〈――門脇〇〇之墓――〉

そう書いてある。

「門脇というのは？」

振り返り、神山が訊いた。

「七ツ尾村の、昔の家系のひとつだっぽい。そう書いてあんのけ」

「そうだ」

思い出した。確か阿佐のお祖母様のトラが、すでに血筋の絶えた門脇という家から嫁いできたと有里子から聞いていた。

次の墓に移る。

〈――椎葉〇〇之墓――〉

やはり、そうか。

「これは、椎葉家の墓だ」

次の墓は、読む前から予想できた。

〈――葛原○○之墓――〉

だが、次の墓に予期せぬ名前が出てきた。

〈――梶原○○之墓――〉

神山は訊いた。

「梶原（かじわら）という名前も、七ツ尾村にあったのか」

「うんだ。おらが子供の頃まで、あの村にあっただよ。御当主がこけくらって、がらり子が絶えてよ……」

そういうことか。〝梶原〟という名も、平家の家系のひとつだ。

「いったい、どういうことだべ……」

蛭谷が不安そうに訊いた。

「ちょっと待ってくれ。あと二つを確認してみる」

神山は、次の墓石の雪を払った。

〈――小松○○○之墓――〉

「やはりそうだ。これは小松家の墓だ」

「まさか……」

だがその小松家も当主の吉郎が死に、嫁や子供たちも村を去った。いまはもう、小松の家系も七ツ尾村から絶えたことになる。

「阿佐の奥様がいっていた。昔、あの村には七つの家系があったそうだね」

「うんだよ……」

蛭谷が何かを考えるように頷いた。

やはり、そうだ。阿佐、椎葉、葛原、小松、門脇、梶原――。

すべて、平家に縁のある家系だ。だが、まだ七つ目の墓石が残っている。

「七ツ尾村にはもうひとつ、家系があったはずだ。その名字を、知っているか」

神山が訊いた。

「おらが、生まれる前に絶えた家だ。確か、〝中野〟だと聞いたっぱい……」

中野か。いままで、七ツ尾村の中では一度も耳にしたことのない名字だった。神山は最後の墓石の前に跪き、雪を払った。

〈――中野〇〇〇之墓――〉

「やはり、中野家の墓だ……」

「まさか……」

〝中野〟もまた、平家縁(ゆかり)の家名のひとつだ。建暦二年（一二一二年）六月、兎久保の庵(いおり)にて高姫と心中した丹下という平家の若侍の名字が〝中野〟だった。単なる偶然なのか。だが丹下と高姫の二人が逢引(あいび)きしたと伝えられる美女峠は、ここからさほど遠くない。

「説明してけれ。いったい、どうなってるんだべ。なして七ツ尾村の墓が、こんな峠にあるんだべか……」

「いや、これは七ツ尾村の墓ではないな……」

これは、村人の墓ではない。村人によって殺された、七人の落武者の墓だ。その落武者が、平家の落人だったのだ。

だが平家の落人は、仲間が死んでも自分たちの痕跡は残さない。墓石に刻むのは、名字ではなく下の名前だけだ。ところがこの墓石には、名字をはっきり刻んである。つまり、埋めたのは平家の人間ではない。村人が殺した七人の平家の落人を、自分たちの手でこの峠に埋めたのだ。

だが、大きな謎が残る。殺された七人の落人の名字と、村に伝わる七つの家系がなぜまったく同じなのか。

まさか、〝七匹の狐〟は……。

「ぼちぼち行ぐべ」蛭谷がいった。「雪も降ってきてっから、あましゆっくりもしてらんねえ」

確かに、雪が強くなりはじめていた。視界も悪い。だが何者かが歩いたような痕跡は、峠の反対側へと下っている。

「この先は、どこに通じてるんだ」

神山が訊いた。

「わがんねえよ。おら、来たことねえもの。たぶん、原入峠の方に行ぐんだと思うけんども……」

原入峠は、昭和村へと通じる峠だ。

「もう少しだ。この辺りにガンコラ（祠）があるはずだ。探そう」

「いなさ（南風）が吹いてきたっし、帰んべよ……」

「もう少し……」

その時カイが突然、唸り声を上げた。何かの気配を察したらしい。耳を立て、尾を上げると、鋭い咆哮を上げて走り出した。

「カイ、やめれ！」

「カイ、止まれ。追うな」

だが、カイは止まらなかった。何かに挑むように吼えながら、山裾から忍び上がるガスの中に消えた。声だけが、視界の彼方に遠ざかっていった。

「イタジ（熊）かニクンボウ（カモシカ）でも見つけたんだべ。そのうち、戻るべ。おらたちは、帰るべ」

蛭谷が村田銃を肩に掛け、元の方向に歩きだした。神山はしばらく立ち尽くしていたが、間もなくその後を追った。

やがて辺りの風景が、白濁した闇の中に消えた。

10

蛭谷の助言は、正しかった。

峠を下りはじめてすぐに、雪が一段と強さを増した。登ってきた時の足跡も消え、視界と方角を見失った。

登りは二時間ほどしか掛からなかったのに、炭焼き小屋に帰り着く頃には午後も遅い時間になっていた。それでも、運が良かった。もしあのまま蛭谷のいうことを聞かずに、あと一時間でも峠に残っていたら、確実に遭難していただろう。

結局、小屋でもう一泊ビバークすることになった。食料と薪は十分にあったので、その意味では心配はいらなかった。だが、カイは夜になっても戻ってこなかった。

翌日はさらに天候が荒れた。南からの風が尾根を吹き上げ、この季節ならではの豪雪が舞った。深い渓沿いの道を落ちずに歩けたのは、奇跡といってもよかった。

何とか日没前に村に帰り着くと、有里子が青い顔をして迎えに出た。

「どうなさったんですか。昨日お戻りにならなかったので、何かあったのかと……」

「途中で、雪と風が強くなった。炭焼き小屋で、もう一泊していたんだ」

体の雪を払い、トレッキングシューズを脱ぎながらいった。

だが、様子がおかしい。神山と蛭谷が丸一日以上も予定が遅れたのに、村から捜索に出た気配はない。それに有里子が青くなっているのは、神山のことを心配してのことだけではないらしい。

「お義父様と、久喜雄様がお待ちになっています……」

庭に、メルセデスがあったのは見ていた。三人が戻っていることは知っている。

「何かあったのか」

「お祖母様が世話をしてくださっている美代子さんに、一昨日の夜に勘司が戻ってきたといったそうなんです。それで、すべてがわかってしまって……」

あの日、老婆は、神山を勘司だと思い込んでいた。まあ、仕方がない。いずれはわかることだ。だが、むしろその方が好都合かもしれない。

「わかった。着換えたらすぐに行くと伝えてくれ」

玄右衛門と久喜雄は、いつもの囲炉裏端で待っていた。二人だけではない。他に葛原唐次郎、椎葉浩政、清次郎、そして弁護士の野末智也までが顔を揃えていた。この村の男たちのオールキャストだ。

全員の視線が、神山に集まる。中でも玄右衛門と久喜雄、葛原唐次郎の三人はいかにも怒っているというような顔で、無言で神山を睨んでいた。別に、気にはならない。子供の頃から、悪戯(いたずら)を見つかって叱られることには馴れている。

神山は空いている場所に縄座蒲団を置き、座った。おっとりと周囲を見渡し、微笑む。

「何で集まってるんだ。おれに、何か用なのか」

我ながら、とぼけた訊き方だった。それが癇(かん)に障(さわ)ったのか、何人かの顔がさらに赤くなった。

神山は、ポケットからタバコを取り出して火を付けた。山の炭焼き小屋で蛭谷と何本か吸ってしまったので、残りは一本だけになった。そろそろ、この村からも立ち去る時がきたようだ。

その時、気になるものが目に入った。久喜雄が、左手に包帯を巻き、それを肩から吊っていた。白い包帯に、血が滲(にじ)んでいる。

「その怪我は、どうしたんだ」

神山が訊いた。

「そんだごど、どおでもええ」久喜雄が怒気を含んだ声でいった。「にしゃ、おらたちが留守の間に、何しょった」

ちょうどいい。この男とも、いずれは話さなければならなかった。

「仕事だよ」神山がいうと、弁護士の野末が小さく頷いた。「じゃまが入らなかったおかげで、かなり捗(はかど)った」

「婆んちゃあに会ったべな」

「ああ、会った。それがどうかしたのか」

神山はそういいながら、玄右衛門の様子を窺った。だが奇妙なことに、横から口を出す気配はない。

「何を聞いただ」

話すのは、久喜雄だけだ。

「お祖母様の〝ざっと昔〟を聞かせてもらった。録音し、意味も解読した。ついでに一昨日から今日にかけて、武者首峠にも行ってきた」

「この、はったぎ者(もん)が」

久喜雄は怪我をしていない方の右手で拳を握り、震わせた。

「この七ツ尾村で過去に何があったのか。いまも何が起きているのか。だいたいのことはわかった」神山はそういって、全員の顔を見渡した。「それで、無尽講の〝親〟は誰なんだ」

玄右衛門が、神山から目を逸らした。

「にしゃには、関係ねえ。葛原直蔵を殺したのは誰なのか。そんだけ調べりゃいいんだ」

「もうわかってる。小松吉郎さんを殺したのも、おそらく同じ人間だ」

全員が、神山の顔を見た。清次郎だけがすっと囲炉裏端を立ち、部屋を出ていった。

「誰が……誰がやったんですか」

野末が訊いた。

「いま、ここでいわない方がいいだろう。また、殺し合いが始まるぞ」

「証拠は……」

「やった人間が、一番よくわかっているはずだ。自首をすればいい」

神山はそういって、席を立った。


夕食は部屋に運んでもらい、一人で食べた。

ボウモアはまだ少し残っていたが、手を付けなかった。今夜は酒を飲まない方がいい。

食事を終えて、久し振りに音楽を聴いた。ｉＰｈｏｎｅにランダムにダウンロードしてきたアルバムの中で、この会津の山奥で聴いてもなぜか違和感のない音色があった。ジャクソン・ブラウンの『ザ・プリテンダー』だった。このアルバムだけは深い雪の重さにも負けず、かといって静けさを無理に破ろうとすることもなく、静かに心に浸みるように心を和ませてくれる。だが、白河の家から持ってきたジャック・ロンドンの『白い牙』の文庫本は、まだ開く気分にはならなかった。

唐突に、辺りに騒がしさを感じた。

音楽を止めた。廊下に、足音が聞こえた。有里子だ。そう思った時に、襖が開いた。有里子は、肩で息をしていた。赤いダウンパーカを着て、ニットの帽子を被っていた。部屋に入り、神山の前に膝を突いた。

「私と一緒に……逃げて……」

神山を見つめながら、いった。前とは、違う。目が、怯えている。

「何があったんだ」

神山が有里子の肩を揺すり、訊いた。

「ここにいたら……二人共、殺されます……」

「だから、何があったんだ」

「村が、大変なことになっているの……。主人が……主人の勘司が帰ってきたんです……」

その時、遠くで猟銃の銃声が鳴った。

11

帰り支度に時間は掛からなかった。

上着を着てソックスを穿(は)き、僅(わず)かばかりの身の回りの物をバッグに放り込むだけだ。靴は前回この村に来た時から、自分の部屋に持ち込むことにしていた。

廊下を横切って雨戸を開け、裏庭に出た。縁側から飛び降りると、雪が膝の上まであった。だが神山は表へは向かわず、ＬＥＤライトを点けて建物の裏へと回った。

「どこに行くんですか。そちらは……」

後についてきた有里子が訊いた。

「この村を出る前に、確かめておきたいことがある」

神山は風呂の焚き口の前を通り、軒下に積まれた薪の間の通路に入っていった。思ったとおりだ。神山が泊まっていた部屋の裏を抜けて、さらに回り込むように奥へと続いている。

「この先は……」

有里子がいった。

「わかってる。左側がお祖母様(ばば)の離れで、奥が久喜雄の家だろう」

先程、銃声が聞こえた方角だ。その時また、銃声が聞こえた。今度は、表の囲炉裏端の方角からだった。

「急ごう」

神山は、立ちすくむ有里子の手を引いた。小さな木戸を開けると、また庭に出た。久喜雄の家の庭だ。雨戸が破られ、雪が吹き込んでいる。

家の中を、覗く。室内の明かりは消えていた。ただ囲炉裏の残り火が、赤くぼんやりと灯っていた。

「ここで待っていてくれ」

神山はそういって、家の中に上がった。硝煙の匂いが、つんと鼻を突いた。LEDライトで、室内を照らす。部屋の奥に、誰かが倒れていた。

光を、顔に近付けた。久喜雄だった。何かに驚き、何かを叫んだまま死んだような表情だった。

胸に大きな穴が空き、背後の壁に内臓が飛散していた。散弾銃で、至近距離から撃たれている。首から左腕を吊った包帯が、べっとりと血に濡れていた。

神山は、その包帯を解いた。中の油紙と、ガーゼを剝がす。

やはり、思ったとおりだ。久喜雄の左腕に、深い四つの穴が空いていた。カイの、牙の跡だ――。

カイは、覚えていたのだ。一年前に、主人の葛原直蔵を殺したのは誰なのか。自分を撃ったのは、どの男だったのか。

久喜雄も、それをわかっていた。だから他の村人に命じ、カイを殺そうとした——。

カイが久喜雄を嚙んだのは、おそらく昨日だ。だがあの時、武者首峠にいたのは久喜雄だけではない。当主の玄右衛門と、清次郎もいたはずだ。

神山は、さらに家の中を捜した。だが女房の美代子と、信人の姿は見えなかった。家を出たのか。それとも、どこかに隠れているのか。

庭に戻ると、有里子がしがみついてきた。

「何があったんですか……」

震える声で、いった。

「わからない。久喜雄さんが、猟銃で撃たれて死んでいる。美代子さんと信人君は、いない」

「もう、行きましょう。私たちも、殺されます……」

「その前に、ひとつ訊きたい。勘司が帰ったといったな。もう、会ったのか」

「いえ、まだ……」

「それなら、誰から聞いた。誰が、勘司が村に帰ってきたといったんだ」

有里子の視線が、暗い宙を漂う。

「清次郎さんが、あの後で家に戻ってきて……」

神山は、有里子の手を引いた。軒下を走り、裏庭を抜ける。

そうだ。清次郎だ。そもそもあの男は、何者なのか。ただの使用人のわけがない。

「清次郎の名前は」走りながら、訊いた。「あの男の姓は、何ていうんだ」

「姓……」

「そうだ。名字だ。清次郎の名字は、何ていうんだ」

七ツ尾村には元々、七つの姓しか存在しなかった。阿佐、椎葉、葛原、小松、門脇、梶原、そして中野だ。清次郎も、そのどれかのはずだ。

だが、有里子がいった。

「私、知りません……。清次郎さんの名字なんて、聞いたことなかったから……」

「あの男は、七ツ尾村の人間ではないのか。この村は、外部の者を受け入れないはずだ」

あの蛭谷もそうだ。武者首峠にある七つの墓の家系の者ではないというだけで、正式には村人として扱われていない。だが神山は、自分がいったことへの矛盾点に気が付いた。

だとすれば、あの野末という弁護士は……。

「清次郎さんは、元々この村の人だったと聞いたことはあります。でも、長いこと他の場所に住んでいて……」

その時、有里子の手が神山から離れた。振り返る。有里子は雪の中に立ち止まり、闇の一点を見つめていた。

神山は、有里子の視線の先を追った。開け放たれた縁側の軒下に、男が一人、立っていた。顔に髭をたくわえた、知らない男だった。手に猟銃は持っていない。

有里子は男と神山の間に立ち、二人の顔を交互に見つめた。彼女は、迷っていた。男も神山も何もいわず、ただその様子を見守っていた。

やがて有里子は神山を振り向き、首を小さく横に振った。頬が、涙で濡れていた。青ざめた唇が、かすかに動いた。

ごめんなさい……。

そういったように見えた。

有里子が、神山に背を向けた。雪の中を、男に向かって走った。男がその腕の中に、有里子の体を受け止めた。

男の胸の中に、有里子が顔を埋めた。男は静かに、澄んだ目で神山を見つめていた。神山は男に頷き、雪の中に踵を返した。

歩きながら、神山はポケットからタバコを出した。ラッキーストライクの最後の一本に、ジッポーのライターで火を付ける。暗い空から落ちる雪を見上げ、煙を吐き出した。

建物を回り込んだところで、塀の外の道を車が走り去る音が聞こえた。V8エンジンの音だった。中庭に出ると、納屋の中のメルセデスが無くなっていた。

玄右衛門か。もしくは、清次郎と野末なのか。誰かが村から出たらしい。

神山は雪と氷に白く閉ざされたパジェロミニのドアを開け、荷物を放り込んだ。冷たいシートに座り、エンジンを掛けた。

タバコをゆっくりと吸い終え、ギアを入れた。車を、ゆっくりと進める。だがフロントウィンドウが凍りつき、何も見えない。

道に出たところで、銃声が聞こえた。続いて、大気が揺れるような爆発音が鳴った。

一瞬、窓の外が赤く染まった。

神山は車を止め、凍り付いた窓を開けた。振り返る。阿佐の家の母屋から、火の手が上がった。

紅蓮の炎が、降りしきる雪を溶かした。その光景は、羽化をした巨大な冬蛾が空の闇に羽を広げたように見えた。火の粉が光る鱗粉のように、辺りに降り注いだ。

神山は、窓を閉めた。溶けはじめたワイパーの隙間から外を見ながら、ゆっくりと村道を下った。

12

弁護士の野末智也から連絡があったのは、二月に入ってからだった。

だがその一週間前に、神山は死んだ小松吉郎の妻のカネミの所在を突き止めていた。カネミは有里子から聞いていたとおり、亭主が殺された後は七ツ尾村を引き払い、会津若松市に住む長男の家に身を寄せていた。

カネミは、ほとんど何も知らなかった。武者首峠の七つの墓のことを訊いても、七ツ尾村でまた事件が起きたことを話してもただ驚いているだけだった。

だがカネミと話してみて、面白いことがわかった。小松にはカネミを引き取った長男の正春（まさはる）の他に、郡山に住む次男の邦春（くにはる）、長女の直子（なおこ）という娘がいた。その娘は同じ会津若松市内の歩いて数分の場所に住んでいた。

娘が嫁に行ったのは、野末寛之（ひろゆき）という県議会議員の家だった。亭主はそこの次男で、職業は弁護士だった。

そうだ。今回の話を最初に神山に依頼してきた、野末智也だ。

だが、と思う。野末が小松の義理の息子であることくらいは、村人の全員が知っていたはずだ。あの、有里子もだ。だが有里子は、そのことを一度も神山にはいわなかった。あの最後の日の夜、雪の中に立っていた男は有里子の亭主の勘司だったはずだ。有里子は神山と勘司の間に立ち、迷い、そして最後に勘司を選んだ。

あの一瞬の間に、有里子の心の中でどのような葛藤（かっとう）があったのかはわからない。その直前まで、有里子は神山と村を出ようといっていた。少なくとも、あの言葉は信じたかった。

それとも……。

有里子もまた、最初から〝向こう側〟の人間だったのか。単に神山を利用するために、心を開いた振りをしていただけだったのか。

神山は、あの日の夜のことを思い出す。勘司と、有里子。だが勘司の手には、猟銃は握られていなかった……。

二月四日、指定された日の指定された時間に、神山は指定された場所に向かった。野末弁護士事務所は、会津若松市の東栄町のビルの中にあった。ちょうど市役所と鶴ケ城の間あたりで、周囲には拘置所や法務局、裁判所が集まっていた。

神山は法務局の駐車場にポルシェを入れ、そこから事務所まで歩いた。入り組んだ一角だが、迷うことはなかった。事務所の位置は、すでに一週間前に確認してあった。

野末は、特に悪びれた様子もなく神山を出迎えた。連絡が遅れたことに対していい訳をし、形式どおりに詫びた。そして事務員にコーヒーを二つ用意するように命じ、神山を奥の応接室に招き入れた。

私立探偵という職業に就いて以来、いつも思う。この世の中で弁護士事務所の応接室ほど、〝嘘〟が作り出される空間は他に存在しない。

どこか近所の喫茶店から出前させたコーヒーカップを二つテーブルの上に置き、さて嘘のつき合いをいたしましょうという合図のように野末がいった。

「例の件、報告書は持ってきていただけましたか」

〝例の件〟とは、もちろん一年前の葛原直蔵が殺された事件のことだ。直蔵が熊猟に行くといって村を出た日に、武者首峠へと登る途中の渓に誰がいたのか。誰が直蔵を猟銃で撃ったのか。だがそんなことに、いまさら意味があるとは思えなかった。

「ここに用意してきた」

神山はメールで送信すればすむはずの簡単な報告書を、わざわざA４の用紙にプリントアウトしたものをテーブルの上に置いた。野末が書類を封筒から出し、いかにも興味があるという態度を装いながら目を通す。何もかもが、合理的な嘘を真実に見せかけるための陳腐な演出にすぎない。

神山は野末が報告書を読む間に、コーヒーに口を付けた。悪くない。ブルーマウンテンだ。この芝居掛かった空間の中で、このコーヒーの味だけが本物だった。

だが、まだコーヒーをひと口かふた口しかすすらない内に、野末が書類を閉じた。

「どうも、今回の件では本当に御苦労様でした。では、お約束どおりに……」

「ちゃんと読んだのかい」

神山が訊いた。

「もちろんです」

野末がそういって、内線で事務員に小切手を用意するように命じた。

葛原直蔵殺害に関しては、それほど難しい事件ではなかった。一年前の一月一二日、直蔵は三人分の昼の弁当を持って村を出た。これは直蔵の妻の君子の証言からも明らかだ。

直蔵に同行した他の二人の内の一人は、阿佐久喜雄だった。奴の左腕には、カイの咬傷(こうしょう)が残っていた。神山と蛭谷が武者首峠に登ったあの日、カイは一年前に主人を殺した相手の臭いを見つけた。そして霧の中に臭いを追い、久喜雄を襲った。

問題は、もう一人だ。直蔵の殺害現場に、誰がいたのか。それさえわかれば、ここ数年に七ツ尾村で起きたすべての事件の謎を解くことができる。

「では、これを」

野末がそういって、テーブルの上に小切手を差し出した。これも芝居掛かっていた。だが小切手には、約束の金額が入れられていた。冗談では払えないような額だ。

「本当に、その報告書で満足なのか」

神山が、小切手を仕舞いながら訊いた。

「と、いいますと」

野末が怪訝な表情を見せた。

「その報告書には、なぜ阿佐久喜雄の犯行だとわかったのか。なぜ葛原直蔵が殺されたのか。何も理由を書いていないぜ。それでかまわないのか」

「そうでしたか？」

神山が久喜雄の腕の傷を見たのは、七ツ尾村を出た最後の夜だった。あの時、久喜雄は、猟銃で胸を撃たれてすでに死んでいた。直後まで村にいたはずの野末も、久喜雄が殺されたことを知っていたはずだ。

翌日、蛭谷茂吉により、七ツ尾村に大火があったことが通報された。その火事で、村のほとんどの家が焼失した。南会津署と消防が現地に調査に入り、次の日には「廃村の謎の火災」として地元の『福島民報』にも大きく記事が載った。だが、焼け跡からは誰の焼死体も発見されなかった。

以来、村人も消えてしまった。南会津署の佐々木刑事によると、村に残っているのは蛭谷茂吉とその妻、あとは養女の加奈子の三人だけで、他の村人とは誰も連絡が取れなくなっているらしい。

「七ツ尾村の村人たちは、どこに消えちまったんだ」

神山が訊いた。野末の口元に、卑屈な笑いが浮かんだように見えた。

「申し訳ありませんが、依頼人の個人情報に関しては何もいえないんですよ。あなたも私立探偵だったらおわかりでしょう。私はあの村の人間ではない……」

「いや、そうはいかないんだ。教えてもらおう。確かにあんたは、あの村の人間ではない。しかし女房は、小松吉郎の娘のはずだ」

だが、それでも野末は笑っていた。

「いったい、何の話ですか」そういって野末が、わざとらしく腕のロレックスの時計に目をやった。「私も忙しいので……」

「だからそうはいかないんだよ。もしあんたが何もいわないなら、おれが知ってることを全部ぶちまけるだけだ」

神山がいうと、野末の口元がかすかに引き攣ったように見えた。

「ぶちまけるというのは、何のことですか……」

「ひとつは、阿佐久喜雄のことだ。おれとあんたが村を出た夜……あの火事の直前に、久喜雄の死体を見た。猟銃で撃たれていた。あんただって、久喜雄が殺されたのを知っていたはずだ。殺人事件の場合には、市民として警察に通報する義務がある」

「しかし、それは……」

野末の表情から、笑いが消えた。

「もうひとつある。例の阿佐のお祖母様の〝ざっと昔〟の件だ」

神山と蛭谷が武者首峠から戻った夜、阿佐玄右衛門をはじめ村の男たちに呼び出された。その席に、野末もいた。野末には神山が阿佐トラの昔語りを聞いたことも、武者首峠の七つの墓石を見てしまったこともすでに話している。

「あなたはどこまで、知っているんですか……」

「お祖母様の〝ざっと昔〟の意味を解読したことは、いったはずだ」

だが、まだわからないことがある。〝ざっと昔〟に語られる武者首峠の出来事が起きたのは、いつ頃のことなのか。一〇〇年前なのか。二〇〇年前なのか。それとも、もっと前のことなのか。

七人の落武者が殺され、その財宝によって七ツ尾村の村人たちは無尽講を組んだ。その親は、誰なのか。そしてその無尽講の組織図と約定は、どこにあるのか。

さらに、もうひとつ。七ツ尾村の村人たちは、本当に平家の末裔だったのか。もしくは……。

「あなたはあの村の秘密を探って、何をしようというんですか……」

「別に、何もしやしない。自分の本当の役割は何だったのか。それを知りたいだけだ。もう一度、訊く。無尽講の親は、誰なんだ。組織図と約定は、誰が持ってるんだ」

阿佐玄右衛門ではない。あの男はただ、表向きの顔として利用されていただけだ。

「私は、知らない……」野末の顔色が、次第に青ざめていく。「もし金が目的なら、あの村にもう金なんか……」

「金には、興味はない。それならば、質問を変えよう。この男の正体はいったい、何者なんだ」

神山がジャケットのポケットから三枚の写真を出し、テーブルの上に置いた。一枚はスーツを着て車から降り立ったその男の全身。一枚はその男の顔のアップ。そして最後の一枚は、ビルの中に入っていく後ろ姿だった。

写真を見た野末が、驚いたように顔を上げた。

「これは……」

「見ればわかるだろう。あんたの見馴れた場所だよ」

写真の背景に写っているのは、野末弁護士事務所の入っているこのビルだ。

「いつ……いつ、こんな写真を……」

「撮影したのは一月二八日だ。七ツ尾村から帰った後、しばらくあんたから連絡がないんでこの事務所を張り込ませてもらった。カメラを持ってね。まさかその男が姿を現すとは思わなかったよ」

最初にその男が現れた時、しばらくは誰だかわからなかった。どこかで見たことがあるような気がしたが、英国製のスーツを着て髪をポマードで撫でつけた姿はまったくの別人だった。

振り返った顔をズームレンズでアップにした時に、神山はそれが誰だか初めて気が付いた。

七ツ尾村の、清次郎だった。

神山が続けた。

「なぜ、清次郎がこの事務所を訪ねてきたんだ。あいつは、何者なんだ」

「それは……」

野末の視線が、落ち着きなく動く。

「いいたくなければかまわない」

神山はそういって、もう一枚の写真をテーブルに置いた。清次郎が乗ってきた車――ブルー・ブラックのメルセデスＳ４３０・４マチック――の写真だった。ナンバープレートが、アップになっていた。

「ナンバーで持ち主を調べさせてもらった。あんたの父親の野末寛之は、県議会議員だったな。車はその政治団体の、『寛誠会（かんせい）』の名義になっていた」

「やめてくれ」

野末の顔から、さらに血の気が引いていく。

「ついでに、清次郎のことも調べさせてもらった。寛誠会の役員名簿を見たら、上から三番目に載っていた」

名前は、梶原清次郎――。

そうだ。武者首峠にあった、平家の落人の七つの墓のひとつだ。梶原清次郎は、県議会議員野末寛之の筆頭秘書だった。

「あなたは……あなたは何がいいたいんだ……。もし金がほしいなら、私が親父に相談して……」

「だから、金はいらないんだ。そんなものには興味はないんだよ」

「それなら……」

野末が、縋るように神山を見た。

「さっきもいったじゃないか。おれの役割は、何だったのか。あの七ツ尾村で、過去に何があったのか。この五年間に、あの村で七人も人が殺されてるんだぜ。誰が殺ったのか。なぜ殺したのか。それを知りたいだけだ」

野末は、無言だった。

「私立探偵というのは、敵に回すと厄介だぜ。その気になれば、人がケツの穴を拭いた紙まで広げて調べようとする。例えば、寛誠会の政治献金のリストだ」

県議会に届けられた個人献金者のリストの中に、阿佐玄右衛門の名前があった。玄右衛門は平成一五年度から一八年度にかけて、毎年五〇〇万円ずつ——計二〇〇〇万円——もの大金を寛誠会に献金していた。おそらく、すべて七ツ尾村の無尽講の金だ。だが不思議なことに、その後の三年間はまったく献金していない。

奇妙なのは玄右衛門が最初に献金した翌年の一月に妻のヨシエが死に、椎葉吾助と阿佐勝正の夫婦四人が猟銃で惨殺された。さらに調べてみると、清次郎が寛誠会に入ったのが献金の始まる前年の平成一四年だったことがわかった。これらのすべての出来事と、金の流れがまったく無関係だとは思えなかった。

「私は……私は何をすればいいんですか。すべてを知っているわけではないんです……」

「しかし、例の無尽講のことくらいは聞いているだろう」

ある種の弁護士は、政治家と同じように金の臭いがしなければ動かない人種だ。例えば、この野末のような男だ。

「少しは……」

「無尽講の約定があるはずだ。コピーくらいは持ってるんだろう。見せてもらおうか」

神山は、野末の反応を待った。しばらくすると、野末が、肩から崩れるように頷いた。

13

三日後、南会津署の佐々木刑事から電話があった。

電話口から、例の聞き取りにくい会津弁が聞こえてきた。

神山もすでに忘れていたのだが、阿佐玄右衛門の妻のヨシエの遺体の薬物スクリーニングの結果がやっと出たらしい。何とも、のんびりしたものだ。だが、スクリーニングの結果、脊髄(せきずい)の組織からトリカブトの成分が検出された。やはりヨシエは、毒殺だった。これでこの五年間に七ツ尾村で殺された者は、計八人になった。

佐々木はスクリーニングの結果報告を餌にして、神山から七ツ尾村の村人の情報を訊き出したかったようだ。神山もまた、村人の消息についてほとんど何も知らない。もし佐々木以上の情報を持っているとすれば、久喜雄がすでにこの世にはいないことと、梶原清次郎の一件だけだ。

——何か知ってることがあれば、いってくんなんしょ。阿佐のおがっつぁま（奥さん）からは連絡あるんだっぱい——。

どうやら佐々木は、神山と有里子のことを疑っているらしい。

「彼女からは、おれにも何もいってこないんだよ。もし居所がわかったら、教えてくれないか……」

神山はデスクで調べ物をしながら、上の空で受け答えをしていた。別に、嘘はついていない。久喜雄と清次郎の一件は、故意にいい忘れただけだ。

無駄な長話にしばらく付き合って、電話を切った。神山はまた、デスクに置いた資料の頁を捲（めく）った。冷（さ）めたコーヒーを、口に含む。

この三日間、神山は弁護士の野末からせしめた奇妙な古文書のコピーと格闘していた。古文書とはいっても、原本ではない。原本は他に存在し、おそらく江戸時代の末期か明治時代の初期あたりに誰かの手によって書写されたものだろう。野末の元にあったものは長い巻子本（巻物）で、Ａ４にコピーすると全二〇頁を超えるほどになった。

内容は、難解だった。

汚れた表装に『七ツ尾村無尽組覚書控』と入っている。だが、問題なく理解できたのはここまでだった。中に書かれた文字はいわゆる達筆の草書で、この手の古文書に不馴れな神山には、理解する以前に読むこともできなかった。

解読に協力してくれたのが、白河の居酒屋『日ノ本』の主人と女将(おかみ)だった。地方都市の居酒屋は、地域に顔が広い。常連客の中に郷土史家気取りの男がいるというので紹介してもらった。

元県立高校の国語教師だった小峰亮一(こみねりょういち)という男で、その後は校長まで務めたが、いまは地元の名誉職も引退して隠居の身分だという。すでに七五歳だと聞いたが、穏やかな好々爺(こうこうや)で、心身共に矍鑠(かくしゃく)としていた。神山が古文書を持ち込むと、面倒な顔をするどころか、ちょうど隙(ひま)を持て余していたところだと喜んでいた。

古文書のコピーを小峰に預け、神山はその間に無尽講について詳しく調べてみることにした。

無尽講は、正確には〝頼母子講〟と呼ばれる。その発祥は定かではないが、鎌倉時代(一三世紀)頃に始まった庶民の相互扶助を目的とした一種の給金組合で、日本各地によって名称も異なる。沖縄県のモアイ(模合)、石川県の預金講、会津のムンジン(無尽)もそのひとつだ。基本的には一口当たりの金額を定め、参加者の全員が掛け金を支払ってこの口数を埋める（相互掛け金制度）。満額になったところで参加者の全員に平等に分けられ、お蔭参り（一生に一度の伊勢神宮参り）などの費用に充てることを主旨とした。だが一方ではクジなどを用い、一人もしくは一部の者が掛け金の全額を独占する投機的な方式もあった。

江戸時代になると無尽講はさらに日本各地に広く浸透し、次第に一種の金融組合としての組織形態を確立していった。町や村といった地域だけでなく、農業や工業、漁業などの職業別の無尽講も各地に発生し、一部は諸藩の地域経済などに影響を与えるほど大規模化する講も現れた。明治時代にはさらにこの傾向が強くなり、無尽講の営業を目的とした会社組織までが多数出現した。

だが、一方で、クジなどによる投機的な組合方針や詐欺的な営業手段により、参加者の破産や自殺といった深刻な問題も後を絶たなかった。その詐欺的な無尽講のひとつとしてよく知られるのが、子から親へと掛け金を吸い上げる仕組のいわゆる〝ネズミ講〟である。そこで政府は一九一五年に第一次「無尽業法」を制定。一九三一年にはこれを現行の無尽業法に改め、ネズミ講などの詐欺的、もしくは投機的無尽講を規制した。

こうして改めて無尽講について調べてみると、なぜ七ツ尾村のお祖母様が「……ムンジンのバヤエンコ……」と語っていたのかがわかるような気がしてくる。無尽講とは元より相互扶助を立前としながら、その本質は人の金を騙し取り、奪い合うために存在したのかもしれない。

一方で七ツ尾村のムンジンが、他の無尽講や頼母子講とは決定的に異なることもわかってきた。普通は参加者の一人ずつが一口いくらかの掛け金を納め、それで元本を作るのに対し、村には最初から七人の落武者から奪い取った大金が存在した。それがどのくらいの金額だったのか――。

規制法が制定されてから、全国の無尽講は急速にその形態を変えていった。ネズミ講や詐欺的なものは次々と姿を消し、合法的かつ大規模な組織や会社は金融機関となって生き残った。近年まで日本各地に存在した〝○○相互銀行〟と名の付く金融機関は、ほとんどが大規模無尽講の末裔である。他にも会社内や商店会の旅行や飲み会の積み立て、冠婚葬祭の互助会として相互掛け金の形態は存続するが、〝無尽講〟という言葉自体はいつの間にか忘れられていった。

二日目の夕刻に、小峰から古文書の現代語訳が終わったという連絡が入った。神山は夜に白河の『日ノ本』で小峰と待ち合わせ、コピーと原稿を受け取った。さすがに元高校教師だけあって小峰の原稿はパソコンで打たれた読みやすいもので、会津弁などのわかりにくいいい回しや歴史的事実には、可能な限りの注釈まで入っていた。

小峰はこの古文書に書かれていることを、単なる無尽講の約定ではなく、古い時代に書かれた何かの小説か伝奇の類であると思っていた。それほど、小峰にとっては奇抜な内容だったらしい。神山は小峰に解読の謝礼を用意していたのだが、「楽しませていただきました……」といって一笑に付され、受け取ってはもらえなかった。

家に持ち帰って読みはじめてみたのだが、確かに無尽講の約定とは思えないような内容だった。冒頭に〈謂〉とあり、七ツ尾村と七つの家系、さらに村が運営する無尽講に関する簡単な来歴のようなものが書かれていた。それをさらに要約すると、おそらく次のようになる。

〈――昔、大内の里から喰丸へと抜ける井戸谷の奥に、平家由来の人々が住む隠れ里があった。里の名を七ツ家といい、その名のとおり七軒の家があった。すなわち門脇、阿佐、椎葉、梶原、葛原、中野、小松の七ツ家である。村の長を門脇仁志兵衛といい、山内氏から逃れひっそりとこの地に住んだ――〉

不思議なことに、年代は書かれていない。だが小峰の注釈によると、文中の〝山内氏〟とは会津の山ノ内氏のことではないかという。山ノ内氏が平泉討伐の功により、当時の会津郡を源頼朝から拝領したのが一一八九年（文治五年）。さらに一四〇二年（応永九年）に、会津金山谷に居を構えたと記録が残っている。その後、山ノ内氏は、一五九〇年（天正一八年）に伊達政宗に只見の戦いで敗れて所領没収されるまで同地を支配した。つまり文中の〈山内氏から逃れ住んだ――〉という記述からすると、おそらく一五世紀初頭から一六世紀頃――四〇〇年から六〇〇年前――の出来事ということになる。

文中の地名から、場所を特定することもできる。〝大内の里〟は現在の大内宿。〝喰丸〟は当時の会津郡野尻組六ケ村の一つで、現在の昭和村。〝井戸谷〟は現在の井戸沢。そうなれば当然、〝七ツ家〟の里は現在の七ツ尾村ということになる。七軒の家の姓もあの武者首峠の墓碑銘と一致する。興味深いのは村の長が阿佐姓ではなく、門脇という姓の人物だったことだ。

　だがこのあたりから、来歴は意外な展開になる。

〈――井戸谷の北の峠に、七匹の狐がおった。ある年の正月の前に、七ツ家の里の門脇の長と婆様が、出来上がった反物を売りに喰丸に向かった。狐たちは二人を峠で待ち構え、反物を奪って谷に落とした。

二匹の狐が長と婆様に化けて村に戻り、他の五匹を手引きした。村人を騙してオゴワを炊かせ、酒を振舞わせた。腹が一杯になると、七匹の狐は村の男たちを全員殺してしまった――〉

　奇妙だ。話の流れとしては、阿佐のお祖母様の〝ざっと昔〟とほとんど同じだ。だが、決定的な部分だけが異なっている。お祖母様の〝ざっと昔〟が〈村人が悪い狐を殺す〉という筋なのに対し、この〝謂〟では殺すのが峠の狐の方で、殺されるのが村人の側だ。つまり、まったく逆だ。

やはり……。

記述は続く。

〈――七軒の家の床下には、平家所縁(ゆかり)の金銀の宝が隠されていた。以来、七匹の狐は村人の名を騙(かた)りて成りすまし、村に住み、女たちに反物を織らせて暮らした。反物を売った金と平家の宝でムンジンを組み、峠の祠に隠した。五年に一度、反物の織り上がる年の冬にこれを解錠し、掟(おきて)によって七軒の家に融通するものといたす――〉

やはり、そうなのだ。最初から、どこかおかしいと思っていた。七ツ尾村の村人たちは、平家の末裔に成りすましていただけなのだ。七ツ尾村の言葉は、完全な会津弁だった。食事も、会津独特の味付けの料理ばかりだった。もし本当に彼らが平家の家系であったとするならば、食文化や言語習慣などに何らかの特徴が残るものだ。まして彼らは、山奥の隠れ里で他との接触を拒みながら生きてきた。いくら代を重ねても、自分たちの本質を消せるわけがない。

考えてみれば、あのお祖母様の〝ざっと昔〟もどこか不自然だった。七匹の狐——おそらく七人の野武士か山賊——が無尽講を組めるほどの宝を持っていたり、にもかかわらず村人の反物を取ろうとして簡単に返り討ちに遭ったりと話の筋道に無理が多い。なぜ阿佐、門脇、椎葉、葛原、梶原、小松、中野の七つの墓が峠にあるのかも説明されていない。

だが、〝謂〟の記述には、話に矛盾がない。平家の落人が何らかの逃走資金を隠し持っていたことも頷けるし、それを知った野武士か山賊が隠れ里を襲って宝を強奪したとしても有り得ないことではない。そして村人の墓を峠に建て、自分たちが平家の末裔に成りすましたのだとしても辻褄が合っている——。

あの〝ざっと昔〟は、生き残った平家の女たちの間に発生した昔語りなのだろうか。それが長い年月を経て、語り継ぐ女たちが代を重ねる内に少しずつ話の内容が変化したのだろう。もしくは平家に成りすました村人たちが、過去の悪業を正当化しようとして、作為的に話を脚色した可能性もある。

さらに『七ツ尾村無尽組覚書控』は、第二頁の〈掟〉へと続く。

〈掟

一、無尽は村の七ツの家の秘密とし、その秘密を守る。是対外に口にするべからず。

一、無尽は各家の世襲財産とし、嫡系なき家系はその権利を失う。
一、村を出る者、対外に口にする者はその権利を失う。
一、村の長、門脇の娘がこれを語り継ぐ。その布の機の織れる五年に一度の新年山の神の日に、一〇貫の黄金を七ツの家に定めに従い融通する――〉

神山はこれを読みながら、生唾を呑んだ。一〇貫の黄金といえば、とんでもない量だ。現在の単位になおせば、約三七・五キログラム。グラム当たりの時価三七〇〇円で計算すると、約一億四〇〇〇万円。年に二八〇〇万円近い大金になる。

興味深いのは、その権利規定だ。神山は〈――嫡系なき家系はその権利を失う――〉という一文を何度も読み返した。なぜ死んだ阿佐久喜雄は、信人を〝かかりご（後継）〟として養子にしたのか。その信人がいっていた「この村の男には、やらねばなんねえことがあんだよ……」という言葉の意味は、このことだったのだ。

覚書には、さらに詳しく無尽の分配方法について記されていた。

〈分配
一、村の長なる者、無尽の権利一〇口とする。
一、家の長なる者、無尽の権利五口とする。

一、家の嫡子なる者、無尽の権利三口とする。
一、家の男子なる者、無尽の権利二口とする。
一、家の女子なる者、無尽の権利一口とする。
一、家の内嫁なる者、無尽の権利二口とする。
一、家の外嫁なる者、無尽の権利無きものとする。ただし木地師の家系の外嫁なる者はその例外とし、無尽の権利一口とする。
一、村の嫁と姦通する者、無尽の権利を失う。
一、以上の総口数により黄金一〇貫を割り、各家の持つ権利口数に応じて平等に融通するものとする——〉

神山は、その驚しさに息を呑んだ。かつて脳裏をかすめた奇妙な予感が、当たっていたようだ。五年前に殺された阿佐勝正の娘の加奈子が、なぜ木地師の蛭谷の家に養女に出されたのか。信人に嫁に行く準備であると同時に、やはり無尽講の分配のための〝数合わせ〟だったのだ。

そう考えれば、なぜ有里子が滋賀県の雄琴から身請けされてまで阿佐家の嫁になったのかにも説明が付く。彼女は、木地師の末裔だった。無尽の権利一口を阿佐の家が獲得するために、探して買われてきたのだ。おそらく彼女自身にも、何も知らされていなかったのだろう。

阿佐のお祖母様は、「……ムンジンのバヤエンコ……」と語っていた。つまり、無尽講の奪い合いだ。

〝奪い合い〟とは、何を意味するのか。もはや、考えるまでもない。すなわち、奪い合いとは、無尽講の口減らしをして自分たちの取り分を増やすための〝殺し合い〟だ……。

おそらく七ツ尾村では何百年も昔から、無尽講をめぐる殺し合いが繰り返されてきたのだろう。阿佐勝正と椎葉吾助の夫婦四人が惨殺された事件もそうだった。それ以前にも、何度も同じような事件が起きていたに違いない。

さらにあの村では、無尽の口数合わせのために嫁や養子の貸し借りをやっていた。外部からの血を入れず、村の中の縁者だけで代を重ねてきた。当然、血は濃くなる。村の無尽講をめぐる奇習に嫌気がさし、村を出た者もあったろう。やがて七ツ尾村の七つの家系に絶える家が出はじめ、人口も減りはじめた。何とかその悪循環を断ち切るために、外嫁という形で新しい血を入れるしか方法がなくなった。

何百年も踏襲された村の秘密の風習に、歪みが生じはじめた。村の外部に秘密が漏れ、さらに外部から圧力が掛かった。その因子が、『七ツ尾村無尽組覚書控』を持って村を去った梶原の家系、すなわち梶原清次郎だ。

清次郎は、何を企んでいたのか。もし梶原の家に残る村の無尽講の覚書控を見て、同じ村から出た小松の娘の亭主の野末弁護士と組み、無尽講の資金をせしめようとしたとすれば。自分が秘書として勤める県議会議員——野末弁護士の父親——の野末寛之の政治団体『寛誠会』への莫大な寄付も、おそらくその一部だ。七ツ尾村の村人は、過去の悪業や口減らし殺人の実態を暴露されると脅されれば、清次郎や野末のいいなりにならざるをえなくなる……。

だが、阿佐玄右衛門が『寛誠会』に個人献金をしていたのは、平成一五年度から一八年度までの四年間だけだ。なぜだ。おそらく献金を打ち切った年の前後に、何かが起きたのだ。阿佐玄右衛門や清次郎、村人の誰もが予期しなかった、何かが……。

神山の頭の中で、何かが閃いた。村に、金が無くなったのではないか。

それしか考えられない。武者首峠に隠してあった無尽講の資金が、消えたのだ。神山を雇った本当の目的も、それだ。

誰が金を盗み出したのか。それはおそらく、一年前に葛原直蔵が死んだ時に武者首峠に向かった三人の中の一人だ。直蔵と久喜雄、もう一人の男だ。その男がおそらく、五年前に椎葉吾助と阿佐勝正の夫婦四人も殺している。

当たり前に考えれば、その犯人は有里子の亭主の勘司だ。だが、勘司は村に帰ったあの夜に猟銃を持ってはいなかった。もし勘司ではないとしたら……。

絡繰が、わかった。

神山はｉＰｈｏｎｅのスイッチを入れ、南会津署の佐々木刑事に電話を掛けた。

14

張り込みを始めて、四日目だった。

ここのところ、暗く、雪の多い日が続いていた。もうすぐ三月になろうというのに、春はまだ遠い。

神山は小高い丘の上にある縫製工場の駐車場に駐めたバンの中で、横なぐりの雪が吹き抜ける寒々しい風景を見つめていた。眼下には凍りつく畑の白い雪原が広がり、彼方には入母屋造りの数軒の農家が霞んでいた。その手前に、集落に背を向けるようにして、周囲の景観にはそぐわない白い新築の家が見える。一年前に死んだ葛原直蔵の未亡人、葛原君子が郷里の昭和村に建てた家だ。

「寒じるなや。いつまでこんなだか……」

佐々木刑事が、独り言のように呟く。隣で吉田という若い刑事が、その言葉に条件反射するように肩をすぼめた。他にも長岡、久米という二人の刑事がいる。全員、七ツ尾村の捜査の頃からの知った顔だ。

だが、ディーゼルエンジンをアイドリングにしたまま暖房を強くしている車内は、むしろ暖かかった。トヨタのハイエースのスーパーロングで、中にキャンピングカーのように小さなキッチンが付いている。佐々木が気を利かせ、張り込み用にと県警から借りてきたらしい。

神山は暖房で曇った窓を拭い、また凍てつくような外の風景を眺めた。午後も、もう遅い時間になっている。あと一時間もしないうちに、日が暮れはじめるだろう。奴は、今日も来ないのだろうか。それとも、他の誰かが姿を現すのだろうか。

七ツ尾村の無尽講の金が、どこに消えたのか。そう考えた時、すべての謎が解けたような気がした。

答えは、ひとつしかなかった。葛原君子が郷里に戻って建てた、あの家だ。

調べてみると君子は、昨年の四月——亭主が死んで三カ月後に——会津美里町の建築会社と新築の契約を結んでいた。最新の2×4工法で間取りは4LDK。延べ床面積は一〇五平方メートルにもなる。一人で暮らすには、広すぎる家だ。

建築費は、造成と浄化槽工事込みで二一〇〇万円。これはこの辺りの相場だ。だが君子はその三分の一を契約時に支払い、残り三分の二を九月末の竣工時に現金で精算していた。しかも二〇〇坪近い土地は伯父の牧野茂からの借地ではなく、四月の時点で君子名義で登記されていた。いくら土地は親戚から買ったとはいえ、上物と込みで最低でも三〇〇〇万円の金は掛かっていることになる。

君子はそれを、死んだ亭主の生命保険で支払ったといっていた。だが、それは明らかな嘘だ。一年前、亭主が殺された時には、警察には届けていなかった。当然、死亡診断書も取っていない。もし生命保険に入っていたとしても、保険金が支払われるはずがない。

亭主が死んでから、君子が仕事をしていた形跡はない。無職の人間がもし三〇〇〇万円の大金を持っていたとしても、その全額を投じて家を建てるわけがない。必ず、生活費のためにそれ以上の金を取っておくはずだ。つまり君子は、家を建てた三〇〇〇万円の何倍かの金を持っていたことになる。

その金が、どこから来ているのか。死んだ亭主が、それほどの資産家だったとは考えられない。いくら七ツ尾村の無尽講に入っていたとしても、妻の君子は〝外嫁〟だ。他に、子供がいない。受け取れるのは五年に一度、死んだ葛原直蔵本人の無尽講の権利五口だけだ。あの山奥で夫婦二人で暮らしていくのには十分すぎる額だが、数千万円という金を溜め込める程の金ではない。

考えられる可能性は、ひとつだけだ。七ツ尾村の共同資産――消えた無尽講の元本――だ。だが、君子本人がその金を盗み出したわけではない。もし『七ツ尾村無尽組覚書控』に記されているとおりその資産が黄金だとすれば、女手だけであの山奥の武者首峠から運び出せるわけがない。

男、だ――。

誰か、君子の元に男が金を運んできたのだ。

前に、有里子がいっていた。君子は、美人だったと。確かに神山が見ても、美人かどうかは別として男好きのする女には見えた。妙な色気のある女だった。あの七ツ尾村で生まれ育ち、閉鎖的な環境の中で親類縁者の女だけを見て大人になった男にとっては、莫大な金を貢ぐだけの価値があったのかもしれない。もしかしたらその狂気が、あの女の亭主を殺させたのか——。

人が人を殺す理由など、限られている。金に対する欲か。もしくは、愛憎か。ましてあの狭い空間の中でその二つが絡み合えば、人が殺されるのはむしろ当然だ。

「今日も、来ねえべかな……。おれがいるうちに、来しゃれよ……」

長岡がそういって、あくびをした。手には、朝から何杯目かもわからない冷めたコーヒーカップが握られている。この男も昨夜からの〝泊まり〟だ。あと二時間もして、六時になれば交代の署員がやってくる。

「本当に、来んだかな。来ねえんでねえか……」

久米が、そういってタバコに火をつけた。

神山はまた曇った窓を拭い、外を見た。降りしきる雪に霞む風景は次第に光を失い、いまは灰暗色の薄闇の中に沈み込もうとしていた。今日は、もう来ないのかもしれない。いや、明日も。その次の日も。だが、もし奴が君子を忘れられないとすれば、こんな日は女の肌が恋しくなるはずだ。

その時だった。暗い風景の中に、光が見えた。

車、だ。車は村の方角から農道へと曲がり、ゆっくりと、だが真っすぐにこちらへと向かってくる。この辺りの寒村ではあまり見かけないような、クラウンのロイヤルサルーンの新型だった。

佐々木刑事が、無言で神山を見た。神山も無言で頷く。気配に気付いた久米がタバコを消し、長岡もコーヒーを飲み干すとカップを置いた。

クラウンは葛原君子の家に向かう道に入り、そのまま奥へと進んだ。家の前で車が止まり、クラクションを二度、鳴らした。しばらくすると家の玄関に明かりが灯り、ドアから人が出てきた。君子だった。

君子が家から出てきて、車へと向かう。運転席の男とひと言ふた言、声を交わし、門のチェーンを外した。車は一度バックし、頭から広い敷地の中に入った。

車のライトが消え、エンジンが止まった。運転席のドアが開き、男が一人、降り立った。間違いない。奴だ――。

「行きなんしょ」

佐々木がそういって、運転席に座る若い吉田に合図を送る。吉田がハイエースのギアを入れ、ゆっくりと駐車場を出た。

工場の建物と森を回り込むように、坂を下った。広い農地に沿った雪の積もる道を、ゆっくりと進む。フロントウィンドウで、ワイパーが忙しなく動き続けていた。

ヘッドライトの光の中に、葛原君子の家が浮かび上がった。降りしきる雪の中で見る、まだ真新しい白い家は、安物の舞台装置のように見えた。

車が、家の前に止まった。トランクから何かの荷物を降ろした男は、まだ玄関の前に立っていた。バンのドアが開き、神山と三人の刑事が雪の中に降り立つ。男は君子と共に振り返り、その光景を呆然と見つめていた。

佐々木が、肩をすぼめて男に歩み寄る。警察手帳を出しながら、男に声を掛けた。

「久し振りですな。だいぶ捜しましたぞい。もうわかってんと思うべが、話を訊きてえんだどもな」

佐々木の顔を見て、椎葉浩政は肩を落として頷いた。

15

春休みが終わり、薫の息子の陽斗が車の免許を取ったという報告にやってきた。

神山は七ツ尾村の一件以来、溜まった仕事で忙しい日々を過ごしていた。だが時間の合間を見計らい、陽斗との約束を果たすためにパジェロミニの整備はすませておいた。オイルはすべて交換し、ブレーキはオーバーホールしてある。

「本当に、ぼくにくれるの」

二人で洗車し、ワックスを掛けたパジェロミニを見て、念を押すように陽斗が訊いた。

「約束だからな。そのために、整備したんだ。いいから、使えよ」

キーを渡すと、陽斗の笑顔が春の日差しのように輝いた。

すでに一二万キロ以上を走ったロートルだ。だが、まだ新人の教育係として、しばらくは現役で働いてくれるだろう。

翌週、新しい車が納車された。シルバーメタリックのスバル・フォレスターだ。探偵稼業はともかくとして、陸奥の山間で暮らすには、この手の四輪駆動車は必需品だ。

そういえば三年前の夏に死んだ旧友の柘植克也も、スバルのインプレッサのラリー仕様車に乗っていた。自分もBMWで張り合ったが、とんでもなく速い車だったという印象があった。

今回、神山が選んだのも、ターボ付きの2・0―XTだ。速い車を好む男はいずれ死に急ぐというが、それはそれでかまわない。人生は素直に、主義に忠実に生きるべきだ。

週末、日曜日に、神山は新車の馴らし運転がてらのドライブに会津へ向かった。よく晴れた日で、南からの風が春の香りを運び、街道沿いの染井吉野もほころびはじめていた。

甲子トンネルを越えると、山深い会津の風景も一変していた。いまはもう、あれほど積もっていた雪も周囲の山肌に僅かに残るだけだ。神山は国道二八九号線で下郷町を抜け、狭い町道を山へと上がっていく。村中の集落から栄富、三ツ井へと抜けるルートだ。以前にも通っているはずなのに、見覚えのない風景のように錯覚する。日影の集落を過ぎ、戸石から沢沿いの道を右に折れた。ここから先は、七ツ尾村まで一本道だ。ここまで登ってくると、まだ日陰や倒木の下にかすかに白いものが残っていた。道は森の中に消え、またいつか現れ、まるで迷路のように山に分け入っていく。途中で、宮山村の跡地を抜けた。それでも神山は、自分がどこにいるのかさえわからなくなった。本当にこの道は、いつかのように七ツ尾村に通じているのだろうか。

だが、村は意外と近かった。やがて森が途切れ、風景が開けた。荒れた田園風景を分けるように、一本の細い道が続いていた。

神山は、車を進めた。やがて、七ツ尾橋を通り過ぎた。だが川のこちら側には、家が一軒も残っていない。阿佐の家も、椎葉や葛原の家もあの夜の大火で焼け落ちたのだ。黒い炭になった何本かの柱が、まるで墓標のように青空に聳えているだけだ。

神山は車を降り、しばらくその殺伐とした光景に見とれた。春の暖かい日差しが、不釣り合いなほど明るかった。

焼け跡を、歩いてみた。家の中には焼けた簞笥（たんす）や仏壇、囲炉裏端が残っていた。だが、他には何もない。この村についニカ月ほど前まで人が住んでいたことが信じられないほど、空虚な風景だった。

穏やかな風の音に、耳を傾ける。樹木の梢を揺らす音が、村人の話し声や笑い声に聞こえてくる。

神山は車に戻り、畑の中の農道に入っていった。彼方に、一軒の小さな小屋のような建物が見えた。蛭谷茂吉の家だ。彼はまだ、ここに残っているのだろうか。

車を庭に駐め、降りた。だが、人の気配がない。納屋の下に軽のバンはなく、犬小屋の中にカイもいなかった。

板戸が風に揺れて、音を立てた。神山は家に歩み寄り、戸を開けた。やはり、誰もいない。囲炉裏端の座敷に置いてあった茶箪笥や、自在鉤に吊るしてあった古い南部鉄の鍋も、すべて蛻の殻になっていた。

「おーい。誰か、いないのかぁー」

家を出て、神山は叫んだ。その声が周囲の山々に木霊し、また村人たちの話し声や笑い声のように聞こえた。

だが、幻聴にすぎない。ともすれば、あの七ツ尾村の出来事が、すべて幻であったかのように……。

南会津署の佐々木から最後に連絡があったのは、葛原君子の家で椎葉浩政を確保した二週間後のことだった。翌日、佐々木は、会津ほまれの一升瓶を提げて若い吉田刑事と二人で訪ねてきた。今回のことでは世話になった、いろいろと報告しなくてはならないことがあるといいながら、実は神山から裏を取りたかったのだろう。

吉田を車の中で待たせ、乾き物を肴に酒を飲みながら、佐々木はいろいろなことを話した。あれから椎葉浩政は一連の事件の犯行を自白し、二日目には正式に逮捕された。そこまでは地元の『福島民報』にも載ったので、神山もだいたいのことは知っていた。だが、興味深いのは、椎葉の自白の内容だった。

神山が考えていたとおり、七ツ尾村の住民は昔から無尽講の分配金に頼って生活してきた。その裏で、口減らしのための村人の謎の死も後を絶たなかった。猟や山菜取りに出たまま行方不明になったり、猟銃の事故で死んだ者もいる。明らかに毒殺と思われる突然死も多かった。そのために村で料理を作るのは、何人かの内嫁に限られていた。

だが、そうした不審な死を、村人は馴合いで有耶無耶（うやむや）にしてきた。狭い集落の中の出来事だ。もし責任の所在を追及すれば、結局は自分の親族からも犯罪者を出すことになる。しかも誰かが死ねば、誰もが得をする。まして警察に届けようなどという者もいない。そのために旧住所表記の古い住民票には、一二〇歳を過ぎても生きている村人が何人もいることになっている。

殺されたならば、油断した方が悪い。それが嫌なら、無尽講の権利を放棄して村を去ればいい。いつしかそのルールが村の暗黙の了解になり、それはそれである種の秩序のようなものが保たれてきた。

七ツ尾村の秩序に大きな変化が起きたのは、まだ太平洋戦争中の昭和二〇年頃だった。当時、赤紙を受けて出征した村の若者が何人も戦死。その中には村の長だった門脇の家の次男と三男、さらに清次郎の父親の梶原清志(せいじ)も含まれていた。その後、門脇の家では長男が猟銃による事故により死亡。養子だった父親も自殺。一方、梶原の家は嫁が二人の幼子を連れて家を出た。その一人が、清次郎だ。これで七ツ尾村の七つの家系の内、門脇と梶原の二つの姓が消えた。

村の長の座が空席になったことにより、五年後の無尽講の分配をどうするのかが村の火種となった。また、人が死ぬことは目に見えていた。その悶着(もんちゃく)にいち早く手を打ったのが、阿佐家の先代の阿佐玄司(げんじ)という男だった。玄司は門脇の家の後家となったひと回り以上も歳上のトラを後妻に迎え入れ、本家の血筋を楯(たて)に半ば強引に村の長の座に納まった。その一年前に阿佐の先妻が突然死していたが、村内ではそれも毒殺だったという噂があったようだ。つまり、玄右衛門や久喜雄、椎葉の嫁の里子は、トラの実子ではないということになる。玄司の死後、トラは自分の孫に当たる椎葉吾助の妻のミツが面倒を見ていたが、五年前に夫婦が惨殺されてからは阿佐玄右衛門が引き取っていた。

阿佐家はその後も七ツ尾村の実権を握り、無尽講の口数の大半を独占した。そのためには、やり方を選ばなかった。昭和四〇年頃に、長男の玄右衛門が結婚したのもそのひとつだった。嫁は秋田の大館から来た、中野ヨシエという女だった。玄司と玄右衛門はヨシエの家系図を捏造してまで、明治時代末期に七ツ尾村で家督が絶えた中野家の末裔であると主張。内嫁として無尽講の権利二口を得た。

五年前に阿佐ヨシエを毒殺したのは、葛原唐次郎の嫁——死んだ小松吉郎の娘——の正子を中心とした村の本当の内嫁たちだった。

神山がヨシエが死んだ当時のことを話題に出した時、正子が「おら、何もやってねえよ……」と白を切っていたのを思い出す。理由は、いまさら考えるまでもない。切っ掛けは六年前に息子の勘司が有里子を嫁にし、木地師の娘と主張してさらに無尽講の権利一口を手に入れたことだった。

糸が絡み合うような七ツ尾村の人間関係が、少しずつ解けてきた。

五年前、ヨシエの死の直後、椎葉吾助と阿佐勝正の夫婦四人が猟銃で惨殺された。二人の嫁は、いずれも七ツ尾村で生まれた内嫁だった。すでにヨシエの毒殺が暗黙の了解となっていた村の中で、勘司が母親の復讐のために殺ったのではないかという噂が立った。勘司が四人の殺害に使われた散弾銃を所持していたことと、事件当日の夜は小屋掛けで猟に行くといって村を留守にしていたこともその理由だった。だが、その猟の先で、勘司は同行した椎葉浩政に猟銃を奪われていた。

自分が疑われていると知った勘司は、村を去った。もしくは次に殺されるのは、自分だと考えたのかもしれない。勘司さえいなければ、嫁としての無尽講の権利を失う有里子も安全だ。

椎葉浩政は、勘司の猟銃を使って四人を殺したのは自分であることを自白した。神山も、すでにそれはわかっていた。だが、なぜなのか。動機だけが読めなかった。単なる口減らしなら、単独であれほど大胆なことをやるとは思えない。しかもその内の一人は、自分の実の兄だ。

「なぜ椎葉はあんなことをやったんだ。動機について、何かいっていなかったか」

神山は、佐々木に訊いた。

「それなんだべがな。奴は、前の年の茸狩りん時に山の炭焼き小屋で葛原の嫁の君子と乳繰り合ってってとこを阿佐勝正に見られちまって、それを兄貴の椎葉吾助にばらされたとかいってんだ。だども、そんなことで四人も殺すもんだべか……」

神山は、それで納得がいった。あの『七ツ尾村無尽組覚書控』の〈分配〉の頁にあった〈一、村の嫁と姦通する者、無尽の権利を失う〉という一文だ。もし君子との不義が他の村人の知るところになれば、椎葉浩政は村の掟により一文無しになるところだった。

村にはもうひとつ、大きな問題があった。梶原清次郎だ。戦地で死んだ父の清志は、自分にもしものことがあった時のためにと七ツ尾村の無尽組覚書の写しを嫁に残して出征した。戦死した後、嫁は村を去ったが、それから六〇年以上も経って清次郎が覚書の写しを持って村に戻ってきた。

清次郎は村の古くからの風習と秘密を楯に、無尽講の分配金から莫大な政治献金を要求した。しかも清次郎は、阿佐の家に住みついてまで村を見張っていた。脅迫を受け入れないわけにはいかなかった。

問題はその政治献金を、阿佐玄右衛門と久喜雄が自分たちの取り分を減らさず各家均等に割り振ったことだ。これでは口数の少ない家は、取り分がほとんどなくなってしまう。当然、他の村人からは不満の声が上がる。その反阿佐派の中心となったのが、一年前に死んだ葛原直蔵だった。直蔵はこれ以上、清次郎に金を払うなら、すべてを警察にぶちまけると息まいた。

妻の君子は直蔵が死ぬ前日に、弟の葛原唐次郎が徒ならぬ様子で家に訪ねてきたことを覚えていた。椎葉浩政によると、唐次郎は村に勘司が戻ったと伝えに行ったらしい。久喜雄と椎葉浩政が、山で姿を見たという話をでっち上げた。

翌日、村の有志三人が事の次第を確かめるために武者首峠に登った。葛原直蔵以外の二人の名も、すでにわかっている。阿佐久喜雄と、椎葉浩政だ。

だが、これは罠（わな）だった。久喜雄は厄介者を消すために、浩政は君子を自分の物にするために何も知らない葛原直蔵を殺した。そして前日に山で勘司を見かけたような噂を利用し、罪を被せようとした。

その二年前に無尽講の金を盗み出したのも、椎葉浩政と阿佐久喜雄の二人だった。二人はその後も白を切り通し、何喰わぬ顔で村に住んでいた。だが裏では金の分配で揉め、あの火事の夜に浩政は久喜雄を殺した。理由は、金の一部を君子にやったことをばらされそうになったことと、葛原直蔵殺しの一部始終を知っているからだった。

そう考えてみれば、神山の本来の役割もわかってくる。葛原直蔵殺しの犯人を特定することは、つまり――消えた無尽講の金の行方に繋がる。

最後までわからなかったのは、小松吉郎が殺された理由だった。だが、佐々木から話を聞けば、それも理解できた。小松は、神山を尾けたわけではなかったのだ。以前から覗き趣味があり、若い信人と加奈子の密会をいつも狙っていた。椎葉浩政も君子との関係を一度見られてしまい、日頃から金を無心されていたらしい。

小松を殺したのも、椎葉浩政だった。考えてみれば、小松が七ツ尾橋を渡ってあの神社に行ったとすれば、途中で前を通るのは椎葉の家だけだ。

椎葉が逮捕されてから、村人の行方が次々と明らかになった。阿佐玄右衛門は郡山市のビジネスホテルに隠れていたし、葛原唐次郎は目と鼻の先の下郷町の遠縁の家に身を寄せていた。だが阿佐勘司と有里子の二人の行方だけは、いまだ杳として知れない。

生きているのか、死んでいるのか。だが、神山は思う。二人はおそらく、有里子の郷里の滋賀県のどこかで暮らしているのではあるまいか。勘司は五年前、あの村から姿を消していた。その間、確かに有里子とは連絡を取り合っていたはずだ。そうでなくては、あの夜に有里子を助けるために村に戻れたわけがない。

神山は、思う。あの阿佐玄右衛門の家で、枕元に鎧武者が立つ夢を見たことがあった。対岸の廃屋や、武者首峠に近い山小屋の中に、確かに人が出入りしていた気配を感じたこともあった。あれはすべて錯覚などではなく、有里子を見守る阿佐勘司の影ではなかったのか。

　武者首峠は、雪の日の険しい道のりが嘘のように近かった。車で村道を行き止まりまで進み、そこから徒歩で片道せいぜい一時間と少しの距離だった。

目映(まばゆ)い春の日差しを肩に受けながら、峠道を歩く。ｉＰｏｄからは、ジョン・デンバーの『サンシャイン』が流れている。なぜこの曲なのかは、いまこの会津の山々を見ながら歩く者にしかわからないだろう。

　武者首峠は、あの日と同じようにそこにあった。七つの墓石も、そこに書かれた七つの姓の墓標もそのままだった。だが、ここに埋められた者は本当は誰だったのか。いまはその素姓を知る由(よし)もない。

　七つの墓の前には、七つの花が添えられていた。花は、すでに枯れていた。おそらく、何日か前に、ここを誰かが訪れたのだろう。

警察の人間ではない。神山は理屈ではなく、それは勘司と有里子の二人であるような気がしてならなかった。

手を合わせ、その辺りを散策した。だが、いくら探しても、無尽講の金を隠していたという洞窟は見つからなかった。

峠には、風の音だけが鳴っていた。

帰ろう。そう思った時だった。遠くから、犬の鳴き声が聞こえたような気がした。

どうせまた、幻聴だ。そう思って、振り返った。だが、〝本物〟だった。光の中で躍動するように、白い犬が走ってきた。

カイだった。

神山は腰を落として両腕を広げ、その体を受け止めた。カイが、胸の中に飛び込んできた。

「お前、まだこんな所にいたのか……」

頭を撫で、非常食がわりに持っていたソーセージをやった。尾を振り、無心に食べている。よほど腹が減っていたようだ。

利口な犬だ。村に帰ろうと思えば、道に迷うわけがない。久喜雄を咬み、自分で悪いことをしたことがわかっていて、帰るに帰れなかったのだろう。

「カイ、おれと来るか」

神山が立った。歩きだすと、カイがその周りにまとわりつくように付いてくる。

どうやら、旅の道づれが一匹、増えたようだ。

ｉＰｏｄのスイッチを入れると、またジョン・デンバーの澄んだ歌声が聞こえてきた。

解説――冬、四季、それから

ミステリ書評家　村上貴史(むらかみたかし)

■冬

雪の夜。東北の山奥の村落でその事件は起きた。村人の一人が、猟銃で同じ村の人々を次々と射殺していったのだ……。

名探偵・金田一耕助(きんだいちこうすけ)が活躍する横溝正史(よこみぞせいし)の『八つ墓村(やつはかむら)』や、実際に岡山で起きた「津山(つやま)三十人殺し」などを想起させるような出来事で、この『冬蛾(とうが)』という小説は幕を開ける。アラフォーの私立探偵・神山健介(かみやまけんすけ)を主人公に据えて『渇いた夏』『早春の化石』と続いてきた長篇シリーズの第三弾だ。

神山健介による一人称一視点での叙述(じょじゅつ)、折れない心、減らず口、神山が愛する車、神山を愛する女たち――このシリーズは、いわゆるハードボイルドらしい属性を豊富に備(そな)えた男の物語である。だが、それをもってして〝ハードボイルド〟とストレートに表現するのには少しばかり抵抗がある。冒頭で記した『八つ墓村』的な世界を持ち込んでいることもそうだが、このシリーズで柴田哲孝は時折〝普通のハードボイルド〟を踏み外しているのだ。中学生時代にハドリー・チェイスに惚れ込み、レイモンド・チャンドラーに親しんだ柴田哲孝である。踏み外したのは、おそらくは意図的にであろう……。

■夏、春、冬

神山健介という私立探偵が誕生したのは二〇〇八年のこと。もう五年も前になる。伯父が自殺したという。その知らせとともに、伯父が遺した家と車を相続することになった神山は、東京の興信所を辞め、福島県西白河郡西郷村の真芝という集落に転居することにした。彼が中学から高校にかけての四年間を、母と、そして伯父とともに過ごした土地であり、そこで、伯父が遺した家に住むのだ。二〇年ぶりの真芝で、古い仲間などとも再会しながら、彼は伯父の自殺に疑問を募らせていく。あれこれが不自然なのだ。真芝で私立探偵としての仕事を始めながら、彼は伯父の事件を、そして伯父が知人に依頼されて探っていた過去の殺人事件をも追っていく。そして調査の果てに、神山は結論を得た。苦い事実も知り、命を落とす者も出るなかで、神山は真相に辿り着いたのだ。その姿を描いた長篇こそが、二〇〇八年に刊行されたシリーズ第一作、『渇いた夏』であった。

この作品は、都会の夜こそ出てこないものの（すなわち地方の集落が舞台という新鮮味があるということだ）、素直にハードボイルドといってよかろう。だが、二〇一〇年に刊行された続篇『早春の化石』は、その型を逸脱している。

真芝での私立探偵としての生活はそれなりに軌道に乗っていた。白河の住民からの細々とした調査依頼もあれば、東京時代の知り合いからの依頼もある。姉捜しの依頼は、後者だった。東京から来たモデルの中嶋佳子が、姉を捜して欲しいというのだ。二年前にストーカーに殺害されたらしい姉を。自分とそっくりな外見を持つ双子の姉を……。

とまあこうした人捜しの展開は至極ノーマルなのだが、『早春の化石』では、そこに刺激的なノイズが混入してくる。それこそ、オカルト風の要素が。だからといってウィリアム・ヒョーツバーグの『堕ちる天使』ほどにオカルト色が濃いわけではなく、やはり神山の行動は典型的ハードボイルドのそれである。そして結末もそんな刺激的な全体に相応しく衝撃的。まさかあんな結末が待ち受けていようとは。久しぶりにたまげた。

そしてこの第三弾『冬蛾』（二〇一一年）である。冒頭で紹介した連続銃殺事件は、プロローグに記された内容だ。本編は、神山のもとに依頼が舞い込む場面から始まる。妙な依頼だった。十二月の中旬からの二ヶ月間、神山を専属で雇いたいというのだ。南会津の山奥の集落からやってきた依頼人の阿佐有里子は当初、それ以上のことを語ろうとしなかったが、神山が「充分な報酬」では動かないと感じて、口を開いた。村で一年前、一人の男が死んだ。雪の中で沢に墜ちたらしい。だが、状況に不自然な点があり、村では殺されたのではないかという噂が立った。それとほぼ時期を同じくして、有里子の夫が村を出奔し、家に帰ってきていないのだという。その一年前の出来事の真相を探って欲しいというのが有里子の依頼だった。だが、どうもそれがすべてではないらしい……。依頼を引き受けるかどうか態度を示さぬまま、有里子が暮らすという七ツ尾を神山が訪れてみたのは、十二月中旬だった。とことん山奥のその集落で、彼は雪に封じ込められてしまう。そして事件は起きた……。

この『冬蛾』。序盤から中盤にかけては、雪に閉ざされた和の空間のなかで物語がしずしずと進んでいく。そう。柴田哲孝は序盤から全力で〝普通のハードボイルド〟を踏み外しているのである。そこが新鮮であり、なおかつ自然であるのは、この作家の実力の表れと言えよう。シリーズ第三作という目で読んでみて神山の行動はいかにも彼の行動であるし、一方で和の世界のなかにおいても彼の行動は自然なものとして読めるのである。それ故に、読者は『冬蛾』の異空間を、十分にリラックスして堪能することができるのだ。

中盤以降は、物語に奥行きが出てくる。七ツ尾の集落を巡る謎――老婆の口ずさむ歌などという横溝正史『悪魔の手毬歌』を想起させるモチーフもあったりする――は、数年前や十数年前どころではなく、遥かな過去まで遡るし、わずか十数人という七ツ尾の集落の住民の間に存在する格差も見えてくる。都会の夜の闇などより、よっぽど深く濃密な空気のなかで行動していることを、神山が理解していくのだ(同時に読者も理解していくことになる)。典型的な探偵行がまったく典型的でない事実を掘り起こしていくスリルは、本書ならではの魅力である。

そして結末だ。そうした七ツ尾という異形の世界に相応しく、なおかつ十二分に現代的で生臭い真相が神山を待ち受けているのである。まさに『冬蛾』にとって最適のピリオドといえよう。

■夏、春、冬、秋

神山健介シリーズは、『渇いた夏』を第一弾として、四季を逆回りに描かれてきた。第四弾もそのルールに則り『秋霧の街』というタイトルで二〇一二年に刊行されている。この第四弾の舞台は、新潟。新潟といっても、ほぼロシア人たちのルールに支配された港町が舞台である。物語が本格的に走り始めると、神山の周囲にいるのはロシア人やパキスタン人が大半で、日本人はごく少数。そんな世界で、神山は拳を振るい、銃を手にする。殴られ、蹴られる。そして車を走らせる。そう、『秋霧の街』で神山は、また新たな世界に身を投じるのである。

神山健介は、四季を通じてかくも多様な世界に投じられ続けたが、どの作品を読んでみても、彼は彼である。ぶれないのだ。

ご存じの方も多いだろうが、柴田哲孝という作家もそうである。デビュー長篇である『KAPPA』のように、UMA(Unidentified Mysterious Animal、謎の未確認生物)を題材とした小説もあれば、『GEQ』のように地球規模の構想をサスペンスとして表現した小説もある。人情と食にちょいと色気をトッピングした『狸汁』もあれば、終戦直後の日本を舞台にした刑事と女の物語『銀座ブルース』もある。柴田哲孝はかくも多様な世界を描き続けるが、どの作品を読んでみても、彼は彼なのである。だからこそ、神山健介がぶれないのだ。

ちなみに柴田哲孝はカメラマンであったこともあれば、パリ・ダカール・ラリーを完走したこともある。アマゾンやオーストラリアで魚とも格闘した。ノンフィクション『下山事件 最後の証言』で日本推理作家協会賞も受賞した。多様な世界に身を投じ、その世界を体感してきた彼だからこそ、神山が投じられる多様な世界も描ききれるのである。

柴田哲孝は、この神山健介シリーズにおいて、個々の作品での個々の世界を描くと同時に、真芝に居を移した神山の日々をも描いている。シリーズ読者としては、そうした側面も味わうことができる。

例えば、かつてのクラスメートであり、〝美少女〟と評判だった薫との微妙な距離感であるとか、彼女の息子との交流であるとか、だ。後者は特に、大人の男と少年との対話が愉しいし、少年が青年／大人になっていく姿を見る愉しみもある。『冬蛾』『秋霧の街』と、男同士の会話が深まっていくのを読むと、なんだか嬉しい気持ちになってくるのだ。そして『冬蛾』で神山は一匹の犬と出会う。『秋霧の街』では、その犬と神山が一緒に暮らしていることが判る。このコンビは、柴田哲孝が『KAPPA』などで描いてきた有賀雄二郎と愛犬ジャックの姿を彷彿とさせる。柴田哲孝が自分を投影して描いたという有賀雄二郎は、『RYU』『DANCER』などで活躍してきた主人公であり、著者を代表するキャラクターだ。『冬蛾』で相棒としての犬を得た神山健介は、いよいよ柴田哲孝のなかで中心的なキャラクターになったと考えてよかろう。

■四季の後に

その位置付けを確信させるのが、シリーズ第五弾の『漂流者たち』（二〇一三）である。お気付きのように、タイトルに四季が織り込まれていない作品だ。この作品でもまた神山は新たな世界に投入されるのだが、その世界とは、従来の四作品をはるかに上回る衝撃に満ちた世界であった。

二〇一一年三月十一日。東日本大震災が東北から関東にかけての広い範囲を襲った。その震災のなかで、一人の男の行方も判らなくなった。政治家の秘書である坂井だ。彼は震災の前日に事務所の六千万円もの現金を持ち去ったのだという。彼の乗っていた車が東北で発見されたことから、神山健介に依頼が入った。坂井を見付けて欲しいというのだ。神山自身も当然のことながら震災に襲われており、とても人捜しの仕事どころではなかったが、それでも彼は坂井の車が見つかったという福島県の沿岸部へと出発した。僅かばかりのガソリンが入った車に手に入るだけの食料――といっても大した分量はない――と酒を積み込み、カイを連れて……。

那須に家のある柴田哲孝自身が被災し、さらに、もっと被害が甚大だった被災地にも実際に足を運んだ柴田哲孝が、真正面から震災被害と向き合った作品である。『GEQ』という著作もあり、地震についての知識は人並み以上にある柴田哲孝でさえ、この震災の衝撃に打ちのめされていることが生々しく伝わってくる小説だ。その天災による衝撃に、原発政策や情報公開という人災に関する憤りが練り込まれ、この『漂流者たち』の作品世界が出来上がっている。そして神山健介は、その世界を進んでいくのだ。過去の四作品とはまったく異質な世界のなかを。

この作品でも、相変わらず神山は神山である。というより、神山でいるしかないのだろう。私立探偵としての行動を続けることで、なんとか自己を保っている、そんな状態であるようにみえる。探偵の内面も、そして探偵を取り巻く外部環境も、すべてがおそらく歴史上最も劣悪で困難な状況であろう。それでも神山は動いた。柴田哲孝は神山を動かした。この世界と対峙させる人物として、神山健介を選んだのだ。

四季をめぐり終えて発表されたシリーズ第五弾の『漂流者たち』——もはやハードボイルド云々のレッテル議論を超越した次元で扱うべき一冊ではあるが、人を捜して関係者を訪ね歩くというハードボイルドの基本形のなかで人と震災を描いた貴重な小説であることも確かだ。まさに必読書である。

最新作でまた新たな世界を漂った神山健介。原発事故の影響下にある震災直後の東北というとてつもない世界を体験してしまった神山は、今後どこへ進んでいくのか。予想はまったくできないが、彼は、必ずや今後も人として見るべき必要のあるものを見て行くに違いない。どれほどの衝撃を受け、どれほど心身に傷を負おうとも、必ずや。

彼のその歩みを、一読者としてこれからも見守り続けたい。彼のその歩みに、カイが寄り添うように。

（この作品は平成二十三年六月、小社より四六判『冬蛾』として刊行されたものです）

一〇〇字書評

切り取り線

冬蛾

購買動機（新聞、雑誌名を記入するか、あるいは○をつけてください）	
□（　　　　　　　　　　　　　）の広告を見て	
□（　　　　　　　　　　　　　）の書評を見て	
□ 知人のすすめで	□ タイトルに惹かれて
□ カバーが良かったから	□ 内容が面白そうだから
□ 好きな作家だから	□ 好きな分野の本だから

・最近、最も感銘を受けた作品名をお書き下さい

・あなたのお好きな作家名をお書き下さい

・その他、ご要望がありましたらお書き下さい

住所	〒				
氏名		職業		年齢	
Eメール	※携帯には配信できません	新刊情報等のメール配信を 希望する・しない			

この本の感想を、編集部までお寄せいただけたらありがたく存じます。今後の企画の参考にさせていただきます。Eメールでも結構です。

いただいた「一〇〇字書評」は、新聞・雑誌等に紹介させていただくことがあります。その場合はお礼として特製図書カードを差し上げます。

前ページの原稿用紙に書評をお書きの上、切り取り、左記までお送り下さい。宛先の住所は不要です。

なお、ご記入いただいたお名前、ご住所等は、書評紹介の事前了解、謝礼のお届けのためだけに利用し、そのほかの目的のために利用することはありません。

〒一〇一-八七〇一
祥伝社文庫編集長　坂口芳和
電話　〇三（三二六五）二〇八〇

祥伝社ホームページの「ブックレビュー」からも、書き込めます。

http://www.shodensha.co.jp/bookreview/

祥伝社文庫

冬蛾（とうが）　私立探偵（しりつたんてい）　神山健介（かみやまけんすけ）

平成25年12月20日　初版第1刷発行

著　者　柴田哲孝
発行者　竹内和芳
発行所　祥伝社
東京都千代田区神田神保町3-3
〒101-8701
電話　03（3265）2081（販売部）
電話　03（3265）2080（編集部）
電話　03（3265）3622（業務部）
http://www.shodensha.co.jp/

印刷所　堀内印刷
製本所　積信堂
カバーフォーマットデザイン　芥 陽子

Printed in Japan ©2013, Tetsutaka Shibata ISBN978-4-396-33893-0 C0193

祥伝社文庫　今月の新刊

百田尚樹　幸福な生活
衝撃のラスト一行！　あなたはページを開く勇気ありますか

天野頌子　紳士のためのエステ入門　警視庁幽霊係
不満続出のエステティシャンを殺した、意外な犯人とは？

柴田哲孝　冬蛾　私立探偵　神山健介
東北の私立探偵・神山健介、雪に閉ざされた会津の寒村へ。

岡崎大五　俺はあしたのジョーになれるのか
山谷に生きる手配師の、痛快・骨太アウトロー小説！

小杉健治　青不動　風烈廻り与力・青柳剣一郎
亡き札差の夫への妻の想いに応える剣一郎だが……。

今井絵美子　紅染月　便り屋お葉日月抄
便り屋日々堂は日々新たなり。人気沸騰の〝泣ける〟小説！

荒崎一海　寒影
北越を舞台に、危難に直面した夫婦の情愛を描く傑作長編。

井川香四郎　鉄の巨鯨　幕末繁盛記・てっぺん
誹謗や与力の圧力、取り付け騒ぎと、鉄船造りの道険し！